KB268571

감독실격

감독실격

시즌1

이걸 영화라고 찍었냐

Zinn

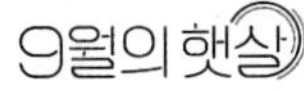

차례

“이 글은 픽션이오니
현실과 혼동하시면 더욱 재미납니다.”

001

나는 시나리오를 못 써

잠에선 깼지만 일어나긴 싫었다.

일어나봤자 좋을 일이 없기 때문이다. 그렇게 해가 중천에 뜨도록 핸드폰만 들여다보며 이불 속에서 헤어나오지 못하고 있는데 영화사에서 전화가 왔다.

"여보세요?"

"안녕하세요 감독님… 잘 지내셨죠?"

"네넵."

"보내주신 시나리오는 잘 읽었는데요."

"아, 다행이네요. 잘 봐주셔서 정말 감사합니다."

"그게 아니고 이런 말씀 드려서 죄송한데 재미가 없어요."

"아, 네?"

"캐릭터가 별로고 전개도 산만하고 무슨 이야기인지도 모르겠고요. 왜 이렇게 하신 거에요?"

"그 그건… 지난 번 기획 회의 내용을 충실히 반영한 건데요."

“지난 번 회의라고요? 그게 언젠데요?”

“두 달 전인가 석 달 전인가… 초여름이었던 것 같은데요.”

“그랬었나요? 벌써 시간이 그렇게 됐구나. 일단 회의록 확인해 볼게요. 그런데 감독님은 무슨 이야기를 하고 싶으셨던 거에요? 의도가 있으실 거잖아요?”

“어… 제가 하고 싶었던 얘기는… 음… 아….”
분명 하고 싶은 이야기는 있었던 것 같은데 가위에라도 눌린 듯 말이 나오질 않았다.

그런데 전화 한 사람은 누구지?

내가 누구랑 통화 중인 건지 알 수가 없었다. 시나리오가 별로라고 욕을 먹고 있는 것까진 알겠는데 무슨 시나리오로 누구한테 욕을 먹고 있는 건지 사태 파악이 되질 않았다. 그러고 보니 어느 영화사에서 온 전화인지도 알 수가 없었다. 혹시 이거 꿈인가?

“그러니까 감독님 시나리오는 재미가 없다고요. 올드하고 구리고 너무 얄팍하기도 하고요.”

“아, 네. 죄송합니다. 피디님이 마음에 안 드셨다면 전적으로 제 잘못인 거죠.”

“제 마음이 중요한 건 아니고요 그냥 재미가 없어요.”

아… 이렇게 또 차기작을 만들 수 있는 기회가 날아가는구나. 정말 꿈이면 좋겠는데 어디선가 드르륵 드르륵 핸드폰 진동 소리가 들려왔다. 반가운 마음에 힘겹게 눈을 떠 보니 내

방 천장이 보였다.

꿈이었다. 이마가 식은 땀으로 축축했다. 꿈속에서지만 영화사 피디님으로 추정되는 누군가에게 시나리오가 재미없다고 욕을 먹으며 잔뜩 얼어 있던 탓에 온 몸이 뻐근했다. 꿈이라서 다행이지만 기분은 더러웠다.

안도의 한숨과 함께 이마의 식은 땀을 손등으로 닦아낸 후 부르르 떨고 있는 핸드폰을 확인해보니 발신자는 밀리언 필름의 석소연 팀장이다.

몇 달 만의 통화일까?

마지막으로 본 건 계절 바뀌기 전이었으니 석 달 전 초여름쯤이겠다. 무소식이 희소식인데 이렇게 오랜만의 연락이라면 좋은 얘기가 나올 리 없어 딱히 전화를 받고 싶진 않았지만 그래도 아직은 계약 관계가 남아 있으니 전화를 받았다.

"여보세요?"

"에휴, 재미없어."

"너는 오랜만에 전화해서 한다는 소리가… 아, 왜? 뭐가 재미없다는 거야?"

"뭐긴 뭐야? 니 시나리오지. 왜인지는 몰라서 물어? 누가 이렇게 재미없게 쓰랬니! 올드하고 구리고! 구려! 너무 구리다고!"

석 달 만에 전화해서 한다는 소리가 시나리오 욕이다. 방금 전 꿈속에서도 누군가에게 시나리오가 재미없다고 욕을 먹었는데 깨자마자 또 욕을 먹다니… 이 통화도 꿈이라면 좋겠지만 짜증 섞인 석 팀장 특유의 비음 섞인 목소리가 너무나도 생생했다. 설마 방금 전 꿈이 예지몽이었나?

"죄송요. 시나리오를 못 써서 죄송합니다. 제가 죽을 죄를 졌습니다. 부디 선처…."

"시끄러. 맨날 입만 나불대고. 그래도 못 쓰는 거 알고는 있으니 다행이네."

"잘은 모르겠지만 시나리오가 마음에 들지 않으셨다면 다 제 잘못인 거죠. 마지막 기획 회의 때 피디님들이 시키는 대로 쓰긴 했지만요."

"또또또 변명! 넌 꼭 토를 달아. 순순히 잘못을 인정하면 어디 덧나기라도 하니? 그리고 내가 그 장면은 분명 빼라고 했는데 기어이 남겨뒀더라?"

"무슨 장면?"

"더러워서 입에 담기도 싫어! 여자들이 그런 거 싫어하니까 내가 빼라고 했어! 안 했어!"

"살인마가 혼자 방구석에서 자기 자신을 위로하는 장면 말하는 거야?"

"아우 입에 담지도 마. 더러우니까!"

"아니 살인마잖아. 살인마가 살인도 하는데 혼자서 그 정도도 못하니? 그리고 그런 장면이 있어야 빌런 캐릭터의 외롭고도 쓸쓸한 내면이…."

“닥치시고요! 그러니까 니 시나리오가 올드하다는 얘기가 나오는 거야.”

“누가 올드하다고 했는데?”

“다.”

괴롭다. 지금 잘 나가는 감독들도 못 나갈 땐 다 이런 대접 아니 취급을 받았으려나? 아무리 시나리오가 구리고 올드해도 그렇지 이건 너무 무례한 것 같다. 그래도 내가 영화 한 편을 극장 개봉시킨 엄연히 기성 감독인데 지난 석 달 간 석 팀장의 연락을 기다리며 바닥을 뚫고 지하까지 추락한 자존감이 이제는 흔적도 없이 녹아내리고 있다.

하지만 돈 받고 글을 써 줬는데 돈 낸 사람이 재미가 없다니 할 말이 없다. 왜 재미가 없냐고! 니가 보는 눈이 없는 거라고! 따질 수도 없는 게 그 시나리오를 읽어본 다른 사람들도 재미가 없다고 했기 때문이다. 석 달 전쯤 석 팀장에게 ‘공소시효’의 최종 각색고를 보낸 이후 하도 피드백이 없어서 다른 사람들의 반응이 궁금해 믿을 만한 지인 몇 명에게 보여줘봤는데 하나 같이 별로라고 재미없다고 했다. 올드하고 구리다고는 안 했지만.

내 잘못은 아니다.

‘공소시효’는 애초에 밀리언 필름에서 제안한 정확히는 석 팀장의 아이템이고 기획팀 피디들과의 회의 내용을 충실히 반영해서 썼기 때문이다. 백 번 양보해서 나에게 잘못이 있다면

맨 처음 석 팀장에게 아이템을 제안받았을 때부터 잘 될 거라고 생각하지 않았으면서 그래도 한 번 잘해보겠다고 덜컥 각색 계약서에 사인을 해 버린 게 잘못이라면 잘못이겠다.

이제와 돌이켜 보면 어차피 안 될 운명이었다. 애초에 될 성싶은 아이템은 데뷔와 동시에 폭망 후 10년째 놀고 있는 듣보 감독에게까지 오지 않는다. 누가 봐도 안 될 아이템을 폭망 듣보 감독이 잡았으니 잘 될 턱이 없다.

* * *

나는 시나리오를 못 쓴다.

창작의 재능이 없는 것이다. 20대에는 애써 외면했고 30대까지는 인정하지 않고 버텼지만 40대 중반에 다다른 이제는 인정할 수 밖에 없다. 재능이 넘치고 시나리오도 잘 썼으면 데뷔작이 그렇게까지 망하진 않았을 것이고 최소한 이 모양 이 꼴로 살고 있지는 않을 것이다. 10년 전 데뷔와 동시에 폭망 후 지금까지 겪어 온 그 모든 수모와 험한 꼴들은 다 내가 시나리오를 못 쓰기 때문에 벌어졌다고 봐야 한다.

"으이그, 누가 19금 떡 영화감독 아니랄까 봐! 내가 야설 써 달랬니? 빌런이 혼자 방구석에서 그 짓이나 하고 있고… 니가 배우라면 이런 영화에 출연하고 싶겠어? 니가 투자자라면 강남 꼬마 빌딩 대신 여기에 투자할 거야?"

“에이, 석 팀장. 떡 영화감독이라니… 우리 그 얘기는 하지 말자. 내가 잘못했다고 했잖아. 사과도 했고.”

애초에 내 아이템이 아니고 기획팀이 시키는 대로 썼지만 재미가 없는 것은 다 내 잘못인데 ‘19금 떡 영화감독’ 발언은 석 팀장이 선을 넘은 거다. 안 그래도 데뷔와 동시에 폭망하고 10년째 이 회사 저 회사 전전하며 영화판에서 밀려나고 있는 것도 서러운데 시나리오를 못 썼다는 이유로 인신공격까지 당하는 건 옳지 못한 일이다.

게다가 석 팀장은 내가 ‘19금 떡 영화 감독’이라는 타이틀을 싫어하는 걸 그 누구보다 잘 알고 있다. 벌써 십수 년 전 일이지만 내가 전도유망한 조감독 시절 나랑 잠깐 사귈뻔했던 주제에 이제 자기는 팀장이고 나는 폭망 감독이라고 너무 하대한다. 더 이상 치밀어 오르는 서러움을 참을 수 없어 나도 모르게 발끈하려는 순간 석 팀장이 젠틀하게 나왔다.

“그러니까요, 감독님! 잘못한 걸 아셨으면 됐고요. 이따 오후에 시간 어떠십니까? 저희 대표님이 감독님 얼굴을 직접 보고 하실 말씀이 있다고 하셔서요.”

“대표님이? 무슨 말씀인데?”

“본인이 직접 감독님 얼굴 보고 말하시겠답니다.”

밀리언 필름 강석현 대표가 나에게 직접 할 말이 있다고? 팀장이고 뭐고 확 질러버리려다 강 대표가 직접 내 얼굴 보고 할 말이 있다는 얘기에 분노가 사그라들었다. 참을 수 밖에.

참자. 여기서 화내면 나만 꼴이 우스워진다.

"아, 잠깐만. 오후 일정 확인 좀 해 보고…."

당연히 아무 일 없었지만 뜸을 좀 들였다. 그리고 크게 숨을 들이마셨다가 천천히 내뱉었다.

"오늘 오후 일정 괜찮습니다."

"그럼 4시에 뵙겠습니다."

"4시? 5시간 뒤 4시?"

"그래. 그럼 새벽 4시겠니? 이따 사무실에서 봐."

"밀리언 사무실에서 4시지?"

"왜? 안돼?"

"아니야. 알았어 4시까지 갈게."

석 팀장은 내 말이 끝나기도 전에 전화를 끊었다. 다른 사람과 통화할 땐 모르겠는데 나랑 통화할 땐 꼭 전화를 먼저 끊어서 다음 번엔 꼭 내가 먼저 끊으리라 작정하지만 항상 타이밍을 놓쳤다. 그나저나 강 대표가 나를 보자고 하는 이유보다 궁금한 건 미팅 시간이었다.

왜 4시일까? 오후 2시보단 낫지만 4시는 약간 애매하다. 5시 미팅이면 끝나고 자연스럽게 저녁 식사 자리로 이동할 수 있지만 4시 미팅이면 저녁을 안 먹고 헤어질 수도 있는 시간이다. 그래도 석 달 만의 만남인데 사무실에서 할 말만 하고 끝나는 건 좀 아니지 않나?

하지만 유명 맛집 같은 곳에 갈 예정이라면 4시에 만나서 짧고 굵게 할 얘기만 후딱 끝내고 식당이 아직 붐비기 전에 밥을 먹으러 가자는 걸 수도 있다. 이제는 불러주는 사람도 없고 외식 다운 외식을 못한 지도 오래여서 맛집까진 아니더라도 저녁 정도는 사줬으면 참 고맙겠는데 사무실에서 할 얘기만 후딱 마치고 저녁도 안 먹이고 집에 보내면 마음에 상처가 하나 더 추가될 것 같아 걱정이 됐다.

이건 밥 문제가 아니고 자존심의 문제다. 데뷔작이 폭망하긴 했지만 그래도 감독이다. 듣보잡 신생 영화사 따위가 기성 감독을 이렇게 대접하는 건 예의가 아니지. 그나저나 저녁을 사 준다면 메뉴는 뭘까? 소고기? 초밥? 소고기라면 한우? 이도 저도 아니면 삼겹살? 설마 국밥은 아니겠지. 이왕이면 깔끔하게 초밥이 좋겠지만 지난 달에 밀리언 필름에서 수입해서 야심차게 개봉한 SNS 스릴러 영화 '구독해주세요'의 흥행 성적이 시원찮은 관계로 끽해야 삼겹살일 듯 했다.

통화 내역을 확인해 보니 석 팀장과의 마지막 통화는 정확하게 석 달하고도 열흘 전이었다. 내가 '공소시효' 각색고를 보냈으니 확인해 보라고 점심 시간이 끝날 무렵 카톡을 보냈지만 한 시간이 지나도록 읽지를 않아서 전화를 걸었고 석 팀장은 전화를 받자마자 "회의 중"이라는 말과 함께 전화를 끊었다.

그 날 이후 일절 연락이 없다가 무려 석 달 만에 전화가 온 것이다. 물론 밀리언 필름에서 야심차게 수입한 SNS 스릴러 영화 '구독해주세요'의 개봉을 앞두고 바빠서 그랬을 순 있지만 석 달 간 연락이 없었다는 건 나에게 각색 작업을 의뢰한 밀리언 필름 오리지널 아이템 '공소시효' 프로젝트는 흐지부지 무산됐다고 보는 게 맞을 것 같다. 적어도 나에게 계속 각색 작업을 맡기진 않을 것이다.

각색 고에 대한 의견이 궁금해서 전화를 해 보고 싶었지만 무소식이 희소식이라 믿고 꾹 참고 있었는데 어째 희소식이 기다리고 있진 않을 것 같다는 불길한 예감이 들었다.

002

이걸 영화라고 찍었냐

이제 5시간 뒤면 나는 그냥 폭망 감독이 아니라 듣보잡 신생 영화사에서조차 버림받은 폭망 감독이 될 것이다.

불행 중 다행인 건 내가 밀리언 필름이란 신생 영화사에서 일을 하고 있었다는 사실을 동네방네 떠들고 다니지 않았다는 사실이다. 최측근 한 둘 빼고는 아무도 모른다. 그리고 더 다행인 건 석 달이면 새 시나리오의 초고 정도는 충분히 쓰고도 남을 시간이고 실제로 한 편 완성 직전이라는 사실이다. 감독으로서의 생존 본능이 발동했는지 나도 모르게 대안을 준비하고 있었던 것이다.

'버진 어게인'

새 시나리오 제목이다. 30대 후반의 권태로운 신도시 유부녀와 20대 후반의 혈기왕성한 꽃미남 수영강사의 뻔하지만 치명적이고 끈적끈적한 불륜 이야기인데 오늘 밀리언 필름에서 최종적으로 나가리 통보를 받으면 당장 내일부터 '버진 어게인’을 여기저기 돌려 볼 생각이다.

이렇게 될 줄 알고 쓴 건 아닌데 어쩐지 마지막 통화 때 석 팀장의 “회의 중”이라는 목소리의 톤앤매너가 쌔하긴 했다. 자기는 바쁘고 잘 나가는 기획팀 팀장이므로 시나리오도 못 쓰는 폭망 감독 따위와의 통화는 전혀 중요치 않다는 느낌이었다. “회의 중”이라며 전화를 바로 끊었으면 회의가 끝난 후 곧장 전화를 다시 걸어주는 게 당연한 건데 다음 날에도 그 다음 주까지도 전화가 없어서 이대로 나가리 될 마음의 준비는 진작에 하고 있었다.

밀리언 필름과의 1년 전 첫 만남부터 석 달 전 통화까지 있었던 일들이 주마등처럼 스쳐 지나갔다. 나 이전에 ‘공소시효’의 초고를 쓴 작가가 있었다는데 누구인지는 안 알려줘서 모른다. 자기랑 일 하나 같이 하자는 석 팀장의 연락을 받고 일을 시작했고 기획팀 피디들과 대여섯 번 정도 기획 회의를 거치며 시놉시스와 모니터를 주고 받길 반복한 후 이제는 시나리오 단계로 넘어가도 되겠다는 컨펌을 받고 열심히 초고를 써서 회사로 보낸 게 석 달 전까지의 상황이다.

내가 쓴 초고를 읽고 자기들끼리 무슨 의견을 주고 받았는지 왜 이제 와서 보자고 하는지는 전혀 모르겠지만 계약 해지나 환불 요청만 아니면 아무 상관없다. 어차피 난 니들이 시키는 대로 쓴 죄 밖에 없는 폭망 감독이니까. 너무 시키는 대로 쓴 게 잘못 같기도 하다만 뭐 이따가 강 대표를 만나보면 알 수 있겠지.

***

집 안이 조용한 걸 보니 다들 나간 모양이다.

이불을 걷어 차고 한껏 기지개를 편 후 핸드폰으로 내 영화 평점과 관람평을 체크하며 하루를 시작했다. 평점과 관람평 체크는 10년 전 데뷔와 동시에 폭망 이후 아침에 눈을 뜨면 제일 먼저 하는 모닝 루틴이다.

나의 데뷔작 '꼴리는 영화'는 10년 전에 개봉은 했다만 극장에 제대로 걸리지도 못하고 내려갔다. 걸렸다기보다는 극장 스크린을 스쳐 지나갔다는 표현이 맞을 것이다. 말 그대로 폭망 그 자체였다. 여러 이유가 있겠지만 제작사에서 마케팅을 제대로 안 해준 탓이 크다. 입소문에도 한계가 있는 법이다. 영화를 아무리 잘 만들었더라도 뭘 알아야 보러 올 것 아닌가.

극장에 걸려 있던 시간이 워낙에 짧았던 탓에 아직 개봉을 안 한 것 같기도 하고 어쩌다 새벽에 케이블 채널에서 영화가 나오기라도 하는 날엔 유명 평론가나 인플루언서의 눈에 들어 재평가 받지 않을까 하루 종일 조마조마 두근두근 설레기도 한다.

이런 경우도 가능하다. 다음 작품을 애타게 찾고 있는 어느 탑스타가 밤에 잠이 오질 않아 이리저리 채널을 돌리다 우연히 내 영화를 보는데 별 생각없이 보다 보니 딱 자기 스타일인 거다. 그래서 곧장 매니저에게 연락해 저 영화를 만든 감독과 미팅을 잡아보라고 명령하면 매니저는 내 전화 번호를 수소문해서 나에게 전화할 수도 있으므로 핸드폰에 모르는 번호가 뜰 때마다 심장이 벌렁댔지만 아직까지 그런 일은 없었다.

아침에만 내 영화 평을 검색하는 건 아니다. 하루 종일 틈만 나면 찾아본다. 개봉 후 10년이 지났고 다시 극장에 걸릴 가능성도 희박하지만 온라인의 영화 감상 싸이트 몇 군데에선 지금 이 순간에도 감상 가능하기에 어떻게 보면 아직도 상영 중인 셈이어서 폭망으로 끝났다는 사실을 인정할 수가 없는 것이다.

그도 그럴 게 개봉한 지 10년 넘은 영화를 무슨 이유로 보는지는 모르겠지만 반 년에 한 두개 꼴로 관람평이 달렸다. 십중팔구 조롱성 악평이지만 악평이라도 누군가 내 영화를 보고 평을 남겨줬다는 사실이 그렇게 고마울 수가 없다.

아직도 내가 감독인가 의심스럽다가도 새로운 블로그 리뷰나 관람평이 한 건 달릴 때마다 감독이라는 정체성의 유효기간이 일 년 정도는 연장된 기분이 든다. 그러다 보니 내 영화 검색에 중독될 수 밖에 없는 것이다.

아침, 점심, 저녁 각각 한 번씩 하루에 최소 세 번은 검색을 하고 틈틈이 출연 배우들의 근황도 체크했다. 폭망 이후 주연배우 한 명을 제외하고는 단 한 번도 연락을 주고 받거나 만난 적은 없지만 그래도 내 배우라는 생각에서다.

뉴스 검색은 기본이고 배우들과 관계가 있는 온갖 커뮤니티 사이트들을 모조리 체크한다. 내 배우들 중 누군가는 인스타, 페이스북 또는 어딘가의 팟캐스트나 방송에서 내 영화에 대해 이야기하는 걸 놓치지 않기 위해서였는데 아직까지 그런 적은 없었다. 물론 내가 놓쳐서 모르는 것일 수는 있다.

유튜브도 꼼꼼히 찾아본다. 잊을만하면 한 번씩 이름 모를 유튜버가 내 영화의 리뷰나 요약 영상을 채널에 업로드하기 때문이다. 내 영화에서 19금 장면만 모아 자극적인 제목을 단 영상이 대부분이지만 어떤 영상의 조회수는 무려 100만 회에 육박했다. 조회수가 100만이든 1000만이든 나에게 한 푼도 떨어지지 않는 건 아쉽지만 덕분에 감독으로서의 유효기간이 조금이나마 연장된 기분에 감사할 따름이었다.

이런 상황이다 보니 어느 날 갑자기 유명 스타나 평론가가 유튜브에서 내 영화를 보고 인스타나 페이스북에 재밌다고 한 마디 올려줄 수 있는 것이고 자고 일어나 보니 유명해질 수도 있는 것이다. 사람 일 모르는 법이고 끝날 때까지는 끝난 게 아니다. 완전히 잊히지만 않는다면 어떤 식으로든 떡상과 역주행의 가능성이 있는 것이다.

평점 관리도 중요하다. 평점이 지나치게 낮으면 영화가 별로일 거라는 선입견을 가질 수 있기 때문이다. '꼴리는 영화'의 평점은 지난 몇 년 간 5점 대를 유지하고 있는데 그 이하로 떨어지면 작업에 들어갔다. 5점 미만의 영화는 당장 나부터도 보고 싶지가 않고 감독도 무능해 보이기 때문이다.

특히나 영화사 미팅을 앞두고 있을 때는 그 어느 때보다 평점 관리에 신경을 썼다. 5점 이하로 내려가면 당당하지 못하고 의기소침해지더라. 그런데 이게 무슨 일이지?

4.9점?!

분명 어제까지만 해도 5.1점이었던 평점이 하루 아침에 0.2점이나 하락했다. 어떻게 된 일인지 확인해 보니 지난 밤 사이에 0.5점 짜리 관람평이 추가되어 있다. 평점이 5점 이하로 떨어질 때마다 가족, 친구, 친척도 모자라 온갖 지인들의 아이디를 총동원해 10점을 준 덕분에 간신히 5점 대를 사수하고 있었는데 누군가 나의 노력을 비웃기라도 하듯 0.5점을 줘 버린 것이다.

이제는 새로 동원할 아이디도 없다. 어떤 새끼인지는 모르지만 날 엿먹이려고 작정한 것이다. 이 새끼 때문에 졸지에 밀리언 필름 강 대표와의 미팅은 평점 5점 짜리 감독이 아닌 4점 짜리 감독으로 임하게 됐다. 하필이면 미팅 직전에 0.5점을 주다니… 기운이 쪽 빠졌다. 관람평은 더 가관이었다.

'최경진 감독 직업 바꿔라. 아 짜증난다. 이걸 영화라고 찍었냐?' [작성자 : nani****]

　무플보단 악플이라고 무려 일년 반 만에 새로 추가된 관람평이라 악평이어도 반가워야 마땅하지만 전혀 반갑지가 않았다. 내 영화를 보느라 돈과 시간을 낭비 당했다는 단순한 실망이나 분노 같진 않았다. 영화에 대한 공격이라기 보다는 감독에 대한 인신공격 같았다.

　보통 일반적인 악평이라면 감독 이름 석자를 언급하진 않는다. 실제로 데뷔작에 달린 백여 건의 관람평 중 감독 이름 석자가 포함된 평은 처음이다. 도대체 어떤 놈이지? 여자는 아닐 것이다. 여자들은 어지간해서는 내 영화를 보지 않는다. 놈이 여기에만 악평을 단 게 아닐 수도 있으므로 다른 사이트의 평점 상황도 살펴보았다.

　다행히 별 이상은 없었다. 영화에 대한 악평이라기보단 감독 개인에 대한 악플이 확실했다. 악플러의 정체가 궁금한 적은 많지만 이 정도로 신상이 궁금한 악플러는 처음이다. 어쩐지 나에 대해 잘 아는 놈 같았다. 내가 관람평 하나 하나에 일희일비한다는 사실을 아는 것이다.

　악플러의 아이디는 nani****이었다. nani 뒤의 철자가 ****로 가려져 있어 답답해 죽을 것 같았다. 나니? 혹시 나니맨인가 싶어 내가 주로 사용하는 이메일에 로그인 해 naniman으로 받은 메일을 검색해봤지만 그 비슷한 아이디조차 검색되지 않았다. 적어도 나에게 저런 비슷한 아이디로 메일을 보낸 지인은 없는 것이다.

주도면밀한 놈이다. 아마도 내 영화에 악평, 아니 악플을 달면 내가 아이디를 검색해서 역추적하리라는 걸 알고 있다는 듯 새로 아이디를 만든 것이다. 악플러의 아이디를 토대로 다시 한 번 구글링에 들어갔지만 아무런 단서도 찾을 수 없었다. 엑스, 인스타, 페이스북, 블로그, 카페, 커뮤니티 게시판 등등 싹 다 뒤져봤지만 마찬가지다.

더 이상 악플러의 신상을 털 방법이 없었다. 하지만 다시 한번 나를 잘 아는 놈이 정체를 숨기려고 작정하고 단 악플이라는 확신이 들었다. 나 잡아봐라? 날 찾아봐라? 악플에 내 이름 석자를 포함시켰다는 건 우리가 서로 아는 사이라는 신호를 준 것이고 이는 자기가 누군지 알아내 볼 테면 알아내 보라는 도발이었다.

좋다! 알아내주지.

003

나죽는꼴 보 기싫음빨 리사과해

　지금으로선 유일한 단서는 관람평을 작성한 'nani****'란 아이디 뿐이다.

　무슨 뜻일까?

　나니? 남자로 추정되지만 설마 오나니맨의 나니는 아닐테고… 혹시 나니맨이 아니고 난니맨인가? 그렇다면 난니는 무슨 뜻이지? 난 니가 지난 여름에 무슨 짓을 했는지 알고 있다의 난니? 혹시나 해서 나니맨으로 검색을 해 봤으나 아무런 단서도 나오지 않았다. 난니맨 역시 마찬가지.

　보통은 아무리 심한 악플이라도 금방 잊어버리는 편이지만 관람평에 내 이름 석자까지 거론해서인지 잊힐 것 같지 않았다. 어쩐지 나를 잘 아는 놈의 짓일 것 같다는 심증이 굳어졌다. 그리고 놈은 아니지만 이런 짓을 벌일 만한 유력한 용의자가 딱 한 명 떠올랐다.

　영화과 동기 조지선.

　지선은 나의 10년 전 데뷔작 '꼴리는 영화'가 자신의 영화과 졸업 작품 시나리오를 표절한 거라며 공개 사과를 요구했다. 나는 지선의 졸업 작품을 표절하기는커녕 읽어본 적도 없어서 그냥 무시해 버렸더니 절대로 그냥 넘어가지 않겠다며 잊을 만하면 한 번씩 협박 문자를 보내왔다.

'넌나 를자 살시킬생 각이냐? 나죽는꼴 보 기싫음빨 리사과해.사과하라고!!!!'

3년 전에 지선이 마지막으로 보낸 문자다. 느낌표가 4개나 붙은 걸 보니 죽어버리란 뜻인가 보다. 아님 죽어버리겠다는? 이 문자를 마지막으로 연락이 없어 정말 자살해버린 건가 걱정하기도 했지만 결혼식이나 장례식에서 만난 동문들로부터 종종 시나리오를 쓰고 있다는 소식이 들려오는 걸 보면 아직은 잘 살고 있는 듯했다.

'최경진 감독 직업 바꿔라. 아 짜증난다. 이걸 영화라고 찍었냐?' [작성자 : nani****]

지선이 보낸 문자와 내 영화에 달린 관람평은 문체가 비슷한 느낌이다. 그리고 어쩐지 지선이라면 충분히 이런 악플을 남길 수 있다는 생각이 들었다. 표절은 도둑질이고 도둑질을 그냥 넘어갈 수 없으니 공개 사과하라며 수년 간 문자와 이메일을 보냈는데 내가 끝끝내 답을 안 주니 공개적으로 악플을 달아버린 것이다.

굳이 내 이름 석자를 언급한 건 자기에게 직접 연락을 하라는 얘기겠지. 그런데 지선이 보내온 문자와 이메일들을 다시 한 번 꼼꼼히 살펴 보니 악플러 nani****와 동일 인물인 것 같진 않다. 지선의 문자와 이메일들은 띄어쓰기가 프리스타일인데 nani****의 관람평은 띄어쓰기가 정확하다. 아무래도 지선은 nani****이 아닌 것 같다.

표절에 대해서는 결백하지만 마냥 지선을 무시하기엔 우리 사이가 아무 것도 아닌 건 아니다. 새내기 시절 지선과 썸을 타려다 말았기 때문이다. 대쉬는 내가 먼저 했다. 왜 그랬는지 생각해보면 지선의 얼굴보다는 개성과 재능에 혹한 것 같다. 정확히는 지선이 1학년 1학기 시나리오 수업 때 쓴 단편 시나리오에 홀렸다. 재개발을 앞둔 아파트 단지에서 벌어지는 정체불명의 존재와 주민들 간의 사랑 이야기였는데 너무 재밌었고 지선의 차기작이 궁금해서 접근했다가 호기심을 사랑으로 착각한 것이다.

지선도 내가 싫진 않았는지 가볍게 데이트를 했고 뽀뽀까지 할 뻔했는데 그 이상 관계가 발전되지 않은 이유는 성격이 안 맞아서다. 지선의 기복이 심하고 괴팍한 성격을 도저히 맞출 수가 없었고 결정적으로 지선의 다음 시나리오들이 첫 단편만큼 흥미롭지가 않았다. 무슨 이야기인지 알 수가 없고 그냥 이상하기만 했다. 다른 사람들의 반응도 비슷했지만 지선은 그래도 꿋꿋이 시나리오를 썼고 졸업 작품으로도 장편 시나리오를 썼는데 내가 그 장편 시나리오를 표절했다는 것이다.

다시 한 번 말하지만 난 지선의 졸업 작품 시나리오를 제대로 읽지도 않았다. 졸업하고 나서도 한참 뒤 내가 조감독으로 활동하던 시절 지선이 시나리오 모니터를 부탁한다며 이메일로 시나리오를 보내긴 했다만 초반만 잠깐 읽고는 무슨 이야기인지 알 수가 없어 컴퓨터에서 삭제해 버렸다. 굳이 혹평을 하고 싶진 않아서 시나리오 모니터를 차일 피일 미루자 연락이 두절되어 버렸다가 '꼴리는 영화' 개봉 직후 자기 시나리오를 표절했다며 사과하라고 자살 협박 문자를 보내기 시작한 것이다.

언론사에 정식으로 공개 사과문을 올리지 않으면 유서에 나의 모든 악행을 폭로하고 자살해 버리겠다고 했는데 왜 언론사 공개 사과를 요구한 걸까? 유명해지고 싶어서? 그렇게 유명해져서 뭐하게? 예전에도 그랬지만 도무지 이해할 수가 없다. 폭로하겠다는 나의 악행이 뭔지도 모르겠고. 만약 지선이 예뻤으면 어땠을까? 안타깝게도 지선은 예쁜 편은 아니라서 잘 상상이 안 된다.

지선이 나에게 보낸 협박 문자 그대로 유서에 내 이름 석자를 남기고 자살해 버린다면 어떻게 될지 생각해 보았다. 다른 건 모르겠지만 적어도 나의 폭망 데뷔작을 다시 세상에 알릴 순 있을 것이다. 어느 시나리오 작가 지망생이 자신의 작품을 표절 당한 억울함에 자살을 선택했다는 뉴스가 인터넷에 퍼진다면 사람들은 도대체 누가 그녀를 죽음으로 몰고 갔는지 신상을 털 것이고 그렇게 되면 '꼴리는 영화'는 세상에 널리 알려질 것이다.

물론 '꼴리는 영화'를 가장 확실히 부활시킬 수 있는 방법

은 감독의 자살이겠지만 그럴 생각은 전혀 없다. '꼴리는 영화'
가 내 필모그래피의 마지막 작품인 채로 눈을 감을 순 없기
때문이다.

'꼴리는 영화'에 달린 관람평과 협박 문자의 띄어쓰기 패턴
이 다른 걸 봐선 지선은 nani****이 아닐 가능성이 크지만
그래도 밑져야 본전이니 전화해서 물어나 볼까? 전화해서 뭐
라고 하게? 왜 악평을 달았냐고 따지게? 니가 내 영화에 악플
을 달았냐고 묻는다고 순순히 그랬다고 할 리가 없을 것 같고
지선이라면 굳이 정체를 숨기고 악평을 달 이유가 없다. 괜히
연락했다가 자기 졸업 작품 표절한 거 사과하라는 협박 문자
나 다시 보내올 것 같다. 아서라. 아예 연락 자체를 말자.

꿈자리가 흉흉했는데 눈 뜨자마자 석 팀장의 폭언에 나를
아는 놈의 소행이 분명한 악평 테러까지 연달아 당해서인지
현기증이 밀려왔다. 일진이 사납다. 이불 밖으로 나갔다간 어
쩐지 지금까지 당한 것 이상의 험한 꼴을 보게 될 것만 같은
불길한 예감에 불안 초조해 하고 있는데 또 다시 핸드폰이 울
렸다.

발신자를 확인해 보니 02로 시작하는 밀리언 필름의 사무
실 번호다. 보통 회사에서 용건이 있으면 좀 아까 석 팀장처럼
핸드폰으로 전화를 하는데 도대체 누가 회사 번호로 전화를
했나 의아해하며 전화를 받았더니 기획팀 막내이자 안 꾸며서
그렇지 본판이 미인이라 꾸미면 예쁜 스타일인 스물일곱 살

양서연 피디였다.

"감독님 안녕하세요! 밀리언 필름 기획팀 양서연입니다."

양 피디는 자기 핸드폰이 있으면서 왜 회사 번호로 전화를 걸었을까? 설마 자기 개인 번호가 폭망 감독의 핸드폰 통화 목록에 남는 게 싫다는 뜻은 아니겠지? 마지막으로 영화를 만든 게 벌써 10년이 넘어 가는 감독 같지도 않은 감독이니 딱히 가까워지기 싫다는 뜻일까?

만약 그렇다면… 이해한다. 내가 스물일곱 살 양 피디라도 그럴 것 같다. 아니면 정말 일 때문에 전화를 하는 거니까 사무실 전화로 하는 게 맞다고 생각했을 수 있다. 양 피디와 마지막으로 얼굴을 보고 얘기한 게 벌써 석 달도 훨씬 전이다 보니 양 피디의 속내가 짐작이 되지 않았다.

"아! 양 피디님이구나? 오랜만이네요! 잘 지냈어요?"

양 피디의 목소리에 억지 하이톤으로 반갑게 전화를 받은 나와는 달리 양 피디는 차분하고 사무적인 어투로 지난번에 감독님이 보내주신 시나리오와 관련해서 대표님이 할 얘기가 있다고 하시니 만약 선약이 없으시면 오늘 오후 2시에 회사로 오실 수 있으시냐고 물었다. 오늘 오후 2시? 시계를 보니 11시 30분이었다. 2시간 반 뒤에 보자는 거였다.

"아까 석 팀장님은 4시에 보자고 했는데요? 공유가 안 됐나 봐요?

"아 그게… 저희 일정이 변경돼서요. 대표님이 조금 일찍 뵙고 싶다고 하셔서요. 아니면 다른 날이 괜찮으실까요?”

“아… 아니요.”

우리 집에서 밀리언 필름까지는 지하철로 1시간 거리다. 지금 당장 일어나서 밥 먹고 씻고 나갈 준비를 하면 대충 시간을 맞출 순 있다. 그래도 너무 흔쾌히 그러겠다고 하면 없어 보일 것 같아 일정을 확인하는 척, 잠깐 뜸을 들인 후 점심 때 선약이 있긴 하지만 중요한 일은 아니니 취소하겠다고 했다.

“네. 알겠습니다 피디님. 2시까지 갈게요.”

“감사합니다. 이따 뵙겠습니다 감독님!”

갑작스런 약속 시간 변경은 짜증났지만 오랜만에 양 피디를 볼 생각하니 살짝 기분이 업 되었다.

기획팀 막내 양서연 피디는 석 달 전까지만 해도 정직원은 아니고 인턴이었는데 아직까지 회사에 있는 걸 보니 정직원이 됐나 보다. 역사와 전통을 자랑하는 인 서울 대학 영화과 출신에 미국 어학연수 1년에 배우 지망생이라 해도 믿을 법한 미모의 소유자이고 키가 크고 날씬한데다 비율까지 좋고 집도 잘 산다고 하니 내가 강 대표라도 양 피디는 당연히 정직원이다.

당연히 남자 친구도 있을 것이고.

004

폭망 감독이지만 차기작은 찍고 싶어

밀리언 필름에는 미련 없다.

밀리언 필름과는 오늘 미팅이 마지막이어도 상관없지만 기획팀 막내 양서연 피디와는 하루라도 더 보고 싶은데 그러려면 '공소시효'가 메이드 되어야 한다. 내가 밀리언 필름 소속 감독이 아니라면 나보다 열 다섯 살 어린 양 피디와는 따로 연락하고 지낼 명분이 없기 때문이다. 하지만 어쩐지 오늘이 마지막일 것 같아 벌써부터 서운함이 밀려왔다.

이렇게 갑자기 미팅 시간을 바꾼다는 얘기를 석 팀장이 아니고 기획팀 막내 양 피디가 회사 전화로 한 것도 못마땅했다. 내가 아무리 폭망 감독이라 해도 이건 예의가 아니다. 미팅 시간이 오후 2시인 것도 불쾌했다. 4시도 애매했는데 2시는 애매할 것도 없다. 밥은 집에서 먹고 오거나 가서 먹으라는 얘기다. 차라리 3시 미팅이라면 끝나고 함께 이른 저녁을 먹을 수도 있는 애매한 시간이지만 2시면 얄짤없다.

강 대표와의 1:1 미팅을 2시부터 보통 식당들 브레이크 타임이 끝나는 5시까지 할 리는 없으니 밥은 사주지 않겠다는 단호한 의사 표시인 셈이다. 그냥 자기가 하는 말만 얌전히 듣고 믹스 커피 또는 티백 녹차나 한 잔 마시고 꺼지라는 얘기다.

여러모로 석 팀장이 원망스러웠다. 저녁 식사를 함께 하는 건 피차 부담스러울 수 있으니 이해가 되는데 회의 전에 한 시간 정도 일찍 불러서 간단하게 점심 한 끼 사 먹이는 것도 아깝단 말인가? 밀리언 필름 측이 통보한 2시 미팅의 저의를 생각하면 할수록 가슴 한 켠이 먹먹해졌다. 내가 각색한 '공소시효'가 어지간히 마음에 안 들었던 모양이다.

확 엎을까? 아니다. 이러면 안 된다. 내가 잘 나가는 감독도 아닌데 연락을 막내가 하면 어떻고 대표가 하면 어떻고 미팅 시간이 오후 2시가 아니라 새벽 2시면 어떠랴. 대표가 나에게 할 이야기가 있다는 게 중요한 거다. 어차피 밀리언 필름 아니면 나를 찾는 곳도 없지 않나. 언제까지고 방 구석에 처박혀 내 영화 평점 검색이나 하고 익명의 악플러 신상이나 털겠다고 탐정 놀이나 하고 있을 순 없는 노릇이다.

강 대표가 무슨 이야기를 하려는지에 집중하자. 어쩌면 밀리언 필름 오리지널 아이템 '공소시효' 말고 다른 아이템을 제안할 수도 있다. 물론 그러려면 추가 계약을 해야겠지? 계약금을 더 줄 분위기는 아닌데… 혹시 감독 계약인가?

맨 처음 석 팀장으로부터 '공소시효' 각색 의뢰를 받았을 때 내 아이템으로 감독 준비를 하고 있어서 곤란하다고 하니까 일단은 각색 계약을 하고 각색 결과가 나쁘지 않으면 감독 계약을 긍정적으로 검토주겠다고 했었다. 각색 고를 보낸 후 답이 오는데 석 달이나 걸린 건 그 동안 투자사와 배우들에게 시나리오를 보내고 답을 기다리느라 그런 것일 수도 있다. 드디어 그린라이트가 켜진 것이다!

에이… 진짜 이런 거 그만 하자. 헛된 기대는 노화의 지름길이다. 몇 달 전 밀리언 필름의 답을 기다리다 지쳐 내가 직접 주변 지인들에게 '공소시효'를 돌려보고 이미 반응을 확인한 바 있지 않았던가. 놀랍게도 재미있다는 사람이 단 한 명도 없었다. 설상가상 재미가 있고 없고를 떠나 듣지 말았어야 할 말까지 들어 버렸다.

지금까지도 '꼴리는 영화'의 제작 실장이던 오남영 피디의 입에서 나온 절대로 듣지 말았어야 할 한마디를 잊을 수가 없다.

밀리언 필름의 답을 기다리다 지쳐 지푸라기 잡는 심정으로 모니터를 돌릴 때 오 피디에게도 시나리오 모니터를 부탁했었다. 오 피디가 '꼴리는 영화' 시절과는 달리 메이저 투자 배급사의 블럭버스터 텐트폴 작품의 프로듀서로 참여하고 있다는 사실을 건너건너 들었기 때문이다. 혹시 모르는 일 아닌가. 밀리언 필름에서 짤리고 갈 데 없어지면 오 피디가 불러줄지도….

오 피디는 내 전화를 받고는 엄청 바쁜 척 하더니 일주일

뒤 자기가 일하는 사무실 근처의 카페에서 보자고 했다. 이제
와 생각하면 자기가 너무 바쁘니 30분 이상 시간을 내줄 수는
없다고 했을 때 만나지 말았어야 했다.

＊＊＊

오 피디가 오후 1시에 보자고 해서 나는 12시 50분에 카페
에 도착해 창가 좋은 자리를 잡고 앉아 있는데 오 피디는 무
려 40분이나 늦게 나왔다. 하지만 미안하다는 말은커녕 그럴
기미도 전혀 없었고 유명 감독의 블럭버스터 텐트폴 작품의
프로듀서로 참여 중이어서인지 '꼴리는 영화' 제작 실장이던
시절과는 달리 어깨에 힘이 잔뜩 들어가 있었다.

옛날엔 오 피디가 나에게 잘 보이려고 했던 것 같은데 이제
는 내가 오 피디에게 잘 보이고 싶은 마음이 더 컸는지 오 피
디가 내 쪽으로 다가오자 나도 모르게 자리에서 벌떡 일어나
졌다.

"피디님 안녕하세요!"

"감독님 오랜만이네요! 어떻게 지내셨어요?"

"그냥 열심히 다음 작품 준비하고 있습니다. 우와, 그런데
피디님! 안 본 사이에 정말 멋있어지셨는데요? 잘 나가셔서 그
런가요? 하하."

"잘 나가긴요. 그냥 열심히 하는 거죠."

　나보다 2살 많은 오 피디는 촌스럽고 볼품없는 개저씨 스타일로 유명했는데 이제 잘 나가는 작품의 프로듀서랍시고 어울리지도 않게 세련된 스타일의 옷을 걸치고 있었다. 안경은 물론이고 운동화조차 제법 비싸보였다. 살짝 우스웠지만 애써 내색하지 않았다.

　"우리가 안 본 지 한 3~4년 됐나요? 무슨 영화 뒷풀이 때 본 것 같은데."

　"그런 것 같아요. 아… 벌써 그렇게 지났다니! 시간 빠르네요. 저 이러다 올림픽 감독 되겠어요? 월드컵 감독인가? 하하."

　"올림픽 감독이라도 되면 다행이죠. 영화감독이 4년에 한 편씩 만들면 훌륭한 거잖아요. 감독님도 아시겠지만."

　"당연하죠. 빨리 차기작을 찍어야 하는데… 이러다 10년 넘기겠어요. 하하."

　"그래서 말씀인데… 제가 이런 말씀 드려도 되는지 모르겠는데 진짜 오해하지 말고 들어주셨으면 좋겠어요."

　"네? 걱정 말고 편하게 말씀해주세요. 저, 시나리오 욕 먹었다고 삐지는 그렇게 옹졸한 사람 아닌거 아시잖아요."

　"흠… 시나리오 쓰시느라 정말 고생 많으셨고요."

　"별 말씀을요. 다들 그 정도는 하잖아요."

　그때까지만 해도 오 피디가 내 시나리오 대한 허심탄회한 쓴소리를 해주려는 줄 알았다. 이미 마음의 준비도 하고 있었고. 하지만 오 피디는 내 시나리오 모니터를 해주려고 나온 게 아니었다.

시나리오 쓰느라 고생했다는 하나마나한 말을 던진 이후 본인이 예고한 30분이 다 지나도록 시나리오 얘기는 한 마디도 없이 자기가 지금 준비하는 영화에서 얼마나 중요한 사람인지에 대한 자랑과 얼마 전에 대출을 잔뜩 끼긴 했지만 강남 아파트 장만에 성공한 얘기만 줄줄이 늘어놓았다.

이러다 정작 시나리오 얘기는 한마디도 못 듣겠다 싶어서 매우 조심스럽게 오 피디의 말을 끊고는 아까 시나리오에 대해 하시려던 말씀이 뭔지 궁금하다고 했더니 전혀 예상치 못한 이야기가 흘러 나왔다.

"음… 감독님 정말 죄송한 말씀인데 감독님 같은 경우는 시나리오가 중요하지 않은 것 같아요."

"네? 그럼요?"

"사실은 감독님 시나리오 읽지도 않았어요. 제가 요즘에 정말 시간이 없거든요."

"아, 그러셨군요. 어이쿠. 엄청 바쁘신 거 알면서 번거롭게 해 드려 죄송합니다."

"그래도 뵙자고 한 건 진짜 이런 말씀드려도 되는 건지 모르겠는데… 언제 기회가 되면 꼭 한번 말씀 드리고 싶었거든요."

"정말 편하게 말씀 주세요."

“진짜 진짜 오해는 하지 마시고요.”

“우리 사이에 오해라뇨. 절대 그럴 일 없습니다.”

“감독님 이름을 바꿔보시는 건 어떨까요?”

“이름을… 바꿔요?”

“네. 아시다시피 감독님 전작 이미지가 너무 안 좋잖아요. 아무리 시나리오가 좋아도 감독님 이름으로는 투자 캐스팅이 안 될 거에요.”

“하하… 그런가요?”

“감독님도 아시잖아요. 제목부터 좀… ‘꼴리는 영화’라니… 흥행도 폭망했고요.”

오 피디의 말이 틀린 건 아니지만 너무 불쾌해서 실소밖에 안 나왔다.

“데뷔하고 10년째 고생하고 계신 감독님이 더 잘 아시겠지만 아예 경력이 한 편도 없는 신인 감독이라면 아무도 거절할 수 없는 좋은 시나리오를 써서 훌륭한 제작자를 만나면 언젠간 데뷔 기회를 잡을 수도 있겠지만 감독님에겐 치명적인 과거가 있잖아요. 그것도 처절하게 폭망한… 제목도 한 못 했죠. ‘꼴리는 영화’가 뭔가요? 하여간 방 대표가 나쁜 놈이에요. 제목 바꿔서 몇 푼이나 더 벌겠다고.”

애써 외면하고 있던 과거를 남의 입을 통해 들으니 더 고통스러웠다.

나도 안다. 동급이라면 폭망 감독의 시나리오보다는 신인 감독의 시나리오가 메이드 가능성이 높을 것이다. 사실은 나도 '꼴리는 영화' 감독이라는 수치스러운 과거를 세탁하기 위해 개명 고민을 안 해보진 않았다. 하지만 이 좁은 바닥에서 내가 '꼴리는 영화' 감독이라는 사실을 영원히 숨길 순 없을 것이고 언젠가 정체가 밝혀지면 꼴이 더 우스워질 것 같아서 참고 있었을 뿐이다.

오 피디의 얘기를 더 듣고 있다가는 내가 무슨 짓을 할 지 모르겠어서 당장 자리를 박차고 일어나고 싶은 내 마음을 아는지 모르는지 오 피디는 주제도 모른 채 계속 헛소리를 늘어놓았다.

"정말 죄송한데 저는 '꼴리는 영화' 제작 실장 경력은 필모에서 뺐습니다. 저만 이런 게 아니라는 거 감독님도 아시지 않나요?"

이미 알고 있다. 영진위 싸이트에서 검색해 보면 바로 나온다. 스태프들 뿐 아니라 배우 중에서도 필모에서 '꼴리는 영화'를 삭제한 이가 몇 명 있다. 후반 작업 때 어떻게든 배우들을 예쁘고 멋있게 나오게 하려고 애를 썼건만 다 부질없는 짓이었다.

"스태프들은 몰라도 배우들이 그러는 건 이해해 주셔야 해요. 감독님이 배우라면 '꼴리는 영화' 출연 경력이 자랑스럽겠어요? 그리고 그 감독의 차기작에 출연하고 싶으실까요? 19금에로 떡영화 감독의 차기작에?"

19금 영화로 데뷔하겠다고 할 때 주변에서 이런 우려가 없었던 건 아닌데 어쩐지 우려가 현실이 된 것 같다.

오 피디의 이름을 바꾸라는 조언은 한마디로 너 따위는 영화감독 때려 치우란 말이다. 감독은 가오가 생명이다. '꼴리는 영화'의 감독이라는 과거를 세탁하기 위해 이름을 바꾼다면 잠깐은 통할 지 모르나 결국 모두의 비웃음만 살 것이다.

폭망 감독이 얼마나 차기작을 찍고 싶었으면 이름까지 바꿨겠냐는.

005

내가 잘 나가는 감독이면 이렇게 후딱 헤어지진 않겠지

기껏 시나리오 모니터를 들으러 왔다가 도움은커녕 본전도 못 찾게 생겼다.

커피 값이 아까웠다. 비록 10년 전이지만 오 피디와 나는 제작 실장과 감독의 관계였으니 내가 사는 게 맞다고 우겨서 내긴 했는데 후회가 됐다. 별로 고마워하는 눈치도 아니고 오 피디 사무실 근처에서 만났으니 오 피디 법카로 얻어 마시는 게 맞았다. 암튼 오 피디의 팩트 폭격에 쓴웃음만 지으며 커피를 홀짝이고 있으려니 오 피디는 다음 일정이 있다며 먼저 자리에서 일어났다.

"보내주신 시나리오는 꼭 읽어 볼게요. 화이팅입니다 감독님!"

"시간 내주셔서 감사합니다 피디님. 조심해서 들어가세요."

내가 잘 나가는 감독이었다면 이렇게 커피만 후딱 마시고 헤어지진 않겠지. 애초에 점심 시간 끄트머리에 잠깐 틈내서 만나지도 않았겠지. 밥 사주고 술 사주고 노래방도 갔겠지. 그리고 당연한 결과지만 꼭 시나리오를 읽겠다는 오 피디로부터는 그 날 이후 아무런 연락도 없다. 넌 내가 두고 본다.

오 피디와의 비참하기 짝이 없던 마지막 만남을 생각하니 밀리언 필름이 고마워지면서 헝그리 정신이 솟아났다. 찬밥 취급이지만 그나마 나를 감독님이라고 불러 주는 곳은 밀리언 필름뿐이다. 어떻게든 잘 보여서 이번 기회를 살려내야 한다. 원 히트 원더도 아니고 데뷔와 동시에 폭망 후 한국영화 역사의 뒤안길로 사라지고 싶진 않다. 그러려면 '꼴리는 영화'의 실패를 만회할 수 있는 차기작을 찍어야 한다. 무조건!

그런데 과연 찍을 수 있을까? 지난 10년 간 새로 쓰는 시나리오마다 까였고 캐스팅도 안 됐고 어쩌다 시나리오가 그럭저럭 좋으면 감독 말고 그냥 시나리오만 팔라는 얘기나 들어왔다. 만약 이대로 영영 차기작을 못 찍으면 이 나이에 뭘 할 수 있지? 택배 상하차? 가뜩이나 허리도 안 좋은데 내가 할 수 있을지 모르겠다.

빠르고 쉬운 데뷔를 목표로 치기 어린 마음에 상대적으로 블루오션이라 여기고 만들었던 19금 영화 한 편이 이렇게까지 오랜 시간 내 발목을 잡을 줄은 몰랐다. 하지만 포기하지 않을 것이다. 진짜 괜찮은 시나리오 한 편만 쓰면 된다!

'꼴리는 영화' 감독이라는 수치스럽고 민망한 과거를 한 방에 날려버릴 아무도 거절할 수 없는 진짜 진짜 괜찮은 시나리오 한 편만 쓰자. 10년째 못 쓰고 있지만 대기만성일 수도 있는 것이다. 마음 단단히 먹고 정신 차리고 쓰면 다음 시나리오는 다를 수 있다. 그거 한 방이면 다 해결된다. 택배 상하차를 고민할 시간에 한 글자라도 더 쓰자.

＊＊＊

밀리언 필름은 데뷔작인 '꼴리는 영화'의 폭망 이후 4번째로 몸담은 제작사다. 삼세번이라고 세 번째 회사에선 꼭 잘 될 줄 알았고 답답한 마음에 찾아갔던 봉천동 사주 카페 선생님도 이번엔 잘 될 거라고 했는데 네 번째까지 오게 될 줄은 몰랐다.

간만의 영화사 미팅이니 혹시나 늦을까 싶어 집에서 일찌감치 출발해 약속 시간 20분전에 대로변에서 10분 정도 안으로 걸어 들어가야 하는 밀리언 필름 근처에 도착했고 10분간 건물 주차장에서 서성이다 정확히 1시 55분에 3층에 위치한 사무실로 걸어 올라갔다.

밀리언 필름 입구엔 흥행 실패작 SNS 스릴러 영화 '구독해주세요'의 포스터가 붙어 있었고 문은 살짝 열려 있었다. 몇 달 만에 방문한 사무실은 스터디 카페처럼 조용했다.

"안녕하세요!"

고요함을 깰까 싶어 조용한 목소리로 인사를 하자 입구에서 가장 가까운 자리에 있던 기획팀 막내 양서연 피디가 자리에서 벌떡 일어나 꾸벅 고개 숙여 인사한 후 내 쪽으로 다가왔다.

"아, 오셨어요. 감독님? 죄송한데 대표님이 지금 미팅 중이어서요."

"네넵! 괜찮습니다. 제가 좀 일찍 왔잖아요. 헤헷."

시계를 보니 약속 시간 정각이었다. 양 피디는 나를 어떻게 처리할지 모르겠는지 핸드폰과 회의실 쪽을 번갈아 보며 난처해했다. 그러자 잠시 후 회의실 문이 열리고 석 팀장이 얼굴을 빼꼼 내밀었다. 석 팀장은 몇 달 안 보는 사이에 제법 후덕해져 있었다.

나는 말없이 석 팀장에게 손을 번쩍 들어 인사를 대신했고 석 팀장은 그런 나를 힐끔 바라보고는 서연에게 뜻 모를 손짓을 한 후 다시 회의실로 들어갔다. 서연은 석 팀장의 손짓의 뜻을 알아들었는지 나를 출입구 바로 옆의 감독 방으로 안내했다.

이 방은 원래 전작의 흥행 실패 이후 7년간 일이 없던 이현철 감독이 쓰던 방인데 웬일인지 텅 비어 있었다. 나와 함께 감독 방으로 들어온 서연은 문을 닫고는 잔뜩 미안한 얼굴로 속삭이듯 이야기했다.

"감독님, 죄송해요. 대표님 미팅이 길어져서요. 여기서 잠시만 기다려주실 수 있을까요?"

"당연히 기다릴 수 있죠. 얼마든지 괜찮으니 천천히 일 보세요."

"커피 드실래요? 아이스 드시죠? 아니면 뜨거운?"

"아무거나 괜찮은데 아이스, 아니 뜨거운이 좋겠네요. 그런데 혹시 대표님 미팅은 언제쯤 끝날지 알 수 있을까요?"

"금방 끝날 것 같아요. 갑자기 손님이 오셔서요. 이해해주셔서 감사해요. 감독님."

"하하. 이해라뇨. 바쁘신 분인데 그럴 수도 있죠. 전 정말 괜찮으니 신경쓰지 마세요."

이게 무슨 시츄이에션이지? 양 피디 앞이라 아무렇지도 않은 척했지만 미팅 시간을 오후 4시에서 2시로 변경한 것도 그렇고 기껏 정확히 시간 맞춰 왔는데 갑자기 온 손님 때문에 기다리라니 어이가 없는 차원을 넘어 불쾌해지려고 했다.

특히 조재웅이 불쾌했다. 아까 사무실에 들어왔을 때 서연의 맞은 편 자리에 앉아 있던 기획팀 조재웅 피디는 내가 들어오는 걸 파티션 너머로 힐끔 보고서는 인사 없이 다시 모니터 쪽으로 시선을 돌렸다. 분명 눈이 마주쳤는데 시선을 돌려버리다니 인성에 문제가 있다. 나보다 한참 어린 조카뻘 피디에게 이런 대접을 받아야 하다니. 하아… '꼴리는 영화'가 폭망하지만 않았어도 여기서 이러고 있진 않을 텐데.

서연이 나간 뒤 나 혼자 감독 방에 틀어박힌 채 흐릿한 유리창 너머로 바깥 분위기를 살펴보니 감독으로서의 존중은 전혀 느껴지지 않았다. 존중은커녕 내가 와 있다는 사실조차 신경쓰지 않는 듯했고 어쩐지 눈 마주치는 것조차 꺼리는 것 같았다.

대기 장소도 묘하게 거슬렸다. 이 방은 예전에 이현철 감독이 쓰던 방인데 지금은 마치 창고처럼 생수통, A4지 등의 비품과 씨네21 과월호 서너 권이 굴러다니고 있었다. 내가 밀리언 필름 직원도 아닌데 너무 편하게 생각하는 것 같아 당황스러웠다.

방이 썰렁한 걸 보니 이현철 감독이 준비하던 작품은 엎어진 모양이다. 책상 위엔 오래된 데스크톱만 덜렁 놓여 있었는데 키보드 위엔 먼지가 쌓여 있었다. 이 감독과는 전작의 흥행 실패 이후 오랜 시간 차기작을 준비하고 있다는 공통점 때문에 동병상련의 정을 나누며 친하게 지내는 사이였다. 작품 준비하느라 바쁠 것 같아 연락을 안 한 지 오래 됐지만 어쩐지 지금 연락하면 기분 좋은 소식이 들려올 것 같았다.

'감독님 잘 지내시죠? 저 밀리언 필름 왔습니다!'

이 감독에게 안부 카톡을 보냈더니 금방 답이 왔다. 밀리언 필름에서 이 감독이 준비하던 작품은 캐스팅과 투자가 안 돼서 무기한 홀딩 후 지금은 다음 작품 준비하며 집에서 쉬고 있다고 했다. 예상대로 기분 좋은 소식이었다. 누군가 일이 잘 안 풀렸다는 소식을 들으면 그렇게 기분이 좋을 수가 없다. 그리고 이 감독은 묻지도 않았는데 장문의 카톡으로 밀리언 필름의 재정 상태에 대해 알려주었다.

'거기 돈 없어요. 투자가 빠그러졌다나요? '구독해 주세요'

도 망한 거 아시죠? 감독님도 시간낭비 말고 빨리 탈주하세요. 밀리언 탈출은 지능순인 거죠ㅋㅋ 조만간 소주 한 잔 하며 탈주 후기나 나누시죠. 그럼 안전 이별 기원할게요!'

회사에 돈이 없다는 얘기에 가슴이 철렁 내려앉았다. 설마 시나리오가 재미없다는 이유로 계약금을 돌려달라는 건 아니겠지? 회사 운영비에 한 푼이라도 보태야 하니까?

내 사전에 환불은 없다. 돈이 없기 때문이다. 그리고 계약서 어디에도 내가 쓴 시나리오가 재미없으면 계약금을 돌려줘야 한다는 조항은 없었다. 아무리 듣보잡 신생 영화사라도 가오가 있는데 얼마 되지도 않는 계약금을 돌려달라고는 안 하겠지만 혹시 몰라 이런 저런 경우의 수를 따져보며 마음의 준비를 다졌다.

강 대표가 무슨 말을 하든 그 어떤 경우에도 언성은 높이지 말자. 예의를 지키자. 이제부터 중요한 건 안전 이별이다. 하아… 내가 어쩌다 여기까지 온 걸까… 진짜 어디서부터 잘못된 걸까? 타임머신을 타고 과거로 돌아간다면 언제로 돌아가야 폭망한 현재를 바꿀 수 있을까?

분명 조감독 시절까지는 나쁘지 않았다. 일을 잘한다는 평가가 지배적인 데다 확실히 전도유망한 이미지였다. 하지만 조감독 일을 잘하는 것과 감독 데뷔는 전혀 다른 얘기였다. 오랜 조감독 생활 틈틈이 집필한 시나리오가 캐스팅과 투자에 실패해 번번이 엎어지자 홧김에 하지 말아야 할 선택을 한 것이 잘못이었다.

오다 가다 우연히 술자리에서 소개 받은 방주혁이라는 자칭 제작자에게 유명 배우를 캐스팅 하지 않아도 메이드가 되는 저예산 19금 영화 연출을 제안받은 것이다. 시나리오에 대해선 다 필요 없고 야하기만 하면 된다고 했다. 방 대표의 뒷조사를 해 보니 어디선가 눈먼 돈을 땡긴 게 확실했다. 바로 이거다 싶어 2주일 가량 방구석에 틀어박혀 이 영화 저 영화 짜깁기 해 시나리오를 써 갔는데 너무 좋다고 했다.

당시 내가 지은 제목은 ’꼴리는 영화’가 아니었고 지금 생각하면 부끄럽기 짝이 없는 퀄리티의 시나리오였지만 연출만 재밌게 잘 하면 된다는 생각에 일사천리로 캐스팅과 프리 프로덕션 작업을 완료한 후 촬영을 진행했으나 열악한 제작 환경에서 완성에만 의의를 두다 보니 결국엔 죽도 밥도 안 됐다.

애초에 과거가 수상한 족보 없는 뜨내기 제작자가 꼴랑 2주 만에 쓴 시나리오를 좋다고 할 때부터 뭔가 잘못됐다고 생각했어야 했다. 잘못된 선택임이 분명하지만 19금 영화가 아니었으면 데뷔를 할 수 있었을지 모르겠다.

그나저나 감독 방이 비어 있다는 사실이 자꾸만 신경 쓰였다. 강 대표가 나를 급하게 보자고 한 이유가 이현철 감독의 부재 때문일 수 있다. 그리고 내가 알기로는 밀리언 필름에 나 말고 다른 감독은 아직 없다. 있으면 석 팀장이 얘기해 줬을 것이다. 혹시 나보고 이현철 감독이 쓰던 감독 방을 쓰라는 제

안을 하기 위해 부른 것일까? 그런 것 같다. 다른 이유는 떠오
르지 않는다.
  아… 이게 얼마 만의 감독 방이란 말인가!

006

폭망 감독 10년을 버틸 수 있었던 비결

만약 감독 방이 생긴다면 드디어 집 구석에서 나와 사람들이랑 점심도 같이 먹고 회의 같은 것도 하면서 사람답게 살 수 있게 된다. 방에 생수통과 각종 비품들이 쌓여 있는 건 아직 내가 이 방을 쓸지 안 쓸지 모르기 때문이겠지?

마지막으로 시나리오를 보내고 석 달 간 연락이 없었지만 단지 검토에 시간이 오래 걸렸을 뿐일 수도 있다. 결과적으로 시나리오가 마음에 든 것이고 감독까지 맡기고 싶은 것이다. 그게 아니면 창고나 다름없는 감독 방에서 하염없이 대기하고 있는 지금 이 상황은 설명이 안 된다.

비록 여기 아니면 갈 데가 없는 사람처럼 군소리 없이 기다리고 있는 신세지만 감독 방을 쓰라고 했을 때 뭐라고 대답을 해야 기성 감독으로서의 가오가 살까 고민하며 두근두근 설레고 있는데 똑똑 노크 소리와 함께 문이 열리더니 양서연 피디가 아이스 커피를 들고 사뿐사뿐 걸어왔다.

어라? 난 분명 뜨거운 커피를 부탁했던 것 같은데… 양 피디가 보기보다 맹한 구석이 있구나? 은근 귀엽군. 뭐 뜨거운 것이면 어떻고 아이스면 어떠냐. 여기 커피 마시러 온 것도 아니고.

"감독님, 아이스 아메리카노 맞으시죠?"

"맞아요! 고마워요. 양 피디님! 그런데 이 감독님은 어디 가셨나요? 예전에 이 방 쓰셨던 것 같은데…."

"그건… 이따가 팀장님이 말씀해 주실 거에요. 저는 하던 일이 있어서 이만…."

"아, 네. 전 신경 쓰지 마시고 일 보세요."

내 예상이 맞을 것이다. 감독 방을 쓰라는 얘기를 하라고 부른 것이다. 하지만 감독 방이 생길 지도 모른다는 설렘은 오래 지속되지 않았다.

그로부터 두 시간이 지나도록 아무도 나를 찾지 않았다. 내가 이 방에 있는 걸 사람들이 까먹은 게 아닌가 싶을 정도였다. 금방 끝난다는 미팅은 끝나기는커녕 잊을 만하면 한 번씩 강 대표의 호탕한 웃음소리만 들려오는 게 도저히 금방 끝날 분위기가 아니었다. 이 상황을 이해할 수가 없었다.

인내심 테스트는 아니겠지? 듣보잡 신생 영화사 주제에 신인도 아닌 기성 감독을 불러놓고 두 시간을 기다리게 만들다니… 나중에 강 대표를 만났을 때 도저히 아무렇지도 않은 척 표정 관리를 할 자신이 없었다. 오히려 아무렇지도 않은 척하면 감독이 벨도 없다고 비웃을까 봐 일부러라도 화를 내주는 게 맞을 것 같았다.

　당장 자리를 박차고 뛰쳐나가야 감독답지 않을까? 고민하고 있는데 기획팀 조재웅 피디가 노크도 없이 문을 벌컥 열고 들어오더니 오래 기다리게 해 드려서 죄송하다는 말과 함께 내가 석 달 전에 보낸 '공소시효' 각색 고에 대한 A4 한 장짜리 모니터를 달랑 던져 주고 나갔다.

　기다리기 지루하던 차에 잘 됐다 싶어 모니터를 읽어보니… 한 마디로 요약하면 그냥 더럽게 못 썼으니 영화로 만들지 말자는 얘기였다. 장점과 단점이 일목요연하게 정리되어 있었는데 장점은 "저예산으로 촬영이 가능하다" 달랑 한 줄뿐이고 단점은 "여성 관객들이 싫어할 것 같다"를 포함해 수두룩 빽빽 끝도 없이 이어졌다.

　조재웅 피디가 툭 던지고 나간 A4 한 장짜리 모니터를 읽고 나자 아찔한 현기증과 함께 뒷목이 땡겨왔다. 감독에 대한 예의와 존중은커녕 성의조차 없는 모니터였다. 다시 한번 읽어보니 미리 작성해 둔 건 아니고 대기 시간이 하염없이 길어지자 모니터라도 한 장 던져 주라는 석 팀장의 얘기를 듣고 급하게 작성한 느낌이었다.

　캐릭터가 평면적이고 톤앤매너는 불쾌하고 전개는 작위적이고 구성은 허술하다고? 빌런이 방 구석에서 혼자 그 짓 하는 장면은 더럽고 작품 전체에 깔려 있는 여혐 정서가 위험하고… 그래서 개발 가치가 없다고? 에라이… 반박의 가치조차 없는 모니터였다. 내가 김칫국을 마셨구나. 감독 방을 줄 지도 모른다고 잠깐이나마 설렜던 나 자신이 한심했다.

이건 백프로 계약금 환불이다. 시나리오가 재미없으니 계약금을 돌려달라는 얘기를 굳이 얼굴 보고 직접 들어야 할 이유는 없을 것 같고 듣고 싶지도 않았다. 내용증명이나 보내라지. 더 이상 황금 같은 시간을 낭비하고 싶지 않아 자리를 박차고 일어 나려는데 문득 모니터 작성자가 궁금해졌다.

도대체 누가 이딴 걸 모니터라고 쓴 건지 안다 해도 딱히 내가 할 수 있는 건 없지만 이름이라도 기억해 두었다가 나중에 복수할 수 있으면 하려고 모니터 용지를 앞 뒤로 샅샅이 훑었지만 그 어디에도 작성자 이름은 적혀 있지 않았다.

어이가 없었다. 장점은 한 줄인데 단점은 수두룩 빽빽한 것도 모욕적이지만 작성자 이름도 없다니 익명의 테러를 당한 기분이었다. 니들이 이런 식으로 나올수록 내가 니들에게 계약금을 돌려줄 일은 절대로 없을 것이다. 누군지 알아내고야 말겠다.

모니터에 작성자 이름은 적혀 있지 않았지만 대충 짐작은 됐다. 보통 영화사에서 이런 모니터를 작성하는 건 기획팀 막내나 인턴이다. 양서연 아니면 조재웅인데… 양 피디는 아닐 것이고 높은 확률로 조 피디일 것이다. 언젠가 꼭 감독이 되고 싶다고 했으니 데뷔하자마자 폭망 후 10년째 놀고 있는 내가 우습고도 한심했겠지. 지는 다를 줄 알 게 분명하고.

괘씸한 건 석 팀장이다. 양서연이든 조재웅이든 모니터를 누가 작성했든 이걸 감독에게 건네주라고 한 건 석 팀장일 것이므로 석 팀장의 책임인 것이다. 석 팀장은 이 따위 모니터를 감독에게 다이렉트로 보여주는 건 예의가 아니라는 사실을 그 누구보다 잘 알고 있다.

당장이라도 감독 방을 뛰쳐나가 시나리오 모니터랍시고 던져 준 A4를 찢어 발겨서 면전에 뿌려주고 싶었으나 일단은 꾹 참기로 했다. 지난 10년 간 이보다 험한 꼴도 많이 겪었다. 사실 이 정도는 별 거 아니다. 참을만하다. 고작 이런 걸로 뚜껑이 열린다면 그거야말로 감독실격이지. 무엇보다 폭망 후 여기가 4번째 영화사다. 더 이상은 불러주는 곳도 갈 곳도 없다.

그냥 다 때려치우고 시나리오 공모전에나 올인할까?

만약 대상을 받는다면 그나마 폭망 감독이라는 불가촉 천민 신분에서 업그레이드가 가능할 것이다. 아무리 생각해도 폭망 감독으로 차기작을 준비하는 건 난이도가 너무 높다. 바로 그 때 두 달 전쯤 개최된 시나리오 공모전에 오래 묵혀뒀던 시나리오 몇 편을 응모했던 사실이 떠올랐다. 공모전 공고가 뜬 걸 보자마자 로또 사는 심정으로 응모했는데 응모했다는 사실조차 까먹고 있었다. 슬슬 수상자들에게 연락을 돌릴 때가 된 것 같은데 아직까지 나에게 연락이 없는 걸 보니 심사 중인 게 분명하다.

오늘 밀리언 필름에서 나가리 통보를 받고 다음 주쯤 시나리오 공모전에서 대상을 받으면 얼마나 통쾌할까? 생각만 해도 행복해지려는데 부르르 핸드폰 알림이 왔다. 확인해 보니 내가 아무도 모르게 비밀리에 운영하는 블로그에 새로운 댓글이 달렸다는 알림이었다.

이 블로그는 내가 폭망 감독 10년을 버틸 수 있었던 비결이다.

나는 폭망 감독이기만 한 것은 아니다. 폭망 감독으로서의 비참한 현실을 부정하고 싶을 때마다 슬그머니 튀어나오는 내 안의 부캐가 존재한다. 애널맨. 세상이 알고 있는 나의 본캐는 폭망 감독이지만 부캐는 파워 인플루언서 영화 리뷰어 애널맨인 것이다. 내가 애널맨이라는 사실은 당연히 아무도 모른다. 알리지도 않았고 알려져서도 안된다.

특기는 영화 혹평. 남이 애써 만든 영화를 잘근잘근 조목조목 혹평하고 있노라면 내가 저 영화 감독보다는 낫다는 우월감과 함께 폭망 감독이라는 사실을 잠시나마 잊을 수 있고 가끔씩 '하트'를 눌러주는 팬도 생긴다. 세상 모든 영화의 평점을 '꼴리는 영화' 수준으로 하향 평준화 시키는 게 인생의 목표라도 되는 듯 작정하고 악평을 올려서 평점을 낮춘다. 포털 영화 싸이트에 짧게 올리는 관람평은 단검, 애널맨이라는 이름으로 비밀리에 운영하는 블로그에 올리는 리뷰는 장검이고 영화에 따라 둘을 번갈아 가며 사용한다.

나의 부캐 애널맨 블로그에 무슨 비밀 댓글이 달렸는지 나중에 확인해도 되지만 강 대표 미팅이 금방 끝날 분위기가 아니어서 주변에 나를 보는 시선이 없는 걸 살핀 후 애널맨 블로그 계정에 조심스레 들어가 보았다. 새로운 비밀 댓글은 밀리언 필름이 야심차게 수입해서 개봉한 SNS 스릴러 영화 '구독해주세요'를 "노잼이라서 구독 해지합니다"라는 제목으로 잘근잘근 혹평한 포스팅에 달려 있었다.

'ㅂㅅ 니 영화나 잘 만들어' [작성자 : 난니맨]

작성자가 난니맨? 어째 아이디가 익숙한 느낌인데 작성 시간을 보니 방금 전이다. 그리고 난니맨이라는 아이디를 어디서 봤는지 생각하다 심장이 멎는 줄 알았다.

'최경진 감독 직업 바꿔라. 아 짜증난다. 이걸 영화라고 찍었냐?' [작성자 : nani****]

애널맨 블로그에 비밀 댓글을 단 '난니맨'과 포털 사이트 '꼴리는 영화' 관람평에 악평을 올린 'nani****'이라는 아이디가 유사했다. 'nani****'과 '난니맨'이 동일인물이란 말인가? 만약 그렇다면 이 놈은 '꼴리는 영화' 최경진 감독이 애널맨이라는 사실을 알고 있는 것이다. 어떻게 알았지? 어떤 놈이지? 난 지금까지 내가 애널맨이라는 사실을 그 누구에게도 이야기하지 않았고 들킨 적도 없다.

난니맨 이 놈은 단순 악플러가 아니다. 나의 데뷔작 '꼴리는 영화' 관람평에 내 이름 석자를 언급하며 악평을 단 것도 모자라 지난 수 년간 아무도 모르게 비밀리에 운영 중인 블로그에까지 와서 비밀 댓글을 달았다. 그것도 내가 지금 일하고 있는 영화사에서 야심하게 수입해서 개봉했다가 흥행에 실패한 SNS 스릴러 영화 '구독해주세요'를 처참하게 혹평한 포스팅에;;

뭔가 노림수가 있는 건 분명한데 내가 애널맨이라는 사실을 어떻게 알았는지와 이렇게 정체를 숨겨가면서까지 나를 괴롭히는 이유는 짐작조차 되지 않았다. 어쩐지 악플 테러 정도로 끝나진 않을 것 같다는 불길한 예감도 들었다.

도대체 나에게 왜 이러는 거지?

007

영화과 졸업 후 입봉 준비만 17년째인 감독 지망생

설마 석 팀장이 난니맨?

야심차게 개봉한 '구독해주세요'의 관객 반응을 살피다 "노잼이라서 구독 해지합니다"라는 제목의 혹평 리뷰를 발견하고 그 리뷰를 작성한 블로그 주인인 애널맨이라는 놈의 정체를 추적하다가 애널맨의 정체가 나라는 사실을 눈치챈 것이다.

오늘 나를 급하게 호출한 건 데뷔와 동시에 폭망 후 10년째 놀고 있는 게 불쌍해서 기껏 기회를 줬더니 혹평으로 보답한 게 괘씸해서 계약금 토해내고 나가라는 통보를 하기 위해서일 지도 모르겠다. 아니면 내가 애널맨이라는 사실을 약점으로 잡고 자기 맘대로 휘두르고 후려치고 가스라이팅하려는 걸 수도 있고.

적어도 영화과 동기 조지선보다는 석 팀장 쪽이 난니맨이라는 게 훨씬 개연성 있었다. 아무리 생각해도 지선에겐 정체를 숨기고 익명의 테러를 가할 이유가 없다. 실질적인 이득이 전무하다. 하지만 석 팀장이라면 범행 동기가 그럴듯했다. 석 팀장이 내가 애널맨이라는 사실을 어떻게 알았는지는 모르겠지만 이렇게 약점을 잡고 협박하면 훨씬 더 효과적으로 원하는 목적을 달성할 수 있을 것이다.

그런데 석 팀장이 아니라면?

석 팀장은 그런 음흉한 캐릭터와는 거리가 멀다. 그리고 10년째 놀고 있는 폭망 감독에게 딱히 원하는 게 있을 리도 없다. 어쩐지 석 팀장은 아닌 것 같다.

아무도 모르는 줄 알았던 애널맨이라는 나의 부캐를 정체불명의 악플러에게 들켰다는 사실에 멘붕이 왔다. 정신 똑바로 차려야겠다. 중요한 건 왜 이러는지보다 앞으로 뭘 어쩌려는지이다. 아무리 머리를 굴려도 답이 나오지 않아 심란한 가운데 또 다시 핸드폰 알림이 왔다. 난니맨인가 싶어 떨리는 손으로 발신자를 확인해 보니 영화과 동기 심동민이었다.

동민은 영화과 졸업 후 입봉 준비만 17년째 중인 감독 지망생이다. 17년이 긴 것 같아도 연출부 두어 편 하고 시나리오 공모전 대여섯 번 떨어지고 감독 계약이 성사되려다 말길 반복하고 이도 저도 안 돼서 홧김에 독립영화를 만들겠다며 영진위 제작 지원 사업 알아보고 이런 저런 준비하다 보면 금방이다. 그리고 17년쯤 됐으면 본인도 안다. 이번 생에 감독 데뷔는 글렀다는 사실을….

기성 감독으로서 영화사 대표 미팅을 앞두고 있는 내가 지금 한가하게 감독 지망생 따위의 전화를 받고 있을 때가 아니다. 그리고 동민의 전화라면 받아봤자 별 볼 일 없을 게 뻔하다. 할 말 있으면 문자를 보낼 것이지 안 그래도 심란한데 쓸데없는 이야기나 늘어놓을 게 뻔해서 씹었는데 잠시 후 카톡이 왔다. 바쁠 일도 없으면서 귀찮게 자꾸 왜 이러나 싶어 확인해 봤더니 전혀 예상치 못한 이의 부고 알림이었다.

[임문호 감독님 부고 알립니다. 발인은…]

임문호 감독님이 돌아가셨다고?

믿을 수 없었다. 임문호 감독은 개인적으로는 5년이란 시간을 감독님으로 모신 영화 스승이자 한국 영화 역사에 작지만 뚜렷한 한 획을 그은 영화감독이다. 만드는 영화마다 손익분기점을 넘기며 한참 잘 나가던 시절이 있었지만 10년 전쯤 흥행에 처참하게 실패한 후 독립영화로 재기를 도모하시던 분이었는데 결국은 그마저도 실패하고 역사의 뒤안길로 사라졌다고 생각하니 기분이 싱숭생숭했다. 덕분에 듣보잡 신생 영화사에서조차 투명 인간 취급을 받고 있는 신세를 잠시나마 잊을 수 있었다.

임문호 감독을 생각하면 언제나 "영화감독은 딱 두 종류야. 원래 돈이 많은 감독과 그렇지 않은 감독. 영화로 돈을 버는 건 불가능하기 때문이지. 그러니까 돈이 없는 감독은 계속 없을 거라고 보면 돼."라고 입버릇처럼 말하던 장면이 떠올랐다.

임 감독은 원래 돈이 많은 감독이었다. 본인이 부잣집 아들이고 처갓집은 더 부잣집이다 보니 평생을 돈 걱정 없이 살았다. 말년에 가족들 돈으로 독립영화를 만들기 전까지는….

'유언'

임 감독이 가족들 돈을 끌어다 만든 유작의 제목이다. 불치병에 걸린 어느 늙은 영화감독이 시한부 판정을 받고는 투자 유치 실패로 제작이 무산된 영화를 사채까지 끌어서 만들다가 크랭크업 직후 쓸쓸한 죽음을 맞이하는데 얼마 뒤 예술영화 극장에서 조촐하게 개봉한 '유언'이 관객의 입소문을 타며 조용한 대박을 암시하며 끝나는 열린 결말이다.

하지만 실제 '유언'은 해외영화제 진출에 실패하고 창고영화로 오래도록 방치되어 있다가 어딘지도 모를 변두리 극장 몇 군데를 스쳐 지나간 후 역사의 뒤안길로 사라져 버렸다. 이래서 투자가 안 되는 영화는 억지로 만들면 안 되는 거라는 말이 있는 것이다. 임 감독의 유작이 되어버린 '유언'처럼 본인의 영화 인생 역시 쓸쓸하게 끝나버렸으니 차기작 제목은 신중히 짓는 게 맞겠다. 그러고 보니 나도 데뷔작 제목을 잘못 지은 것 같다.

임 감독이 '유언'을 가족들 돈으로 만들겠다는 결단을 내렸을 당시 나는 감독 데뷔를 준비 중이어서 임 감독의 조감독으로 와서 일하라는 제안을 거절했었다. 이기적인 새끼! 니가 그럴 줄 몰랐다며 분노한 임 감독에게 나 대신 영화과 동기이자 대학 졸업 이후 자기 시나리오로 데뷔하겠다며 수 년째 방구석에 틀어 박혀 시나리오를 쓰고 있던 심동민을 조감독으로 소개시켜주었다.

임 감독은 동민의 관상이 별로고 못 사는 집 애 같다며 깠지만 결국 마음에 드는 조감독을 못 구했는지 촬영 직전에 동민이 무보수나 다름 없는 페이로도 일을 하겠다고 찾아오자 선심 쓰듯 조감독을 시켜주었다. 동민이 알아서 찾아간 건 아니고 내가 동민의 등을 떠밀었다. 그렇게 계속 방구석에 틀어박혀서 시나리오만 쓰다가 인생 종치고 싶지 않으면 지금 당장 임 감독님을 찾아가서 조감독 시켜달라고 무릎 꿇고 빌라고.

동민을 불안해하는 임 감독에게 걱정 마시라고 만약 감독님 작품의 촬영과 나의 데뷔작 촬영 기간이 겹치지만 않으면 감독님 현장에 일손이 필요할 때마다 찾아가서 도와드리겠다고 했는데 임 감독은 너 따위는 필요 없으니까 꺼지라고 했고 나 역시 빈정이 상해버려 촬영이 끝날 때까지 단 한 번도 촬영장을 방문하지 않았다.

촬영장엔 한 번도 안 갔지만 쫑파티엔 오라고 해서 뒤풀이 장소인 삼겹살 집에 갔더니 다들 뭔가 해냈다는 성취감에 한껏 들떠있는 게 느껴졌다. 얇디 얇은 냉동 삼겹살 집을 가득 채운 스태프들 대부분이 임 감독이 강사로 잠깐 몸담은 적 있는 영화과에 재학 중인 아직 철 모르는 학생들이어서 그런 듯했다. 영화과 졸업 이후에 벌어질 일을 조금이라도 알았다면 그러지 못했을 것이다.

뭐가 그렇게 기분이 좋은지 잔뜩 취해있던 임 감독은 내가 조감독 제안을 거절한 걸 두고 아직까지 삐져 있었다. 네깟 것보다 동민이 훨씬 똑똑하고 일도 잘하고 영화도 잘 찍을 거라며 한껏 추켜세워줬고 니가 없으니까 일이 더 잘 되더라며 네깟게 무슨 영화를 만드냐며 어디 얼마나 잘되는지 보겠다며 악담을 퍼부었다. 안 그래도 투자와 캐스팅이 하염없이 길어지는 바람에 스트레스를 받던 중에 임 감독의 악담까지 감당할 수가 없어서 그저 대박 기원한다며 헤헤거리다가 삼겹살집에서 먼저 나와 버렸다.

이제와 생각하면 아마도 '유언'의 쫑파티 날이 흥행 실패 이후 죽기 전까지 중에선 가장 행복했던 날이었을 것이다. 야심차게 가족들 돈까지 끌어모아 영화를 만들었지만 해외 영화제 수상에 모조리 실패하고 배급사를 구하지 못해 또 다시 가족들 돈으로 영화를 극장에 걸었지만 흥행에도 실패했다. 개봉관을 몇 군데 잡지도 못했고 무대인사 같은 건 꿈도 꾸지 못했으며 그나마 얼마 안 되는 극장에서조차 조조와 심야에만 퐁당퐁당 상영을 이어가다 1주일을 못 버티고 간판이 내려간 것이다.

그 때부터 사모님와의 사이가 틀어졌다고 들었다. 사모님이 부모님으로부터 유산으로 받은 땅까지 팔아가며 제작비를 대줬는데 이게 무슨 민폐냐며 바가지를 긁기 시작했다는 것이다.

나와 임 감독과의 재회는 '유언'의 흥행 실패 이후였다. 당시 나 역시 '꼴리는 영화'로 데뷔와 동시에 폭망해버리는 바람에 방구석에 틀어박혀 있던 신세였다. 임 감독님이 나를 보고 싶어한다는 동민의 연락을 받고 임 감독 집 근처 호프집으로 갔더니 임 감독은 이미 만취 상태였다.

자기가 보고 싶어한다고 해서 온 건데 임 감독은 나 따위에겐 관심이 없다는 듯 동민만 바라보며 "너 따위가 무슨 감독을 하겠다는 거냐! 니가 뭘 할 수 있다는 거냐! 그딴 걸 시나리오라고 썼냐?"고 폭언을 퍼붓는 중이었다. 잔뜩 쫄아있는 동민은 마치 지난 날의 내 모습을 보는 듯 했다. 그 자리엔 지금의 밀리언 필름 기획 팀장 석소연도 있었다.

내가 임 감독의 조감독이던 시절 스크립터였던 석 팀장은 임 감독의 옆자리에 다소곳이 앉아 임 감독의 잔에 술을 따르고 있었다. 석 팀장과는 임 감독의 조감독과 스크립터 시절 만나고 헤어지고를 반복하다 완전히 헤어진 사이여서 예고 없이 마주칠 때마다 기분이 싱숭생숭했다.

다음 타겟은 나였다. 임 감독은 석 팀장이 따라준 소주를 원샷한 후 나를 노려보며 "아이고… 감독님 오셨어요? 그런데 감독님 데뷔작이 폭망하는 바람에 제작사도 망했다면서요?"라고 비웃어댔다. '꼴리는 영화' 제작사 바람필름 얘기다. 공교롭게도 내 영화가 창립작이자 마지막 작품이 되었고 바람필름방 대표는 신불자 신세로 전락 후 지금까지도 연락두절 소재불명 상태다.

나도 이제 감독인데 듣지 말아야 할 말을 들은 것 같아 잠깐 버럭 하려다 너도 폭망 나도 폭망ㅋ, 폭망 감독 둘이서 이게 뭐 하는 시츄에이션인지 자괴감이 들어 꾹 참아 넘겼다. "헤헤, 그렇게 됐네요. 부끄럽습니다."라는 말과 함께 실실 웃어넘기자 석 팀장은 집에 급한 일이 생겼다며 자리에서 일어나려 했다. 그러자 임 감독이 버럭 소리를 질렀다.

"석소연, 너 이 놈아! 지금 가면 끝이야. 다신 나 못 볼 줄 알아!"

임 감독이 돼지 멱따는 소리로 꽥꽥 외쳤지만 석 팀장은 너 따위에겐 아무런 미련 없다는 기세로 쿨하게 가게에서 나가버렸다. 이렇게 석 팀장이 가버리면 남은 우리가 너무 괴로워질 것 같아 황급히 따라나갔는데 석 팀장은 어디로 갔는지 보이지 않았다. '어디야?'라고 카톡을 보냈지만 읽기만 하고 답이 없었다.

한참을 기다렸지만 답이 없어 다시 가게 안으로 들어왔는데 임 감독은 석 팀장이 떠나버린 걸 받아들이지 못하겠는지 동민을 향해 분노에 찬 뒷담화를 퍼붓고 있었다.

"분명 남자 만나러 갔을 거야. 남자 없인 못 사는 년이야 저거… 내가 관상을 보면 알아."

"에이… 감독님, 요즘 그런 말 하시면 큰 일 나요. 감독님은 공인이시잖아요."

동민이 주변을 살피며 조심스레 속삭이자 임 감독은 더 큰 소리로 떠들어댔다.

“뭐, 이 새끼야? 너 쟤랑 잤냐?”

008

폭망 감독보다는 감독 지망생이 낫다는 주의

석소연이랑 잤냐는 추궁에 동민이 아무런 답이 없자 임 감독은 다시 한번 언성을 높였다.

"쟤랑 잤냐니까?"

"무슨 말씀이세요, 감독님. 쟤는 제 스타일 아니고요. 소연이가 눈이 얼마나 높은데요. 저 같은 건 거들떠도 안 봐요."

"그럼 남자답게 한 번 달라고 하든가."

"아니, 제 스타일이 아니라니까요."

"스타일 같은 소리 하고 있네. 너도 꺼져, 이 새끼야."

임 감독은 뭐가 그렇게 못 마땅했는지 석 팀장을 향해 차마 입에 담지도 못할 천박한 욕설을 끝도 없이 퍼부어댔다. 왜 이렇게 분노하지? 설마 둘이 감독과 스크립터 관계를 넘어 남자와 여자로서 뭔 일이 있었나? 에이… 설마 아니겠지… 하면서도 사람 일 모르는 법이고 동민과 둘이서만 술에 취한 임 감독을 감당할 엄두가 나질 않아 다시 석 팀장에게 카톡을 보내보았다.

'답이 없네? 남자 만나러 갔니?'

'뭔 상관?'

'돌아와. 조금 있으면 우리도 일어날 거니까 잠깐만 더 있다가 같이 일어나자.'

'미안. 이미 택시 탐.'

'남자 만나러 가는 길?'

'누구 소개 받기로 했어.'

'누구?'

'영화사 대표'

'어느 영화사?'

'신생. 말해도 몰라.'

그렇다면야 붙잡을 수 없지.

'그 회사 돈 많아? 대표님은 뭐 하시던 분?'

'돈은 많대. 부잣집 아들. 강남 빌딩 건물주라나?'

'좋겠다. 혹시 필요하면 나를 이용해도 좋아. 이래봬도 기성 감독이잖아.'

'고맙ㅋ'

석 팀장이 그 날 소개받은 신생 영화사 대표가 지금의 밀리언 필름 강석현 대표이니 결국 나를 이용한 셈이다. 비록 내가 메이저 투자 배급사에서 관심 가질만한 레벨의 기성 감독은 아니지만 감독은 감독이니까. 내가 석 팀장과 카톡을 주고받는 사이 동민은 임 감독의 주사가 지긋지긋하다는 듯 벌떡 일어나더니 화장실에 가버렸다. 임 감독은 술자리에 자신과 나만 남은 걸 확인하고는 천천히 입을 열었다.

"야! 최 감독. 돈 좀 빌려줘라."

"죄송합니다. 감독님. 저도 어렵습니다."

임 감독이 왠일로 나를 최 감독으로 불러주나 의아했는데 역시 바라는 게 있었다. 이 정도는 아니었는데 정말 힘드셨나 보다 생각하고 있는데 동민이 화장실에서 돌아왔다. 임 감독은 이 때부턴 욕설 대신 동민의 칭찬을 늘어놓았다. 어렵고 힘들 때 옆에 있어준 동민이 진짜 의리 있는 놈이고 난 은혜도 모르는 양아치일 뿐이라고. 임 감독의 칭찬에 동민은 기분이 좋아졌는지 잘 마시지도 못하는 술을 퍼마시며 폭주하다 뻗어버렸고 임 감독은 동민이 뻗은 걸 확인 후 다시 돈 좀 빌려달라고 했다.

난 데뷔작도 망했고 차기작도 계속 엎어져서 진짜 어렵다고 정말 죄송하다고 거듭 사과를 했다. 그러자 임 감독은 가오가 상하셨는지 폭언과 악담을 퍼부어댔다.

"미안한데 니 영화 구려. 꼴리는 영화? 그딴 걸 영화라고 만들었냐? 설마 될 거라고 생각한 건 아니지? 니가 그러니까 안되는 거야. 고작 그딴 거나 만들려고 내 조감독 제안을 거절한 거냐? 그딴 거 만들고 폭망하느니 그냥 내 조감독이나 하는 게 니 인생엔 훨씬 도움이 됐을걸?"

난 반박은 하지 않았지만 듣고 있노라니 기분이 점점 나빠졌다. 아니 지가 나 데뷔를 시켜준 것도 아니고 조감독 시절 페이를 후하게 준 것도 아니고 술을 많이 사주거나 좋은 곳에 데리고 다녀준 것도 아니면서 왜 지랄이지?

"그래도 제 영화도 봐 주시고… 감사합니다, 감독님! 역시…."

"안 봤는데?"

순간 어이가 없어서 나도 모르게 욕이 튀어나올뻔했다. 폭언과 막말을 들어서 기분은 나빴지만 그래도 내 영화를 보느라 소중한 시간을 투자했으려니 생각하고 감사하게 생각하고 있었는데 내 영화를 보지도 않고 욕만 하고 있었다면 얘기가 다르다. 아무리 한 때 믿고 따랐던 감독님이라 해도 이건 선을 넘은 거 아닌가?

임 감독은 내가 속으로 무슨 생각을 하는지 아는지 모르는지 한참을 혼자 폭언을 퍼부은 후 비틀거리며 일어나더니 "그러니까 이건 최 감독이 사라."라는 말만 남기고 가게에서 나가버렸다. 동민이도 돈이 없을텐데 졸지에 내가 사야 하는 분위기가 돼서 도대체 얼마나 나왔는지 확인이나 하려고 카운터에 물어봤더니 아까 여자 분이 이미 계산하고 나가셨다고 해서 얼마나 고마웠는지 모른다. 석 팀장이 예전부터 센스 하나는 기가 막혔다.

예전 같았으면 임 감독을 따라 나가 집에 들어가시는 것까진 챙겨 드렸겠지만 더 이상 그러고 싶지 않았다. 아니 그럴 필요를 못 느꼈다. 임 감독이나 나나 같이 늙어가는 폭망 감독

처지에 누가 누굴 챙겨준단 말인가. 확실한 건 앞으로는 따로 시간 내서 볼 일은 없을 것 같다는 사실이다.

***

임문호 감독에게 들었던 폭언과 욕설이 몇 날 며칠이 지나도록 귓가에 아른거렸다.

평소엔 그러려니 하다가도 이불 속에 드러눕기만 하면 참았던 분노가 터져 나왔다. 이러다 홧병 날 것 같았다. '꼴리는 영화'가 역대급 걸작까지는 아닐 수 있어도 이렇게 욕을 먹을만한 영화는 아니다. 특히나 이젠 같은 폭망 감독 아닌가.

순간 기발한 아이디어가 떠올랐다. 나도 임 감독의 영화를 욕하면 되는 것이다. 하지만 차마 면전에 대고 욕을 퍼부을 엄두는 나지 않았다. 그런데 생각해 보니 굳이 그럴 필요가 없었다. 임 감독의 영화에 0.5점과 악평을 남기면 되는 것이다. 생각만 해도 속이 후련했다. 아니 내가 왜 이 생각을 못 했지?

벌떡 이불을 박차고 일어나 핸드폰을 켜고 임 감독의 유작인 '유언'에 0.5점과 악평을 남기려고 로그인을 했지만 아이디가 걸렸다. 임 감독과 이메일을 주고 받을 때 주로 써 온 아이디이기 때문이다. 임 감독이 이 아이디의 주인이 나라는 사실을 모를 수가 없다.

이 아이디로 0.5점과 악평을 남기는 건 면전에 대 놓고 욕을 하는 것과 다름없다. 아무리 임 감독이 앞으로 따로 시간 내서 볼 일 없는 폭망 감독이라 해도 차마 그럴 엄두까지는 나지 않았다. 그래서 얼른 새로 아이디를 만들었다. 애널맨. 누군가에게 잘 보이려고 아부하고 굽실거릴 때 빨아준다는 특정 신체 부위를 뜻하는 단어지만 그와는 전혀 상반되는 행동을 한다는 역설적인 의미가 마음에 들었다.

애널맨이라는 아이디로 임 감독의 영화 '유언'에 "더 잘 만들었어야죠, 감독님. 이러다 유작되겠어요."라는 관람평과 함께 평점 0.5점을 주고 나니 분노가 좀 가라앉았다. 임 감독은 자신의 영화에 달린 관람평을 모조리 찾아 읽는 스타일이다. 애널맨 아이디로 올린 관람평을 읽고 분노할 임 감독을 생각하니 속이 다 후련했다. 나라고 니 영화를 씹을 줄 몰라서 가만있는 줄 알았냐?

그런데 이렇게 임 감독의 부고 문자를 접하고 나니 그 때 술자리에서 돈을 안 빌려준 것도 말이 씨 된다고 정말로 임 감독의 유작이 되어 버린 '유언'에 "더 잘 만들었어야죠 감독님. 이러다 유작되겠어요."라는 관람평을 남긴 것도 죄송스러워졌다. 그래도 관람평을 삭제하진 않았다. 나는 애널맨이 아니니까.

그런데 석 팀장이 난니맨일 필요가 있을까? 아무리 생각해도 석 팀장은 굳이 정체를 숨기고 악플 테러를 할 이유가 없다. 석 팀장은 평소 대놓고도 하고 싶은 말 다 퍼붓는 스타일이다.

　하지만 심동민이라면?

　동민은 석 팀장과는 다르다. 17년째 감독 준비 중인 동민이라면 충분히 그럴 수도 있겠다는 생각이 들었다. 폭망 감독으로 간신히 버티는 와중에도 동민이를 생각하면 마음이 편해졌다. 나는 그래도 영화감독으로 데뷔는 했기 때문이다. 비록 어디 가서 감독 대접을 받기는커녕 폭망 감독이라는 푸대접과 놀림만 받는 처지지만 그래도 영화과를 졸업하고 17년째 데뷔도 못하고 늙어 가고 있는 동민이보다는 내가 낫다.

　하지만 동민은 그렇게 생각하지 않는다. 동민은 폭망 감독보다는 감독 지망생이 낫다는 주의다. 감독 지망생에겐 미래가 있지만 폭망 감독에겐 미래가 없다는 것이다. 내가 더럽고 치사해서 못 해먹겠다고 하소연할 때마다 동민이 최 감독의 차기작은 대박 날 거니까 힘 내라는 덕담은 종종 해 주지만 내가 차기작을 못 만들 거라고 생각한다는 사실을 잘 알고 있다. 동민 역시 내가 자신의 감독 데뷔가 불가능할 거라고 생각한다는 사실을 잘 알고 있을 것이다.

　우리는 그렇게 서로를 불쌍히 여기며 우정 비스무리한 관계를 지속 중이다. 동병상련, 유유상종이라고 각자가 서로에게 갖고 있는 미묘한 우월감 덕분에 관계가 이어지고 있다. 아마 동민이 감독 데뷔에 성공하고 흥행까지 잘 됐다면 우리는 지금같은 관계는 아닐 것이다. 실제로 나는 잘 나가는 애들과는 상종하지 않는다.

그러고 보니 동민이 한 때 블로그를 열심히 운영했던 사실이 떠올랐다. 충분히 정체를 숨기고 온라인 테러 행각을 저지르고도 남을 스타일인 것이다.

'혼자 영화 보는 남자'였던가? 영화과 졸업 이후 10년 넘게 시나리오 공모전에 떨어지고 감독 데뷔에도 실패하자 감독은 안 되겠다고 판단했는지 제2의 빨간 안경 이동진이라도 되려는 듯 네이버 블로그를 만들고는 한동안 열심히 영화 리뷰를 올렸었다. 비록 이동진은커녕 그 흔한 파워블로거조차 되지 못하고 수년째 방치된 버려진 블로그가 되어 버렸지만.

추리 미스터리 장르에선 언제나 주인공의 가장 가까운 지인이 범인으로 밝혀진다. 석 팀장은 한 때는 누구보다 가까운 사이였지만 이제는 그렇다고 보기 힘들다. 현재 나에겐 동민 만큼 가까운 지인은 없다. 무엇보다 동민만큼 나에 대해 잘 아는 놈도 없을 것이다. 내가 내 영화에 달린 관람평 하나하나에 일희일비한다는 사실을 누구보다 잘 아는 게 동민이다.

동민에겐 범행 동기도 있다. 내가 자신이 이루지 못한 감독 데뷔의 꿈을 이뤘으니 그에 대한 질투와 열등감을 느낀 것이다. 내가 임 감독에게 욕을 처먹고 부캐 애널맨을 탄생시켰듯 동민은 감독 데뷔에 실패한 분노와 억울함 그리고 나에 대한 질투와 열등감을 대놓고 드러낼 순 없어서 난니맨이라는 부캐를 탄생시킨 것이다.

심증은 확실했다. 동민이 이 새끼가 난니맨이라는 물증만 찾으면 된다. 술을 처 먹인 후 동민의 지문으로 핸드폰을 열어 봐야 하나? 일단은 만나서 두 눈을 똑바로 들여다보고 물어보자. 니가 난니맨이냐고 대놓고 물어보는 식은 아니다. 그래봤자 순순히 내가 난니맨이 맞다고 자수할 리 없다. 그냥 지나가는 말로 슬그머니 떠보는 거다.

동민이 나에 대해 잘 아는 만큼 나도 동민에 대해 잘 알고 있다. 우리는 피차 서로에게 거짓말을 할 수 없는 사이다. 몇 마디 나눠보면 바로 감이 올 것이다. 강 대표 미팅 끝나고 바로 연락해 봐야지. 너무하네 진짜. 아무리 내가 감독 데뷔한 게 부러워도 그렇지….

근데 강 대표 미팅은 아직도 안 끝났나? 도대체 지금이 몇 시야?

009

나보다 잘 나가는 영화과 후배 감독

어처구니가 없었다.

시계를 보니 약속 시간에서 2시간 반이 훌쩍 지나 있었다. 집에 가 버릴까? 2시간 반 기다려서 강석현 대표를 만나는 게 쪽팔리는 건지 아니면 확 집에 가 버리는 게 쪽팔린 건지 판단이 되지 않았다. 강 대표가 아무리 나보다 나이는 두 살 어리고 키가 크고 잘 생겼고 유학파고 골프도 잘 치고 집도 부자라 해도 사람이 사람에게 이러면 안 되는 거 아닌가?

강남 건물주 아들에 영화사는 취미로 한다는 소문이 있는 강 대표가 솔직히 부럽긴 하다. 결혼은 했다고 들었는데 확실히는 모르겠다. 영화 마케팅 업계에서 잔뼈가 굵은 석 팀장이 임 감독의 스크립터로 현장 경험을 마친 후 마케팅 회사를 차려 밀리언 필름 강 대표의 건물에 입주한 걸 계기로 엔터 산업에 관심이 많던 강 대표가 석 팀장과 의기투합해서 여기까지 오게 된 것이다.

알고 보니 강 대표와 석 팀장은 미국 유학 시절 술자리에서 몇 번 마주친 인연이 있어 더 빨리 친해졌다고 한다. 밀리언 필름이란 이름도 석 팀장이 지었다. 영화사가 오래가려면 천만 관객이 드는 영화도 좋지만 백만 관객이 드는 영화를 꾸준히 만들어야 한다는 취지라고 했다.

강 대표가 처음부터 나를 이렇게 찬밥 취급 한 건 아니다. 각색 계약 후 첫 한 달 정도는 기성 감독 대접을 제대로 받았다. 내가 영화과 출신이고 잘 나가는 선후배 감독과 배우 그리고 아는 제작자들이 많은 것도 한 몫 했다. 잘 나가는 누구랑 같이 학교에 다녔고 아무개랑은 친한 형 동생 사이라고 하면 강 대표는 마냥 신기해하며 언제 소개시켜달라고 했다. 하지만 내가 아무도 소개를 안 시켜줘서 아니 못 시켜줘서인지는 몰라도 화기애애한 분위기는 오래 가지 않았다.

초반엔 회의도 자주 하고 나도 회의 내용을 충실히 반영해서 열심히 수정해 갔지만 기획팀의 무한 수정 요구를 들어주다 지쳐 슬슬 태업 모드에 들어갔더니 회사에서는 서서히 피드백이 늦어졌다. 물론 태업에 들어간 내 잘못도 있지만 맨날 뭘 고치라고 하고 고치라는 대로 다 고치면 또 고치라고 하고, 여길 고치면 저길 고치라고 하고, 저길 고치면 이번엔 또 다른 곳을 고치라고 하는 걸 도저히 만족시킬 방법이 없었다.

회사에서는 내가 여기까지라고 생각했는지 석 팀장과 기획팀 피디 전원이 참석했던 회의가 언젠가부턴 석 팀장이 빠지더니 회의 장소도 서서히 회의실에서 회사 근처 카페로 이동했고 막판엔 집에서 줌으로 했다. 보통 이러다 흐지부지 되게 마련인데 나까지 포기하면 작품이 엎어지므로 마지막으로 최선을 다해 각색을 하긴 했다만 석 달만의 호출에 3시간 가까운 대기라니….

큰 기대는 없었지만 그래도 오라고 해서 왔는데 느낌이 좋지 않다. 어떻게든 차기작 개봉까지 10년은 넘기지 않으려 했지만 이번에도 엎어지면 무조건 10년은 넘어간다. 폭망 이후 잠깐씩 몸담았던 영화사들과는 다들 마지막이 안 좋았고 뒤끝이 안 좋다는 소문이라도 났는지 이제는 아무도 나를 찾지 않는다. 사실 밀리언 필름도 과거 나와 특별한 관계였던 석 팀장이 아니었다면 인연이 없었을 것이다.

영화가 아무리 기다림의 예술이라지만 3시간 가까이 사무실 구석 방에 방치되어 있다 보니 별 생각이 다 들었다. 내 인생은 어디서부터 잘못된 걸까? 도대체 뭘 잘못한 걸까? 조감독 생활을 너무 오래 했나? 아니 그냥 조감독이나 계속할 걸 그랬나? 데뷔작을 잘못 골랐나? 하지만 저예산 19금 영화로 데뷔하지 않았다고 한들 지금보다 더 낫진 않았을 것이다. 동민이와 함께 17년째 감독 데뷔를 준비하며 공모전에 시나리오를 보내고 있었겠지. 역시… 영화과에 가지 말았어야 했나?

그건 아닌듯. 영화과 나오고 잘 된 사람도 많다. 영화과까진 괜찮았다. 임문호 감독의 조감독 생활을 너무 오래 한 게 잘못이다. 감독을 할 거였으면 조감독은 한 편만 하고 조감독 할 열정을 내 시나리오에 쏟아 부었어야 했다. 그 당시 시나리오를 더 열심히 썼다면 '꼴리는 영화'가 아닌 다른 작품으로 데 뷔할 수도 있었을 것이다.

잘못된 선택과 덧없이 흘려 보낸 지난 세월에 대한 후회가 밀려오는 가운데 뜬금없이 동민의 단골 멘트가 떠올랐다. 내가 시나리오 모니터를 부탁할 때마다 입버릇처럼 하는 소리다.

"넌 영화 빼곤 다 잘하는 것 같아."

아뿔싸. 등잔 밑이 어둡다더니… 너였구나! 심동민!!

난니맨은 동민이다. 영화 빼곤 다 잘하는 것 같다는 말은 결국 직업을 바꾸라는 말이다. 그런데 동민은 왜 갑자기 그런 악플을 달았을까? 10점 짜리 관람평도 달아줬으면서… 이 새 끼 설마 나 몰래 10점짜리 관람평을 삭제한 건 아니겠지? 잽 싸게 확인해 보니 다행히 아직 남아 있다.

'아무 기대 없이 봤는데 대박이에요. 핵꿀잼. 감독 천재인 듯. 10점 만점 줍니다.' [작성자 : nouv****]

동민의 아이디인 '누벨바그1895'가 달아준 10점짜리 관람평 이 '꼴리는 영화' 개봉 후 달린 첫 관람평이다. 그땐 정말 고마 웠다. 이렇게 10점짜리 평을 남겨줬으면서 왜 갑자기 난니맨이 라는 아이디를 만들어서 0.5점 짜리 악평을 달았을까? 나중에 만나면 두 눈 똑바로 쳐다보고 물어봐야겠다.

"넌 영화 빼곤 다 잘하는 것 같애."라는 말버릇에 이어 추 가로 동민이 난니맨이라는 증거를 확보하기 위해 동민의 블로 그 '혼자 영화 보는 남자'를 꼼꼼히 살펴보고 있는데 노크 소리가 들리며 누군가 들어왔다. 양서연 피디였다.

"감독님! 정말 정말 죄송한데 삼십 분만 더 기다려주실 수 있을까요?"

"그럼요. 전 걱정하지 말고 서연씨 일 보세요."

이미 3시간 가까이 기다렸는데 삼십 분 추가쯤이야 아무 문제없다. 노래방 주인이 이런 기분일까? 암튼 이런 식이라면 저녁은 니들이 사는 게 마땅하다. 최소 오마카세나 한우 정도는 되어야 하고. 그리고 서연이가 기다려달라는데 당연히 기다려줘야지.

사실 서연에겐 미안한 일이 있다. 부끄러운 얘기지만 밀리언 필름 계약 이후 시나리오가 안 풀릴 때마다 심심풀이로 연재 중인 영화 감독을 주인공으로 한 웹소설 '감독 인생 2회차'에 서연을 허락도 없이 출연시켰기 때문이다. 필명은 왕복동.

데뷔작이 폭망하는 바람에 10년째 차기작을 준비하던 40대 중반의 영화감독이 영화사에서 잘리고 실의에 빠진 채 집으로 가는 길에 트럭에 치이기 직전의 고양이를 구하려다 넘어져 정신을 잃었는데 눈을 떠보니 20년 전 영화과 졸업 직후로 회귀하며 시작하는 이야기다. 두 번째 인생에선 지난 생에 저질렀던 실수를 되풀이하지 않고 잘 나가는 쪽으로만 줄을 선 덕분에 데뷔작부터 흥행에 성공하고 차기작으로는 천만 감독에 등극하고 세 번째 작품에선 칸느 정복 결국엔 헐리우드 진출에까지 성공해 베벌리힐스에 수영장 딸린 호화 주택을 산다.

현재 22회차 연재 중인데 반응은 나쁘지 않다. 악평보다는 호평이 많고 연재가 늦어질 땐 다음 화는 언제 올라오냐는 댓글도 종종 달린다. 서연에게 미안한 건 '감독 인생 2회차'의 주인공이 힘들어할 때마다 곁에서 물심양면으로 힘이 되어주는 신생 영화사 기획팀 피디 김성연의 롤모델을 양서연 피디로 했다는 점이다.

부자집 외동딸, 명문대 영화과 졸업, 신생 영화사 기획팀 근무, 호감형 외모, 키 165cm의 늘씬한 몸매와 볼륨감, 남다른 패션 센스 등등. 여기까지만 봐선 소설 속 여주인공의 롤모델이 누군지 긴가민가 하겠지만 만약 양서연 피디 본인이 '감독 인생 2회차'에 등장하는 감독과 신입 피디 성연의 대화를 읽어보면 본인이 여주인공의 롤모델이라는 확신이 들 것이다. 의도한 건 아니지만 서연과 성연 이름도 비슷하다.

비록 서연과는 회사 밖에서는 한 번도 만난 적이 없고 업무 이외의 사적 통화 역시 한 적이 없지만 인스타그램이 캐릭터 연구에 큰 도움이 됐다. 서연의 인스타그램을 알게 된 건 서연이 알려준 건 아니고 계약 초반 아직 분위기 좋을 때 일식 집에서 회식을 한 적이 있는데 서연이 참치 회 사진을 찍어서 인스타그램에 올리는 걸 본의 아니게 옆에서 힐끔 훔쳐본 덕분이다. 감히 팔로우를 안 했으니 스토킹은 아니다. 남들 다 보라고 올리는 인스타를 틈틈이 챙겨본 걸 스토킹이라고 하진 않는다.

서연은 인스타그램에 주로 자랑거리를 올리는 스타일이고 가끔은 비공개로 돌리기도 한다. 은근 감정 기복이 심한 스타일 같다. 강남 전경이 한 눈에 내려다보이는 오피스텔, 회사에는 끌고 오지 않는 구형 벤츠 C클라스, 누가 선물을 해준 건지 잊을만하면 한 번씩 올라오는 명품 백과 구두 등등. 다행인 건 적어도 인스타에선 남자 친구의 흔적을 찾아볼 수 없다는 것이다. 하지만 라이프스타일로 봐선 절대 없진 않을 것이다.

서연의 단골 카페도 몇 군데 알고 있어서 마음만 먹으면 언제든 우연을 가장하고 마주칠 수 있고 대화가 잘 통한다면 서연의 오피스텔에서 강남의 야경을 내려다보며 시원한 캔 맥주를 나눠 마시고 싶은 소망이 있는데 이는 '감독 인생 2회차'에 충실히 반영해 두었다. 아직 주인공 감독과 성연의 관계는 진도가 많이 나가지 않은 상태인데 독자들이 빨리 진행시키라고 성화여서 27회차 쯤엔 진도를 빼볼까 생각 중이다.

'감독 인생 2회차'는 시나리오가 안 풀려서 스트레스를 받을 때마다 심심풀이로 연재하는 것까진 좋았는데 문제는 야심차게 유료로 전환했지만 수익이 저조하다는 사실이다. 석 달 누적 수익이 고작 5,730원 밖에 안 된다. 두근두근 설레며 수익금을 확인할 때마다 조롱당하는 기분이다. 길바닥에서 구걸을 해도 5,730원보다는 많이 벌 것 같다.

그나저나 도대체 강 대표는 누구와 미팅 중인 걸까? 얼마나 대단한 VIP와 미팅 중이시길래 기성 감독을 3시간도 훌쩍 넘게 기다리게 만드는 걸까? 그래도 설마 저녁 시간은 넘기지 않을테니 최대한 아무렇지도 않은 척 차분히 마인드 컨트롤을 하고 있는데 또 다시 동민에게서 전화가 왔다. 동민과 통화할 기분이 아니어서 '회의 중'이라고 문자를 보냈다. 그러자 금방 톡이 왔다.

'임 감독님 장례식 몇 시에 갈 거야? 만나서 같이 갈까?'

'이따 톡할게.'

니가 난니맨이냐고 대놓고 물어보고 싶은 걸 꾹 참고 답톡을 보냈는데 문득 임 감독의 사인이 궁금해졌다. 지병이 있진 않았던 것 같은데 왜 돌아가셨지? 사고일까? 이런 저런 추리를 하고 있는데 밖에서 왁자지껄 웃음 소리와 함께 강 대표의 호탕한 목소리가 들려왔다.

드디어 미팅이 끝난 것이다! 잠시 후 노크 소리와 함께 석 팀장이 감독 방문을 살짝 열고는 나와보라고 손짓을 했다. 그래도 오랜만의 만남이니 최대한 아무렇지도 않은 척 표정 관리를 하면서 나갔는데 낯익은 얼굴이 활짝 웃으며 강 대표와 악수를 하고 있었다.

영화과 5년 후배이자 나보다 잘 나가는 신인 감독 허태준이었다.

010

너는 X 영화로 데뷔했으니 X 영화나 만들어라

까마득한 학교 후배지만 나보다 잘 나가는 신인 감독인 태준은 폭망 감독인 나를 보자마자 "선배님 안녕하세요!"라며 깍듯하게 폴더 인사를 해주었다. 태준에겐 학교 다닐 때 딱히 잘해 준 것도 없는데 영화만 잘 만드는 게 아니라 인성도 제대로인 모양이었다.

그런데… 얘 때문에 기다린 거였어?

아무리 잘 나가는 신인 감독이라지만 학교 후배 때문에 3시간 넘게 기다렸다니… 역대급 흑역사 추가에 괴로우면서도 잘 나가는 신인 감독이 폭망 감독인 나에게 깍듯하게 인사를 해준 점은 고마웠다. 괴로움과 고마움이란 복합적인 감정에 떨떠름하게 사로잡혀 있는데 강 대표가 해맑은 미소를 지으며 태준에게 물었다.

"아! 두 분 아는 사이죠?"

"네. 학교 선배님이세요."

"아, 그러셨구나."

강 대표의 영혼 없는 리액션에 이어 태준이 다시 나를 보고 말했다.

"그럼 먼저 들어가보겠습니다 선배님."

"그래. 또 보자."

"네! 연락드릴게요."

강 대표와 기획팀 직원들이 잘 나가는 신인 감독 태준을 엘리베이터 앞까지 따라 나가서 배웅하는 사이 나는 석 팀장의 안내를 받아 강 대표 방으로 들어갔다. 지난 일은 다 잊고 차분히 마음을 가라앉히려는데 "감독님, 조심해서 들어가세요!"라고 인사성 없는 줄 알았던 조재웅의 목소리가 크게 들려오는 바람에 속이 뒤틀렸다. 새파란 어린 놈에게까지 폭망 감독이라고 차별 대우 당한 것이다. 두고 보자.

＊

오랜만의 방문이라 뭐가 달라졌나 둘러보니 창가에 철 지난 마블 피규어들이 늘어서 있었다. 엔터 대표 사무실에 가면 꼭 마블 피규어들이 한두 개 이상 있는데 강 대표도 나름 엔터 대표랍시고 남들 하는 건 다 해보고 싶었던 모양이다. 설상가상 벽면에는 흥행에 실패한 SNS 스릴러 영화 '구독해주세요'의 포스터가 걸려 있었다. 안목 구린 신생 대표와 폭망 감독의 조합이라… 암울하다. 뭘 해도 안 될 것 같다.

맞은 편에 앉아 있던 석 팀장은 학교 후배 때문에 3시간 넘게 기다리게 만든 게 미안했는지 내 시선을 피했고 나도 따지고 싶은 마음은 굴뚝 같았으나 지금은 때가 아닌 것 같아 입을 꾹 다물고 있었는데 잠시 후 강 대표가 잔뜩 상기된 얼굴로 들어왔다.

"감독님! 오랜만이에요. 잘 지내셨죠?"

"네, 안녕하세요. 대표님."

"허 감독님은 엄청 유쾌하신 것 같아요? 학교 다니실 때도 그러셨나요?"

"예… 그런 편이었죠."

학교는 고작 한 학기 같이 다녔고 얘기를 나눠 본 적도 거의 없어서 태준에 대해선 잘 모른다.

"제가 허 감독님 영화 진짜 좋아하거든요. 극장에서 두 번 봤습니다. 하하. 가끔 케이블에서 해줄 때 별생각 없이 보고 있으면 나도 모르게 끝까지 보게 되더라고요. 괜히 대박난 게 아닌 것 같아요."

왜 나한테 남 영화 칭찬을 하는 거지?

내 영화는 보고 하는 소린가? 생각해 보니 강 대표와는 나의 데뷔작 '꼴리는 영화'에 대해서는 단 한번도 이야기를 나눈 적이 없다. 됐고… 사람을 4시간 가까이 기다리게 했으면 미안하다는 말이 먼저여야 할 텐데 태준의 학창시절에 대해서만 이것저것 물어보더니 내가 딴청을 피우자 슬슬 본론으로 들어갔다.

"감독님! '공소시효'는… 그만 하는 걸로 하시죠!"

"그럼… 제 시나리오는 어떻게 되는 건가요?"

"그게 왜 감독님 시나리오죠? 저희 오리지널 기획 아닌가요?"

"그렇긴 한데 마지막에 보내드린 버전은 거의 재창조나 다름 없는 것 같아서요. 제 오리지널 아이디어도 많이 들어갔고…."

"에이 걱정마세요. 설마 저희가 감독님의 오리지널 아이디어를 갖다 쓸까 봐 그러시는 거에요? 표절에 대한 우려? 그럴 생각은 전혀 없고요 필요하시면 다 감독님 다음 작품에 가져다 쓰세요. 저는 진심으로 감독님이 잘 됐으면 좋겠거든요."

폭망 감독의 오리지널 아이디어 따위는 표절할 가치도 없다는 뜻인지 아니면 내가 정말 잘되길 바란다는 뜻인지 몰라서 긴가민가하고 있는데 강 대표는 내 눈치를 살피더니 진짜 본론으로 들어갔다.

"그나저나 감독님 혹시 19금에 대해선 어떻게 생각하세요?"

"19금이요?"

"네. 19금 영화요. 야한 거… 성인… 에이 감독님이 저보다 더 잘 아시잖아요!"

강 대표의 말이 끝날 때쯤 석 팀장은 급히 처리할 일이 있다며 자리에서 슬그머니 일어나더니 방에서 나가버렸다. 강 대표는 석 팀장이 나가고 나서야 다시 말을 이었다.

"제목은 '구멍가게'입니다. 19금으로 생각하고 있고요."

구멍가게? 19금 구멍가게라면… 설마 그 '구멍'가게?

강 대표가 왜 불렀는지 이제야 알 것 같았다. 말이 좋아 19금이지 넌 떡 영화로 데뷔했으니 떡 영화나 만들라는 얘기였다. 몇 달 만에 만나서 기껏 한다는 얘기가 떡 영화 연출 제안이라니… 내가 아무런 반응을 보이지 않자 강대표는 실실거리며 아이템 소개를 했다.

"'구멍가게' 어때요? 제목 죽이지 않아요?"

"구멍… 가게가요?"

처음엔 내가 잘못 들은 줄 알았다. 지금 시대가 어떤 시대인데 구멍가게라니… 부자집 아들이라고 해서 세상 물정 모르는 철부지인 줄 알았는데 돈만 많은 미친 놈이었나?

"제목 죽이죠? 이야기도 괜찮아요. 과거의 상처를 간직한 채 일상을 버텨내는… 그러니까 서울 변두리에서 구멍가게를 운영하는 섹시한 30대 중반 여 사장이 미스터리한 분위기의 남자 손님을 만나서 벌어지는 이야기입니다. 감독님이 잘만 풀어주시면 시리즈로 발전할 수 있고 IP는 저희 소유니까 드라마나 웹툰으로도 가능할 것 같고요."

우습지도 않았다. IP같은 소리 하고 있네.

"정말 죄송한데 '공소시효'가 그렇게 아니었나요?"

내가 쓴 '공소시효'가 19금 '구멍가게'보다 못하다는 건가?

"아 그거요? 음⋯."

강 대표는 잠깐의 침묵 후 사람 좋은 웃음을 지으며 가스라이팅을 시전했다.

"감독님 스타일은 아닌 것 같아요. 백번 양보해서 저는 나쁘지 않았는데 모니터를 보셨으니 아시겠지만 기획팀 반응이 별로였고요. 무엇보다 영화에서 중요한 건 캐스팅이랑 투자잖아요? 아는 배우들이랑 매니저 몇 명에게 보여줬는데 다들 반응이 시큰둥하더라고요. 투자사에서는 거절했고요."

나한테는 말도 없이 벌써 캐스팅이랑 투자를 돌렸다고? 믿어지지 않았다.

"감독님 스타일도 스타일이지만 애초에 저희 기획이 감독님에게는 안 맞았던 것 같아요. 하지만 19금이라면 다르죠. 감독님 데뷔작도 19금이고 여기에 여배우만 확실한 애로 캐스팅하면 투자는 문제없을 거잖아요? 감독님이 19금 전문이니 더 잘 아시겠지만요."

자꾸 나를 19금이랑 엮으려고 해서 뚜껑 열릴랑 말랑했다. 석 팀장에 이어 강 대표에게까지 떡 영화 감독이란 소리를 들어야 한단 말인가? 무엇보다 석 팀장은 내가 떡 영화 감독이라고 불리는 걸 싫어하는 걸 그 누구보다 잘 아는데 왜 강 대표에게 아무 얘기도 안 한 건지 이해가 되지 않았다. 얘기를 했는데도 이러는 거면 나를 폭망 감독이라고 무시하는 거고. 둘 다 불쾌했지만 참아야 한다.

"19금 전문이라뇨. 전혀 아니에요 대표님. 죄송한데 저도 19금은 한 편 밖에 안해서 잘 몰라요. 그리고 솔직히 말씀드리면 19금을 또 하기는 좀 그렇고요."

"감독님! 애를 보시면 생각이 달라지실 거에요. 혹시 유리아라고 들어보셨나요?"

"유리아? 사람 이름인가요?"

"한번 검색해 보세요. 요즘 뜨는 애라 얼굴 보면 아실 걸요? 아, 그럴 게 아니라 제가 유리아 인스타를 보여드릴게요."

강 대표가 핸드폰을 꺼내더니 한참을 조물딱거리고는 내 면상으로 핸드폰을 들이밀었다. 뭐야? 이건… 강 대표가 말한 유리아라는 사람의 인스타 피드는 온통 살색으로 가득했고 얼굴을 자세히 살펴 봐도 개성이 없어 누군지 전혀 인식이 되지 않았다.

"얘가 유리아에요. 어때요? 괜찮죠? 미드가 예술이고 이미지도 깨끗하고요! 잘 나가는 모델이에요."

"아, 그렇군요."

"내가 얼마 전에 친한 동생 같은 매니저에게 소개를 받았는데요. 몸매만 괜찮은 줄 알았더니 연기도 가능하다고 하더라고요. 어때요? 정말 괜찮지 않아요? 만나보시면 아시겠지만 애가 아주 재밌어요."

유리아에게는 아무런 불만이 없다. 길거리에서 마주 쳤으면 한번쯤 뒤를 돌아봤을 수도 있다. 얼굴은 모르겠지만 몸매에선 범상치 않은 포텐이 느껴졌다. 에로 배우로는 괜찮을 수도 있다. 하지만 나는 괜찮지 않다. 19금 영화로 데뷔했다가 폭망하고 10년째 개고생 중인데 차기작으로 또 19금 영화를 만들었다간 흥행과 상관없이 떡 영화 감독으로 영화 인생이 끝날 것이다.

차기작으로 그것도 유리아가 주인공인 19금 영화를 만들었다간 투자 유치가 가능한 레벨의 배우들은 나를 상대조차 안 해줄 것이다. 배우는커녕 듣보잡 지망생들에게조차 무시당할 것이고 만에 하나 시나리오가 좋다면 투자사에선 감독 교체부터 요구할 것이다. 그런 사정을 아는지 모르는지 강 대표는 일단은 '구멍가게' 기획안을 읽어봐 달라고 했다. 기어이 나를 끝장 낼 생각인 건가?

"'공소시효'에 미련이 남으시면 19금 영화 한 편 하신 다음에 하면 되잖아요. 설마 19금에 편견이 있으신 건 아니죠? 19금이면 어떤가요? 흥행 성적만 좋으면 다들 차기작 하자고 달려들 걸요?"

반 년 전까지만 해도 영화에 대해 아무것도 몰랐던 주제에 언제부터 전문가 행세지? 영화는 이게 문제다. 개나 소나 자기가 제일 잘 안다고 생각한다. 기운이 빠져 잠자코 있는데 강 대표는 지치지도 않고 계속 나불거렸다.

"이런 말씀까진 드리고 싶지 않았는데 솔직히 감독님 이름으로는 투자랑 캐스팅 쉽지 않아요. 이유는 모르겠는데 다들 감독님 작품을 별로 안 좋아하더라고요. '꼴리는 영화'가 그렇게 별로였나요? 제목 때문인가? 아, 죄송해요. 제가 아직 감독님 영화를 못 봐서요."

"네?"

내 영화를 아직 안 봤다고? 우리가 만난 지 1년이 다 되어가는데?

어이가 없었다. 내 영화도 아직 안 본 주제에 허태준 영화는 극장에서 두 번 봤고 케이블에서 해줄 때마다 반복 관람한다고 극찬을 늘어놓은 거야? 이제야 확실히 알 것 같았다. 강 대표에게 나는 애초에 한 번 쓰고 버리는 각색 작가, 또는 심심풀이 떡 영화 감독 후보에 불과했던 것이다. 어떻게든 강 대표와 기획팀 피디들에게 잘 보여서 차기작을 만들려고 전전긍긍 노심초사했던 지난 날들이 그저 허망할 뿐이었다.

011

영화 리뷰를 꾸준히 올린다고 여자들이 좋아해 줄까?

내가 흔쾌히 19금 영화 '구멍가게'의 연출 제안을 수락하지 않고 밍기적거리자 강 대표는 다시 한번 실실 쪼개면서 말을 이었다.

"감독님은 별로 간절하지가 않으신 것 같아요. 다음 작품 안 하실 거에요?"

"그게 아니고요…. 솔직히 말씀드리면 19금으로 데뷔했다가 폭망하고 10년째 놀고 있다 보니 또 19금을 만들 엄두가 안 나네요."

강 대표가 영화 경력은 전무하지만 그래도 영화사 대표다. 행여나 계약금을 환불하라는 얘기가 나올까 봐 최대한 예의를 갖춰서 거절했다.

"에이… 소심하시긴! 그런 이유라면 크레딧에는 예명을 올리면 되잖아요? 그리고 이건 지금 할 얘기는 아니지만 '구멍가게'는 감독님이 해 주신다고만 하면 전적으로 감독님에게 맡길게요. 시나리오가 마음에 안 들면 감독님 원하는 대로 고치시고요 캐스팅도 유리아가 마음에 안 들면 감독님 마음에 드는 배우를 데려오세요. 무명도 괜찮고 솔직히 몸매만 되면 오케이니까요. 얼굴까지 예쁘면 최고고요. 연기까진 바라지도 않아요."

대놓고 떡 영화 감독 취급이라 듣고 있기가 불편했다. 연기가 안 되는 배우도 몸매만 되면 오케이라는 말부터는 도저히 못 들어주겠어서 대충 마무리 짓고 집에 가려는데 강 대표가 거절할 수 없는 제안을 했다.

"감독 방도 쓰세요. 진행비로 쓰실 법카도 드릴 거고요."

"감독 방이라면 이현철 감독이 쓰던 방 말씀이신가요?"

"네. 이 감독님 작품은 당분간 홀딩하기로 했어요. 영화 한 편 만들기 쉽지 않네요. 허허."

"법카도요?"

"네. 당연하죠. 감독님이신데."

감독 방에 법카까지 제공하겠다고?

떡 영화로 데뷔와 동시에 폭망 후 10년만의 차기작도 떡 영화라는 전개는 너무 식상하지만 감독 방과 법카라면 얘기가 다르다. 보통 저예산 떡 영화 감독에게 진행비 법카를 챙겨주진 않는다. 감독 방도 마찬가지고. 무엇보다 출근을 하게 되면 양서연 피디도 더 자주 볼 수 있게 된다. 자주 보면 정들고 그러다 보면 썸이라는 걸 타게 될 수도 있는 일이다.

"그러면 생각해 보시고 말씀해 주세요 감독님. 저는 저녁 약속이 있어서…."

“대표님 잠깐만요!”

“네?”

“제목이 꼭 ‘구멍가게’여야 하나요?”

“아 제목요? 더 좋은 제목 있으면 알려주세요. 저는 얼마든지 열려있습니다. 하하. 그럼 이만!”

제목이 ‘구멍가게’가 아니고 감독 크레딧에 내 본명을 올리지 않아도 되고 감독 방에 법카까지 준다고 한다. 나쁘지 않은데? 4시간 가까이 기다렸는데 저녁도 안 사주고 집에 보낸다는 게 불쾌했지만 감독방과 법카 때문에 용서해 주기로 했다. 저녁이야 내 절박한 심정을 아는 석 팀장이 사주겠지.

강 대표를 먼저 보내고 천천히 밖으로 나와보니 석 팀장은 퇴근했는지 자리가 비어 있었다. 기획팀 피디들은 내가 대표방에서 나오든 말든 다들 컴퓨터 모니터에 시선 고정이었다. 너무 바빠 보여 말 걸기도 애매했고 누구에게 인사를 해야 할지도 모르겠어서 대충 인사를 하는둥 마는둥하고 밀리언 필름에서 나왔다. 영화과 5년 후배 감독 허태준은 강 대표 포함 전 직원이 엘리베이터 앞까지 나와서 배웅을 해줬던 게 떠올랐다.

쪼잔하지 말자고 다짐했지만 엘리베이터를 기다리는 내내 얼굴이 화끈거렸다. 그래도 소득이 없진 않았다. 눈 딱 감고 감독 제안을 수락하면 감독 방과 법카가 생긴다! 엘리베이터가 올 때까지 ‘구멍가게’보다 더 좋은 제목을 고민하고 있는데 사무실 문이 스르륵 열리더니 서연이 따라 나왔다.

"감독님 조심히 들어가세요!"

"네 피디님. 오늘 커피 고마웠어요. 그럼 또 뵙겠습니다."

엘리베이터가 도착해서 타고 내려가려는데 서연은 뭔가 할 말이 있는 눈치였다. 열림버튼을 누른 채 물었다.

"무슨 하실 말씀이라도?"

"있잖아요 감독님… 아까 감독님이 받으신 '공소시효' 모니터는 제가 쓴 게 아니고요. 우리 팀장님이 쓴 거에요. 혹시나 제가 쓴 건 줄로 오해하실까봐요."

"아니에요. 오해는 무슨. 다 맞는 말씀이던데요. 저 그렇게 쪼잔한 사람 아닙니다."

"전 감독님 시나리오 재밌었어요."

"재밌긴요. 많이 부족하죠."

"감독님! 그런 말씀하지 마세요. 너무 자기를 낮추시면 자존감이 떨어져서 안 좋아요."

어라? 내 걱정을 해 주는 거야?

스물일곱 살 양서연 피디가 내 걱정을 해 주다니… 살짝 설렜다. 이런 기분 처음이야.

"그리고 전 감독님 데뷔작도 좋았어요. 다음 작품은 분명 대박나실 거에요."

"제 데뷔작을 보셨다고요?"

"네. '꼴리는 영화'요."

"어… 고마워요."

서연은 수줍은듯 고개를 까딱하고 다시 사무실로 들어갔다.

방금 무슨 일이 있었던 거지? 스물일곱 살 여자 피디가 어떻게 '꼴리는 영화'를 좋게 봤다는 거지? 이해가 되지 않았다. 왜 저러는 거야? 혹시 나 좋아해? 나에게 마음을 주려는 거야? 아니다. 그럴 리가 없다. 양서연 피디가 미쳤어?

입장을 바꿔서 내가 양서연 피디라도 열다섯 살 많은 폭망 감독에게 마음을 주진 않을 것 같다. 김칫국 마시지 말자. 이건 설렐 일이 아니라 조심해야 할 일이다. 말도 안 되는 선심성 멘트를 날린 걸 보면 뭔가 꿍꿍이가 있는 게 분명하다.

하지만 지하철역까지 걸어가는 내내 엘리베이터 앞까지 따라나와 한껏 미안한 표정을 짓던 서연의 얼굴이 잊히질 않았다. 곧 퇴근 시간일 텐데 회사 근처에서 커피나 한 잔 마시자고 할 걸 그랬나? 헤어진 지 얼마 되지도 않았는데 벌써 다시 보고 싶어졌다.

그래. 결심했다!

이왕 19금 떡 영화 감독으로 낙인 찍힌 몸. 까짓거 한 편 더 만들어주자! 정 민망하면 감독 크레딧엔 예명을 올리면 된다. 일단은 '구멍가게'를 만들겠다고 하고 감독 방에 출근하고 법카도 받자! 그러면 서연을 매일 볼 수 있다. 19금 떡 영화 따위야 만들어도 그만 안 만들어도 그만이지만 '구멍가게'가 아니라면 양서연 피디와 친해질 수 있는 기회는 내 평생 다시는 없을 것이다.

당장 내일부터 출근하고 싶었지만 너무 빨리 감독 제안을 수락하면 없어 보이니까 며칠 기다렸다가 연락하자! 어쩌면 '구멍가게'라는 제목만 좀 괜찮게 바꾸면 그렇게까지 쪽팔리지 않을 수도 있다. 시나리오는 안 봤지만 잘만 각색하면 남 부끄럽지 않은 작품이 될 수도 있다. 19금이든 떡 영화든 차기작이 정해지자 마음이 한결 편해졌다.

이제 난니맨의 정체만 밝히면 된다. 심동민을 만나자.

***

심동민 생각하면 할수록 실망이다.

폭망 감독보단 감독 지망생이 낫다고 했으면서 악플 테러나 하고… 역시 나를 질투하고 있었어. 그런데 내가 애널맨인 건 어떻게 알았지? 어느새 나의 머릿속은 내가 애널맨인 걸 어떻게 알았는지에 대한 추리로 가득해졌다.

동민과 함께했던 지난 날을 찬찬히 복기해 보았다. 아마도 동민의 집에서 술을 먹다가 잠들었을 때 녀석이 내 핸드폰을 훔쳐 봤을 것이다. 그게 아니라면 내가 애널맨이라는 사실을 알 방법이 없다. 게다가 동민이라면 나에 대해서 모르는 게 없으니 내가 애널맨이라는 사실 역시 알고 있는 게 자연스럽다. 빨리 만나자. 만나서 물어보자.

"어디야?"

동민에게 전화해서 어디냐고 물어보니 대학로에 아는 배우 공연을 보러 왔다고 했다.

"아는 배우? 니가 아는 배우가 누구?"

"아, 있어. 몰라도 돼."

"니가 아는 배우가 어딨어? 니가 아는 배우면 나도 좀 알자."

"혜나씨."

"혜나? 내 영화에 나왔던 그 혜나씨?"

"응."

"잘 됐다. 나도 갈게. 예전부터 혜나씨가 공연 보러 오라고 종종 초대해 줬는데 한 번도 안 갔거든. 마침 너에게 물어볼 것도 있고."

"물어볼 거? 나한테?"

동민은 딱히 내가 공연장에 방문하는 걸 내켜하지 않는 눈치였다.

"그 때문이라면 굳이 여기까지 올 필요 있어? 어차피 내일 장례식장에서 볼 건데 뭐하러 공연장까지 와? 그나저나 언제 갈 거냐니까?"

"만나서 얘기하자."

나와의 독대를 부담스러워한다. 역시 수상하다. 하지만 임 감독 장례식장에서 동민을 붙들고 니가 난니맨이냐? 내가 애널맨인 건 어떻게 알았냐? 따위의 얘긴 못할 테니 반드시 지금 만나야 했다. 보통 공연은 8시쯤 시작하니 지금 대학로로 출발하면 아슬아슬하게 공연 전에 도착할 수 있을 것 같았다.

혜나는 '꼴리는 영화'가 망한 후에도 연락을 주고 받은 몇 안 되는 배우 중 하나였다. 내 영화 출연 이후엔 영화보다는 주로 대학로 연극 무대에서 활동했는데 고맙게도 매번 새 연극을 올릴 때마다 초대해주었다. 사실 얼마 전에도 공연 보러 오라고 했는데 안 가고 있었다. 공연을 보러 가면 끝나고 술이라도 한 잔 해야 하는데 분명 같이 출연한 배우들을 우르르 데리고 나올 테고 감독 체면에 더치 페이를 할 순 없으니 혼자 다 내야 하는데 술값이 부담스러웠기 때문이다.

혜나의 공연을 보러 갔다간 십중팔구 그런 술자리가 이어질 텐데 다행히 동민이가 있으니 술자리가 커질 조짐이 보이면 동민에게 떠넘기고 먼저 탈출하면 된다. 동민이 애널맨인지 아닌지만 떠 보고 자리에서 일어나자.

"공연장 주소 찍어. 바로 갈게. 근데 너 혹시 아직도 블로그 하냐?"

동민이 전화를 끊으려고 해서 가볍게 툭 던져보았다.

"블로그? 갑자기 블로그는 왜?"

블로그 애기를 꺼내자 전화기 너머로 동요하는 기색이 느껴졌다. 찔린 것이다.

"유튜브 돌아다니다 봤는데 요즘 블로그가 한 물 간 것 같아도 잘만 운영하면 월 천은 번다더라고. 너 예전에 블로그 하지 않았냐? 무슨 '혼자 영화 보는 남자' 어쩌구 했던 것 같은데… 맞나? 혼영남? 혼남?"

"하긴 했지. 근데 그게 언제적 얘기냐. 기억도 안 난다. 공연장 주소 보낼게. 8시까지 안 오면 먼저 들어간다."

말 나온 김에 들어가 본 동민의 블로그 '혼자 영화 보는 남자'는 폐허나 다름없었다. 마지막 글이 4년 전이었다. 극장도 잘 안 가는 주제에 영화 리뷰를 꾸준히 올린 건 '혼자 영화 보는 남자' 블로그 운영자로 유명해지면 같이 영화를 보고 싶어 하는 여자가 나타날 거란 계산에서였지만 안타깝게도 그런 일은 끝내 일어나지 않은 걸로 알고 있다.

거의 매일 영화 리뷰를 올렸지만 블로그 방문자 수는 언제나 한 자리였다. 그도 그럴 게 '맨날 진지 빠는 말투로 아무도 모르는 영화에 대해 이야기하는 남자'를 어느 여자가 궁금해하겠는가? 애초에 영화 리뷰를 꾸준히 올린다고 여자들에게 인기를 얻을 수 있을지도 모른다는 생각 자체가 말이 안 되는 거였다.

012

여전히 근사한 자본 친화적인 몸매

설령 맨날 진지 빠는 말투로 아무도 모르는 영화에 대해 이야기하더라도 블로그 주인장이 정말 잘 생겼다면 또 모르겠지만 동민은 잘 생기지도 않은 주제에 블로그 프로필에 본인의 얼굴 정면이 떡하니 나온 증명 사진 같은 걸 올려둔 탓에 일말의 가능성조차 없었다.

그러니까 동민의 시나리오가 재미없는 것이고 공모전에선 매번 탈락이며 감독 데뷔에도 실패한 것이다. 대중의 심리와 시장의 니즈를 제대로 파악하지 못하면 상업 영화 감독으로선 실격이다. 특히나 여심에 대한 이해도가 낮다면 하루 빨리 다른 일을 찾는 게 낫다. 여자를 잘 꼬시는 놈이 영화도 잘 만들더라는 말이 괜히 있는 게 아니다.

그건 그렇고 동민의 블로그를 오랜만에 읽어보니 문체가 난니맨과는 결이 달랐다. 하지만 작정하고 다른 사람 느낌을 내려고 했다면 문체 정도는 충분히 위장할 수 있었겠지. 방금 전 동민과의 통화는 짧았지만 나에게 뭔가 숨기려는 듯한 인상을 받기엔 충분한 시간이었다.

내가 본인을 난니맨으로 의심하고 있다는 사실을 눈치챘을 수도 있다. 그렇다면 차라리 잘 됐다.

이야기가 빠르겠군.

* * *

퇴근 시간이라 붐비는 대학로 가는 지하철 안에서 혜나가 출연한다는 연극 정보를 검색해보았다.

포스터 메인에 혜나가 있었고 글래머러스한 몸매를 펑퍼짐한 원피스로 꽁꽁 싸매고 있는 걸 보니 돈 벌겠다고 만든 연극은 아닌 듯 했다. 내용을 보니 혜나의 자본 친화적 몸매와 마스크에는 전혀 어울리지 않는 사회 비판적 메시지를 담은 작품이었다.

자본주의 그 자체인 혜나가 어쩌다 이쪽 부류와 엮였는지 짐작조차 되지 않았다. 혜나가 원래 이쪽은 아닐텐데 아마도 주연 배우를 시켜준다니까 무슨 내용인지도 모르고 얼씨구나 출연했을 것이고 남자 배우들은 혜나를 보고 이게 웬 떡이냐 했을 것이다.

대학로 극장 앞에 도착하니 아슬아슬하게 8시 직전이었다.

극장 근처 구석 골목에는 우중충하게 생긴 남자들이 삼삼오오 모여 담배를 피우고 있었다. 꽃다발을 든 화사한 차림의 젊은 여자들이 가득한 뮤지컬쪽 극장과는 분위기가 판이했다. 동민은 우중충하고 시커먼 남자들 사이에 실패한 예술가처럼 기운 없이 서 있었고 꽃다발까지 들고 있어서 더욱 처량하게 보였다. 동민에게 다가가려는데 예전에 잠깐 안면이 있던 이름을 까먹은 캐스팅 디렉터가 아는 척하며 다가왔다.

"어? 감독님 안녕하세요! 여긴 어쩐 일이세요?"

"아, 초대를 받아서요."

"혹시 혜나씨?"

"아… 네. 그런 셈이죠."

"맞다. 감독님 작품에 출연했었죠? 저도 혜나씨 만나러 왔거든요. 그럼 공연 끝나고 뵙겠습니다."

'굳이?'

나보다 서너 살 많은 걸로 알고 있는 우중충하게 생긴 캐스팅 디렉터는 시계를 보고는 서둘러 공연장으로 들어갔다. 동민은 멀찌감치 떨어져 내가 감독 대접 받는 광경을 지켜보고 있었다. 씁쓸한 표정이었다.

폭망 감독도 감독이다. 자긴 17년째 감독 지망생 신세니 씁쓸할 수밖에. 동민에게 아는 척을 하려는데 말도 없이 몸을 휙 돌려 먼저 공연장 쪽으로 걸어 들어갔다.

"연극인데 더 빨리 왔어야지. 감독이라는 놈이 매너가 없냐."

"야… 그런데… 아니다. 일단 공연부터 보자."

"할 말 있음 해. 왜 말을 하다 말아?"

"아니야. 나중에 얘기해."

공연장은 좁고 어두컴컴했으며 객석은 3/4쯤 비어 있었다.

우리가 자리에 앉고 얼마 지나지 않아 무대 위의 스포트라이트가 켜지며 펑퍼짐한 원피스 차림의 혜나가 등장했다. 혜나의 자본 친화적 몸매는 여전히 근사했다. 펑퍼짐한 원피스로 휘감지 말고 타이트한 의상으로 혜나의 몸매만 제대로 드러냈어도 관객이 이보단 많이 들었을 텐데 그저 안쓰러울 뿐이었다.

그나저나 혜나가 지금 몇 살이더라? 10년 전 내 영화에 나왔을 때가 연극영화과 졸업반이었으니 지금은 30대 중반일 것이다. 그냥 30대 중반도 아니고 정글 같은 연예계에서 조단역으로 10년을 버틴 30대 중반이니 산전수전 다 겪고 알 건 다 아는 백전노장!

연기력은 얼마나 늘었나 궁금했는데 몸매처럼 연기력도 여전했다. 발성에 문제가 있고 혀짧은 발음도 그대로였다. 대체 왜 배우를 하려는 걸까?

내가 데뷔와 동시에 폭망 이후 10년째 감독에 미련을 버리지 못하는 이유와 비슷할지 모르겠으나 나야 이거 안 하면 할 게 없지만 혜나는 배우를 안 했다면 주변에서 예쁘다는 소리 듣고 공주 대접 받으며 행복하게 잘 살다가 부자 남자 만나 시집 갔을 수도 있다.

어쩐지 무대 위에서의 열연이 공허하게 느껴졌는데 이런 걸 수요 없는 공급이라 하는 걸 수도 있겠다. 혜나가 목에 핏대를 올릴 때마다 내가 다 민망했고 혜나의 지인이라는 사실이 부끄러웠다. 나도 모르게 피식 웃음이 나왔는데 동민은 나와는 달리 사뭇 진지했고 내가 피식거릴 때마다 죽일 듯이 눈치를 주었다.

연극 내용이 머리에 들어오지 않다 보니 금세 망상으로 가득차 버렸다.

만약 연극이 끝나고 혜나가 둘이서 따로 술 한 잔 하자고 하면 어떡하지? 동민이 따라오려고 할 텐데 어떻게 따돌릴까? 술자리가 더 좋은 자리로 이어진다면 냅다 뿌리치고 일어나야 하나? 헬렐레 따라갔다가 나중에 발목 잡힐 일이 생기면 어떡하지? 감독 계약서에는 보통 법령을 위반하거나 음주운전, 마약, 사기, 성범죄, 폭행 등의 사회적 물의를 일으키면 안 된다는 조항이 있는데 술 한 잔 까지는 괜찮겠지?

또 괜한 걱정이다. 혜나가 둘이서 술 마시자고 할 일은 없을 것이다. 내가 잘 나가는 감독이면 모르겠지만 10년째 폭망 감독 주제에 별 걸 다 걱정한다. 그런데 가만 보니 밀리언 필름의 강 대표가 '구멍가게'의 주인공으로 추천한 유리아 보다는 얼굴로 보나 몸매로 보나 인지도로 보나 여러모로 혜나가 훨씬 나았다. 연기력은 유리아가 나을 수도 있지만 그래도 나랑 한 편 같이 한 혜나가 훨씬 믿음이 갔다.

나이가 깡패라고 30대 중반이라는 점이 걸리긴 하지만 강 대표가 제안한 19금 영화의 주인공으로는 누가 봐도 유리아보다는 혜나가 적역이었다. 그러나 영화 한 편 같이 한 감독님이랍시고 종종 공연 초대도 해줬는데 '구멍가게'라는 제목의 듣보잡 신생 영화사의 19금 떡 영화에 출연해 달라고 연락했다간 감독 대접은커녕 사람 취급도 못 받을 것 같다. 비록 영화는 망했어도 양아치로 기억되긴 싫다. 이왕이면 영화는 못 만들지만 사람은 좋은 감독님으로 남고 싶은데 '구멍가게' 얘기를 꺼냈다간 백퍼 손절각이다.

설상가상 악플로 복수할 수도 있다. 따지고 보면 혜나가 난니맨일 가능성이 아주 없는 건 아니다. 나 때문에 소중한 필모그래피에 폭망 영화가 추가됐으니… 물론 혜나가 난니맨일 리는 없을 것이다. 혜나는 애초에 그런 음흉한 캐릭터가 아니다. 동민과는 달리 그럴 필요가 없는 것이다.

아직 30대로 젊고 얼굴 예쁘고 몸매도 되는데 쫓아다니는 남자가 얼마나 많겠는가. 자기 좋다고 따라다니는 남자들 골라 만나며 미슐랭 맛집 다니는 것만으로도 바쁠 것이다. 그리고 혜나라면 대놓고 욕을 했으면 했지 뒤에 숨어서 악플을 달진 않을 것이다.

이런저런 상념에 빠져 있는 사이 연극은 끝났고 출연진들이 다 같이 손을 잡고 나와 몇 안 되는 관객들에게 작별 인사를 했는데 이 부분이 연극에서 제일 재미있었다. 입체적이고 무대에 생동감도 넘치고… 열심히 박수를 쳐 주고 동민을 따라 나와 보니 출연진 대기실 앞은 아까 그 캐스팅 디렉터처럼 우중 충한 남자들로 인산인해였다.

얼마 뒤 혜나가 대기실에서 나오자 남자들이 우르르 몰려가 공연 잘 봤다고 찬양을 늘어 놓았고 혜나는 그들에게 둘러싸인 채 하하호호 웃음꽃을 남발하고 함께 셀카를 찍어 주었다. 꽃다발을 든 동민은 멀찌감치 떨어진 채 혜나를 바라만 보고 있었다. 한심한 새끼. 동민의 옆구리를 쿡 찌르며 말했다.

"야! 넌 왜 가만히 있어? 혜나씨 주려고 산 꽃 아냐? 가서 들이대!"

"됐어. 나중에 한가할 때 주지 뭐. 커피나 한 잔 하러 가자."

혜나를 둘러싼 남자들의 경쟁이 치열해 보였다. 뭐 눈에는 뭐만 보인다고 다들 혜나를 어떻게 한번 해보려고 발정 난 놈들 같았다? 물론 나는 아니다. 어디까지나 혜나가 초대해서 온 것이고 폭망 감독이지만 엄연히 감독님이기 때문이다.

＊

동민과 함께 극장 근처 카페로 이동했고 커피는 그래도 기성 감독인 내가 샀다. 감독 지망생에게 얻어 마실 순 없으니까. 동민과는 하도 통화를 자주 해서 딱히 새로 할 말은 없었고 그저 이 새끼가 난니맨인지 아닌지를 어떻게 떠봐야 하나

머리를 굴리고 있는데 동민이 화장실에 간 사이 혜나에게 카톡이 왔다.

'감독님 혹시 공연 보러 오셨어요?'

'네, 공연 잘 봤습니다! 초대 감사요!!'

'어쩐지… 객석에 감독님 같은 느낌이 계시더라고요! 오셨으면 알려주셨어야죠. 어디세요?'

'근처 카페에요. 동민이랑 커피 한 잔 하고 있어요.'

'아 동민 감독님도 왔구나. 어느 카페에요?'

화장실에서 돌아온 동민에게 혜나와 방금 카톡을 나눴다고 하자 동민의 얼굴이 굳어졌다.

"그러면 안 되지! 너도 나름 감독이잖아? 감독이 배우에게 괜히 연락하고 그러면 특히나 이 바닥 잘 모르는 여배우들은 혹시나 하는 마음이 생긴다고! 너도 알잖아? 이 감독이 다음 작품에 나를 불러주는 건 아닌가 하는 희망을 갖게 되는 거야. 출연시켜 줄 것도 아니면서 불쌍한 여배우 희망 고문하지 마. 너 양아치냐?"

역시나 동민은 열등감으로 똘똘 뭉쳐 있었다. 내가 자기보다 먼저 감독이 된 게 아직도 배가 아픈 것이다. 아니 그런데 지금 그게 중요한 게 아니다. 도대체 왜 나한테 그런 악플을 달았는지 내가 애널맨인 건 어떻게 알았는지 캐봐야 했다.

동민의 열폭이 진정되길 기다렸다 슬슬 난니맨인지 떠보려는데 혜나가 어떤 남자와 함께 카페로 들어오는 게 보였다. 발목까지 내려오는 시꺼먼 패딩으로 몸을 두르고 있어 처음엔 혜나인 줄 몰랐다. 앙증맞은 핑크색 명품 핸드백을 들고 있지 않았다면 여자인지도 몰랐을 것이다.

혜나는 나를 보자마자 환하게 웃으며 달려왔고 그녀의 뒤에는 우중충하게 생긴 남자가 있었는데 나에게 꾸벅 인사를 하고는 혜나에게는 그럼 먼저 가 있을게 라는 말을 남기고 카페에서 나가버렸다.

"누구?"

"친하게 지내는 매니저 동생이에요. 제가 감독님 만난다니까 그럼 인사만 하고 가겠다고 굳이 따라왔어요. 괜찮으시죠?"

혜나의 설명에 따르면 그 매니저 동생이라는 남자는 혜나의 잠재력을 높이 평가한다며 매니저 일을 봐주고 싶어 한다고 했다. 그러거나 말거나 전혀 관심 없는데 잠깐이나마 나를 위아래로 훑어보는 눈빛이 어째 혜나에 대한 나의 흑심을 다 알고 있으니 조심하라는 느낌이었다.

억울했고 썩 유쾌하진 않았다.

013

그린라이트일지도 모른다는 나 혼자만의 착각

혜나와 내가 이야기를 나누는 동안 투명인간처럼 소외되어 있던 동민은 혜나가 내 옆자리에 앉고 나서야 수줍은 듯 꽃다발을 전달했다. 혜나는 꽃다발을 받고는 그제야 동민에게 아는 척을 했다.

"어맛, 동민 감독님도 계셨네요! 와주셔서 감사해요!"

혜나는 참 착하다. 예전부터 감독 지망생에 불과한 동민을 꼬박 꼬박 감독님이라고 불러주었다. 하지만 17년째 감독 호소인 동민에 대한 관심은 거기까지.

기성 감독인 나에게 요즘 어떻게 지내시냐고 묻길래 별 거 아니라는듯 차기작을 준비하고 있다고 말하자 아예 내쪽으로 몸을 돌려 앉고는 제작사는 어디인지 캐스팅은 어떤지 투자는 어디까지 진행됐는지 등등 지대한 관심을 보였고 동민은 순식간에 쩌리짱이 되어버렸다. 동민에게 미안해서 화제를 돌리려 애를 썼지만 잠깐뿐이었다.

"두 사람은 자주 보는 사이에요?"

"아니요! 전혀요. 따로 본 적은 한 번도 없어요."

나 말고 동민에게도 말을 걸어줬으면 하는 마음이었으나 혜나는 강한 부정으로 화답했고 동민은 어색한 미소를 지은 채 묵묵히 커피 잔만 기울였다. 동민은 얼굴에 감정이 다 드러나는 스타일이다. 어느새 상처받은 어린 양이 되어 있었다. 이런 심약한 놈이 난니맨 같은 음흉한 짓을 저지를 수 있을 것 같지 않았다.

혜나는 이 자리에서 아예 출연 약속을 받아내려는 듯 계속해서 차기작 관련 질문을 퍼부어댔고 동민은 줄곧 침묵을 지켰다. 비록 19금 저예산 영화지만 그래도 차기작이 예정되어 있다는 게 이렇게 큰 힘이 될 줄은 몰랐다. 강 대표와 석 팀장이 조금은 고마웠다. 4시간 가까이 기다린 보람이 있었다.

"난 먼저 일어나 볼게. 두 분은 마저 이야기 나누시고⋯."

동민은 더 이상 소외감을 견디기 힘들었는지 급한 일이 생겼다며 일어나려 했고 혜나는 기다렸다는 듯 환하게 웃으며 빨리 가보시라고 했다. 붙잡는 시늉조차 없었다. 동민이 쓸쓸히 홀로 떠나고 둘만 남자 혜나는 내 커피 잔을 들여다보며 물었다.

"어머! 감독님 벌써 다 드셨네⋯ 더 드실래요? 시간이 늦었지만 에스프레소?"

기억하고 있었구나.

난 '꼴리는 영화' 촬영 시절, 꼴에 감독이랍시고 언제나 에스프레소만 고집했다. 카메라 뒤의 감독 의자에 앉아 에스프레소를 마시고 있으면 진짜 감독이 된 기분이 들었기 때문이다. 그걸 아직까지 기억해 준 혜나가 고마웠다. 내가 마실 에스프레소이니 내가 사려고 했는데 혜나는 굳이 자기가 사겠다며 카운터로 가서 냉큼 주문을 하고 왔다. 기특했다.

"인사가 늦었네요. 공연 정말 잘 봤어요. 진작에 봤어야 하는 건데…."

"에이… 감독님은 작품 준비하느라 바쁘셨잖아요."

"영화보다 연극이 더 잘 맞으세요?"

"그건 아니고요. 영화는 더 이상 불러주는 데도 없고요. 집에서 놀면 뭐하나. 감 잃지 않으려고 하는 거에요."

"그러셨구나. 그런데 혜나씨가 그렇게 의식 있는 배우인 줄 몰랐어요. 언제부터 이런 사회 문제에 관심을…."

"아니에요. 전 그런 거 잘 몰라요. 투표도 한 번도 안 해봤고요. 이건 그냥 주연 시켜준다고 해서 하는 거에요."

그럼 그렇지. 역시나였다. 그런데 투표를 어떻게 한 번도 안 해볼 수가 있지?

"솔직히 감독님한테 서운했어요. 저한테는 시나리오도 안 주시고."

5년 전 얘기 같았다. 당시 캐스팅을 진행 중이었고 투자사에서 오케이 할만한 배우들에게 모조리 까인 뒤 우울해 하고 있었는데 '감독님이 캐스팅고를 돌리고 있다는 소문이 있던데 사실인가요?'라고 혜나에게서 카톡이 왔다. 캐스팅이 안 돼서

환장하겠는데 이런 징징거림까지 상대해 줄 마음의 여유가 없었고 뭐라 답해야 할지도 모르겠어서 그냥 읽고 씹어버렸는데 그 얘기를 하는듯했다.

"미안해요. 변명이 아니고 그 땐 캐스팅이 안 돼서 엎어지기 직전이었거든요. 저야 당연히 혜나씨와 함께 하고 싶었죠."

"그러셨구나… 그러실 것 같았어요. 저는 감독님을 믿으니까요. 우리는 한 편 같이 한 사이잖아요? 그리고 그동안 저도 여기저기서 감독님 얘기 많이 들었어요."

좋은 얘기를 들었을 리가 없어 무슨 얘기를 들었냐고 묻고 싶지도 않았다. 내가 잠자코 있자 혜나는 다시 내 차기작 얘기로 돌아왔다.

"캐스팅은 다 확정인가요?"

"당연히 아니죠. 시나리오도 아직 수정 중이에요. 저야 할 수만 있다면 당연히 혜나씨와 하고 싶고요."
나도 모르게 거짓말이 술술 흘러나와서 놀랐다.

"말씀만이라도 정말 감사해요! 그런데 영화사 이름이 뭐라고 하셨죠?"

"밀리언 필름이라고… 잘 모르실 거에요. 신생이라서. 돈은 많다는데."

"그러면 이번엔 꼭 불러주시는 걸로 알고 있어도 되는 건가요?"

혹시나 밀리언 필름에 아는 사람이 있어서 나중에라도 내가 뺑친 게 들통나면 어떡하나 걱정했는데 기우였다. 혜나는 내가 어느 회사에서 뭘 하고 있는지엔 별 관심이 없었다. 오로지 본인이 출연할만한 배역이 있는지 내가 캐스팅 시켜 줄지 여부에만 관심이 있었다.

캐스팅 이외의 것들엔 관심을 가질만한 여유가 전혀 없어 보였다. 그도 그럴 게 혜나의 핸드폰에선 끊임없이 카톡과 전화벨이 울려댔기 때문이다. 혜나의 시선은 핸드폰에 고정되어 있었고 나와의 대화 와중에도 답톡을 보내느라 정신이 없었다.

이게 다 내가 폭망 감독이어서다. 유명 감독과 미팅 중이었다면 핸드폰이 테이블 위로 올라오지도 않았을 것이다. 아니다. 감독님 말씀 중에 방해될까 봐 아예 꺼놨겠지. 이럴 거면 뭐하러 카페로 온 건지 이해가 되지 않았다. 그냥 동민과 둘이서 폭망 감독이 낫네, 감독 지망생이 낫네를 화두로 서로 디스하며 농담 따먹기나 하는 편이 훨씬 즐거웠을 것이다.

소외감을 견디지 못하고 먼저 집에 가 버린 동민이 슬슬 그리워졌고 미안해졌다. 친구를 그렇게 보내는 게 아니었는데… 밀리언 필름에서의 3시간 넘는 기다림에 이어 3류 배우 혜나에게까지 듣보잡 취급을 당하고 나자 빨리 집에 가서 발 닦고 잠이나 처자고 싶어졌다.

"공연 뒤풀이는 안 가보셔도 되겠어요? 제가 시간을 너무 많이 뺏은 것 같은데."

다시 볼 사이 같지는 않지만 어색하게 자리를 마무리 짓고 싶진 않아서 대충 마무리하자고 알아듣게 얘기했지만 혜나는 알아들은 것 같지 않았다.

"아니에요, 감독님. 전 진짜 뒤풀이 싫어하는데 자꾸 오라고 귀찮게 굴어서요. 지금 거절 톡 보내는 중이에요."

그들 마음은 내가 누구보다 잘 안다. 혜나가 술자리에 빠지면 흥이 나질 않을 것이다. 말 그대로 희망 없는 술자리가 되는 것이다. 하지만 이런 식으로 시간을 보내다 지하철 끊길 시간이 임박했을 때 헤어지면 혜나에게 택시비를 챙겨줘야 하는 불상사가 벌어질 수 있다. 최대한 빨리 일어나야 한다.

"같이 공연한 배우들이 제가 감독님이랑 있다고 하니까 모시고 오라고 난리도 아니네요."

"제가 오늘은 몸이 좀 안 좋아서요. 낮에 회사에서 마라톤 회의를 했더니…."

우려했던 사태가 벌어지려 했다. 내가 이래서 지인 공연은 최대한 꺼리는 편이다. 괜히 그런 자리에 따라갔다간 감독이랍시고 지갑이나 털릴 게 뻔하다. 감독 가오가 있지, 얻어 마실 수도 없고.

"그러면요 감독님, 저 그 자리엔 너무 가기 싫은데 오늘 따라 술은 마시고 싶거든요? 요즘 속상한 일이 있어서 상의 드리고 싶기도 하고요. 저 술 마실 때 그냥 옆에 계셔 주시면 안 될까요?"

"되죠!"

당연히 된다. 아무리 택시 비가 아까워도 힘들어하는 동료를 모른척할 수는 없는 일이다. 동시에 갑자기 머리가 복잡해졌다. 술 마실 때 옆에 있어만 달라는 게 그린 라이트인지 아니면 단순히 혼자 술 마시기 싫어서인지 그것도 아니면 차기작 캐스팅 확답을 받아내려는 건지 도무지 짐작이 되지 않았지만 어쩐지 그린 라이트일지도 모른다는 촉이 왔다.

* * *

혜나가 안내한 술집은 대학로 구석에 위치한 조그만 호프집이었다.

여배우와의 1:1 술자리는 오랜만이라 긴장이 됐다. 혜나는 속상한 일이 있다더니 시시껄렁한 연예계 가십만 떠들어댔다. 내 머리 속은 여전히 혜나의 진심을 파악하기 위해 바쁘게 돌아가고 있었다. 혜나의 대사 한 마디 몸짓 하나하나마다 유심히 관찰하며 언제 켜질지 모르는 그린 라이트를 캐치하려 했으나 켜진 건지 아닌지 여전히 짐작조차 할 수 없었다.

그냥 솔직히 까놓고 서로 원하는 걸 이야기해 보자고 할까?

못한다. 나는 그런 캐릭터가 아니다. 지금까지 줄곧 착한 감독 코스프레를 해 왔는데 갑자기 양아치처럼 굴면 캐릭터 붕괴다. 처음부터 양아치 감독 컨셉이었다면 솔직히 까놓고 이야기 하자는 얘기가 한결 쉬웠을텐데 후회막심이었다. 그런데 굳이 캐릭터 붕괴를 걱정할 필요가 있나? 폭망 감독 주제에 잃을 것도 없잖아?

그리고 어쩌면 혜나는 내가 감독답게 디렉션을 주길 기다리고 있는 걸 수도 있다. 그래 원하는 게 그거라면 감독답게 확실한 디렉션을 주도록 하지! 마음의 준비를 단단히 하고 혜나의 하소연이 한 템포 쉬어갈 때쯤 오늘 밤 연기에 대한 디렉션을 주려고 했는데 뜬금없이 어느 양아치 같은 매니저 지망생에게 험한 꼴을 당한 에피소드가 튀어 나오는 바람에 타이밍을 놓쳐 버렸다.

아는 언니가 매니저라고 소개시켜줘서 만났는데 술자리에서 은근 슬쩍 허벅지를 쓰다듬어서 사과를 요구했더니 자긴 그런 기억이 없는데 왜 생사람 잡냐고 되려 화를 냈다는 것이다.

"양아치네. 경찰에 신고하셨어요?"

"아니요. 그냥 똥 밟은 셈 쳤어요. 진짜 똥파리 같은 것들… 귀찮아 죽겠어요. 저한텐 왜 파리만 꼬일까요?"

"일 얘기를 핑계로 불러내서 허튼 수작을 부린 거잖아요? 진짜 쓰레기네. 그런 것들은 콩밥을 먹어야 하는데."

"맞아요, 감독님. 어이가 없는 게 똥파리들 걸러 줄 사람이 필요해서 만난 사람이 똥파리였다니까요? 미쳐버리겠어요, 진짜! 제가 이 바닥이랑 안 맞는 걸까요?"

타이밍을 놓쳐서 다행이었다. 괜히 본전도 못 찾고 똥파리들과 같은 부류로 묶일 뻔했다. 나에게 마음이 있는 건지 아닌지 알 수가 없어서 우유부단하길 잘 했다. 진짜 천만 다행이다. 하마터면 두고 두고 양아치 감독으로 뒷담화를 까일 뻔 했다. 비록 지금은 폭망 감독이지만 다다음 작품에선 대박 감독으로 거듭날 수도 있는데 괜한 오점을 남기지 말자.

그냥 폭망 감독으로도 충분하다. 양아치 폭망 감독으로 누군가의 기억에 남고 싶진 않다. 술 마실 때 옆에 있어 달라는 의미를 확대 해석하지 말자. 공연에 초대해 준 건 말 그대로 공연을 보러 오라는 초대일 뿐이다. 폭망 감독에게 공연 초대를 핑계로 한 그린라이트 같은 건 켜지지 않는다.

"잠깐 화장실 좀요."

빨리 집에 가고 싶은데 마침 혜나는 화장실에 다녀오겠다며 자리에서 일어났다. 혜나가 자리로 돌아오면 바로 나가려고 카운터에 가서 계산까지 마치고 왔는데 잠시 후 생각보다 빨리 화장실에서 돌아온 혜나는 비틀거리며 내 옆 자리로 옮겨 앉더니 어깨에 천천히 머리를 기대었다.

"감독님! 저 잠깐 여기 있어도 되죠? 좀 기대고 싶어서요."

014

오늘 밤 이 구역에서만큼은 내가 위너다

혜나의 정수리에선 달콤한 향기가 풍겨왔다.

"아, 되죠. 당연히 되죠. 자, 여기 누추하지만 제 어깨 대령입니다."

음… 너무 아재 개그스러웠나? 완전 늙다리 옛날 사람 취급하면 어떡하나 걱정했는데 기우였다. 혜나는 취해서 몸을 제대로 가누지 못하겠는지 머리의 무게 중심을 완전히 내 어깨로 옮겨왔다. 이해가 되지 않았다. 꼴랑 생맥주 500cc 한 잔에 이렇게 취한다고? 어쩐지 취한 척 하는 것 같은데? 굳이 내 앞에서 취한 척을 한다는 건….

아니다. 그럴 리가 없다. 정신 차려라. 폭망 감독과 삼류 여배우의 조합은 아무리 생각해도 바람직하지 못하다. 무엇보다 나는 이런 허름한 호프집에서 하소연이나 듣고 있을 분이 아니다. 사람 일 모른다고 이번에 밀리언 필름에서 연출 제안을 받은 '구멍가게'가 대박 날 수도 있는 것이다.

"감독님은 참 좋은 분 같으세요. 감독님 같은 분이 잘 되면 좋겠는데 왜 이 세상은 양아치 같은 나쁜 놈들만 잘 되는 걸까요? 너무 이상해요.”

“꼭 그렇지도 않아요. 그런 놈들은 잠깐은 잘 될 수 있어도 오래는 못 가더라고.”

사실이다. 메뚜기도 한 철이더라.

“그럼 다행이고요. 꼭 그랬으면 좋겠다.”

그린라이트가 아닌 줄 알았는데 그린라이트인가? 잠깐이나마 두근두근 설레는 와중에도 혜나의 핸드폰은 온갖 알림과 진동이 쉴 틈 없이 뜨고 울려댔다.

“동료들이 애타게 찾는 것 같은데 안 가봐도 돼요?”

“네. 이딴 거 다 필요 없어요. 감독님만 옆에 계셔주면 돼요. 이렇게.”

그린라이트가 확실했다. 내 어깨에 기댄 채 나만 있으면 된다고 속삭이는데 이보다 더 확실한 그린라이트는 있을 수 없다. 내가 이겼다. 지금 이 순간에도 애타게 혜나를 찾는 저 수많은 남자들에게 승리한 것이다.

그린라이트인 건 알겠는데 다음엔 뭘 어떻게 하는 거지? 어디 가서 잠깐 쉬었다 가자고 하면 되나? 아니야! 너무 식상하고 노골적인 멘트여서 그린라이트가 꺼질 수도 있겠어. 그렇다고 사랑한다고 할 수도 없고… 아니면 오늘 밤 너와 함께 있고 싶다? 이것도 아닌 것 같아. 아 너무 어렵다. 고기도 먹어본 놈이 먹는다는 말이 괜히 있는 게 아니구나.

이왕 그린라이트를 켜 주셨으니 다음 단계까지도 리드해주면 좋겠는데… 아니지. 혜나가 아무리 걸크러시 쎈 캐여도 어디까지나 한 명의 여자일 뿐이야. 여자로서 자존심이 있는데 다음 단계로 넘어가자는 말을 꺼내게 하는 건 남자로서 예의가 아닐 거야. 지금부턴 남자답게 내가 리드하는 게 맞아. 우리는 감독과 배우이기 이전에 남자와 여자니까.

하지만 만약 이 모든 게 날 엿 먹이려는 음모라면? 나에게 억하심정이 있을 수도 있잖아? 음… 그건 아닌 것 같고… 혹시 몰래 카메라? 요즘 유튜브에 몰래 카메라 채널 많잖아? 혜나 정도 되는 배우의 인맥이면 충분히 그런 채널 운영자들이 하나 둘쯤 있을 수 있다. 게다가 상대가 폭망 감독이니 몰래 카메라 상대로는 이보다 만만할 수 없을 것이다.

연극 공연장에서부터 카페 그리고 술집까지 이 모든 게 몰래 카메라일 수도 있다는 생각이 드는 순간 갑자기 등골이 서늘해지며 소름이 돋았다. 혹시나 해서 얼른 호프집 구석 구석을 살펴봤지만 카메라처럼 생긴 건 발견할 수 없었다. 다행히 몰래 카메라는 아닌 것 같았다.

슬슬 이 상황이 부담스러워졌다. 몰래 카메라가 아니라 해도 혜나와 단 둘이 술집에 앉아 있는 모습을 업계 사람들에게 들키고 싶진 않았다. 이 동네엔 업계 사람들이 은근히 많은데 차기작도 못 찍고 10년째 놀고 있는 주제에 3류 여배우와 어울린다는 소문이 날까봐서다. 다행히 우리는 벽 쪽을 향해 앉아 있고 혜나는 발목까지 내려오는 두툼한 패딩으로 온 몸을 두르고 모자까지 깊숙이 눌러쓰고 있어서 언뜻 봐선 누군지 알아보기 힘들 것이다.

몰래 카메라가 아니라면 그린 라이튼데… 설령 그린 라이트라 하더라도 혜나를 믿어도 되는 걸까? 자칫 잘못 리드했다간… 아… 진짜 모르겠다. 내가 어쩔 줄을 모르고 머뭇거리고만 있자 혜나는 답답했는지 그만 가봐야겠다며 자리에서 일어나려 했다.

"아무래도 가봐야겠어요, 감독님."

그래 차라리 잘 됐다. 이대로 혜나와 헤어지는 건 너무나 아쉬웠지만 내색하지 않으려 노력했다. 혜나는 취기가 올랐는지 얼굴이 벌게져 있었다.

"오늘은 진짜 진짜 반가웠어요. 공연 보러 와 주신 것도 정말 감사하고요."

"저도 그래요."

"감독님, 안녕!"

취했는 줄 알았는데 호프집을 나서는 씩씩한 뒷모습을 보니 딱히 그런 것 같지도 않았다. 어째 취한척하면서 내 마음을 떠본 것 같았다. 내가 그리 간절해 보이지 않았던 모양이지. 혜나는 가게에서 나가는 문 앞에서 마지막으로 뒤를 돌아보며 찡긋 윙크를 날려주었고 나는 사람 좋은 미소를 지으며 손을 흔들어 주었다.

오늘따라 맥주가 썼다. 설상가상 옆 테이블에 앉아 있는 남자들의 시선도 거슬렸다. 닭 쫓던 개 지붕 쳐다보는 꼴이라며 비웃는 것 같았다. 혜나의 빈자리를 감당할 수 없었다. 방금 전까지 내 옆자리에 혜나가 앉아있었다는 사실이 믿어지지 않았다. 그냥 초저녁부터 나 혼자 공연보고 커피 마시고 혼술하고 있는 기분이었다.

도대체 내가 뭘 기대했던 거지? 이 무슨 허망한 설레임이란 말인가. 폭망 감독에게 그런 판타지 같은 일이 벌어질 리 없다는 사실은 그 누구보다 내가 제일 잘 알고 있지 않았던가! 빨리 집에 가서 발 닦고 잠이나 처 자야지. 역시 이불 속이 최고다.

김 빠진 맥주를 마지막 한 방울까지 털어 마시고 천천히 자리에서 일어났다. 카운터에서 계산을 마치고 바로 가게에서 나가려다 그래도 미련이 남았는지 혹시 두고 간 게 없나 다시 자리를 확인 후 가게 문을 나섰는데 멀리서 혜나가 가게 쪽으로 달려오고 있었다.

"왜요? 뭐 두고 갔어요?"

"네, 감독님. 헉헉."

혜나는 가쁜 숨을 내쉬며 대답했다.

"그래요? 나올 때 보니까 혜나씨 자리엔 아무 것도 없던데? 화장실에 떨어뜨린 거 아냐?"

"아니에요."

"알았어요. 내가 들어가서 다시 한번 확인해 볼게요. 잠깐만요."

"안 그러셔도 돼요."

뭐라는 거야? 왜 횡설수설하지?

"뭐 두고 갔다면서요?"

"감독님요."

"네?"

"감독님을 두고 갔다고요."

혜나는 배시시 웃으며 내 품에 쏙 안겨왔다.

전혀 예상치 못한 전개여서 그저 당황스러울 뿐이었다. 역대급 반전이었다. 반전도 이런 반전이 없었다. 19금 웹소설도 이렇게 쓰면 개연성 없다고 욕을 먹을 것 같은데 '감독인생 2회차' 다음 화에서 시험해 봐야겠다. 신입 여자 피디를 사랑하지만 삼류 여배우의 육탄 돌격에 속수무책 허물어지는… 그런데 내가 지금 꿈을 꾸고 있는 건 아니겠지?

"나 어디 안 가니까 살살 안아줘도 돼요. 그리고 내가 가면 어딜 간다고 이렇게 달려와요. 넘어지면 어쩌려고…."

"우리… 갈래요?"

"어… 어디를?"

"에이~ 왜 이러세요? 감독님 나 못 믿어요?"

"미… 믿지. 믿어요. 안 믿을 이유가 없잖아요."

"그럼 가요 우리."

"어딜 가요?"

"감독님 못됐다 진짜! 아시면서…."

혜나가 예쁘게 눈을 흘기며 내 볼을 꼬집었고 그제야 꿈이 아니라 생시라는 실감이 났다. 오늘은 10년 전 '꼴리는 영화'의 폭망 이후 최고로 운수 좋은 날이 될 것 같은 예감이 들었다. 우리는 누가 먼저랄 것도 없이 호프집에서 가장 가까운 곳에 위치한 모텔로 직행했다. 누가 볼까 주변을 둘러봤지만 불경기 탓인지 거리에선 개미 한 마리 찾아볼 수 없었다.

모텔 안으로 들어간 후 모텔비를 내려고 지갑 속 카드를 꺼내려다 현금 결제가 카드보다 만 원 더 저렴하다고 적혀 있어서 현금으로 계산하려 했는데 요즘 누가 현금을 갖고 다니나. 당황스럽게도 만 원 모자랐다. 아깝지만 다시 카드를 꺼내려는데 혜나가 슬그머니 만 원짜리 한 장을 건넸다.

"한 푼이라도 아끼셔야죠."

"이렇게 고마울 수가… 아니 내가 그렇게 좋아요?"

"네. 감독님 잘 생겼잖아요!"

"얼만큼 잘 생겼는데요? 배우 해도 될 정도?"

"푸훗… 감독님 재밌는 분이셨네요?"

혜나가 깔깔대며 웃어주었고 덕분에 밀리언 필름에서 바닥 뚫고 지하실까지 추락했던 자존감이 하늘 끝까지 치솟았다. 적어도 오늘 밤 이 구역에서만큼은 여자가 모텔비를 보태 준 내가 위너다.

내가 이겼다 이 새끼들아!

015

내가 지금 남 걱정할 때는 아니지만

섹스는 금방 끝났다.

혜나는 하도 오랜만이어서 어찌할 바 모르고 헤매던 나를 부드럽고 능숙하게 리드해 주었고 짧은 시간이었지만 화려한 퍼포먼스를 선사해 주었다. 잠시나마 무아지경에 빠졌다가 정신을 차려보니 혜나는 샤워를 하고 있었다.

폭망이 마냥 나쁜 건 아니다. 만약 '꼴리는 영화'가 대박이 났다면 내가 오늘 밤 이 구역의 위너가 되는 일은 없었을 것이다. 고맙긴 한데 왜 이렇게 잘 해주지? 진심으로 나를 좋아해서는 아닐 것이다.

내가 모텔비까지 내 주면서 자고 싶을 정도로 잘 생긴 건 아니라는 사실을 모를 정도로 바보는 아니다. 아무래도 내가 곧 차기작을 찍을지도 모르는 감독이어서겠지. 내가 감독이 아니라면 동민처럼 거들떠보지도 않았을 것이다.

남 걱정할 때는 아니지만 폭망 감독의 차기작에까지 매달리는 혜나가 안쓰러웠다. 혜나의 영화 인생도 나만큼이나 기구하다. 내 영화에서 처음으로 수위 높은 노출과 베드신을 선보인

후 다시는 노출 연기를 하지 않겠다더니 얼마 지나지 않아 또 다시 19금 영화에 출연했다. 해외영화제에 단골 초청되는 모 예술영화 감독의 영화였는데 혜나의 노출 투혼에도 불구하고 해외 영화제 진출과 흥행에 실패했고 그 때부터 혜나의 필모그래피도 꼬이기 시작했다.

혜나는 내 영화에서는 베드신이 처음이어서인지 소극적이고 다소 뻣뻣한 느낌이 있었지만 그 영화에서는 실제 정사 논란이 벌어졌을 정도로 아주 혼신의 열연을 펼쳤다. 다 지난 일이 됐지만 내 영화에서도 저런 열연을 펼쳐줬다면 그렇게 폭망하진 않았을 것이고 적어도 '꼴리는 영화' 제작자였던 방 대표에게 감독실격이라고 욕을 먹진 않았을 것 같아 조금 서운했다.

당시 방 대표는 촬영이 끝나고 첫 가편집본을 보고는 내가 여배우들을 제대로 벗기지 못했고 베드신도 시원찮다며 '감독실격'이라고 욕을 퍼부었다. 억울했다. 에로영화를 찍자고 한 것도 아니면서 여배우를 못 벗겼다고 감독실격이라니….

"영화는 이제 안 할 거예요?"

샤워를 하고 나온 혜나에게 물었다.

"벗는 역만 들어와서요. 내가 에로 배우는 아니잖아요? 감독님이 책임지시든가요."

내가 왜? 내 영화에서만 벗은 것도 아니면서? 라는 말이 목구멍까지 넘어왔으나 꾹 참아 넘겼다. 이제와 그게 뭐가 중요한가. 지금 중요한 건 혜나가 모텔비까지 보태 주면서 나와 함께 있어주었다는 것이다. 정말 고맙긴 한데 과거 혜나에게 느꼈던 서운함이 떠올라서인지 모텔비를 보태 준 고마움은 서서히 희미해졌다.

"근데 내가 아무리 잘 생겨도 그렇지 왜 이렇게 잘 해주는 거에요?"

내 차기작 출연을 노리고 있을 게 뻔하지만 모르는 척 물어봐주었다.

"잘 생긴 것도 있지만 ㅋㅋ, 감독님한테 잘 해준 거 없어요. 제가 하고 싶어서 한 거에요."

"거짓말. 그리고 이건 변명은 아니고 오늘은 내가 정말 너무 오랜만이어서… 요즘 스트레스도 많았고… 아무튼 시원찮아서 미안해요. 이해해주세요."

"에이… 진짜 좋았다니까요! 그리고 아까 혼자 남은 감독님이 너무 슬퍼보였어요. 그래서 뭐라도 해드리고 싶었어요."

"고마워요 정말. 이 은혜는 평생 잊지 않고 반드시 갚아줄게요."

"은혜라뇨! 깔깔깔. 감독님 개그맨이에요?"

웃는 여자는 다 예쁘다고 했던가?

지금 이 순간만큼은 물개 박수까지 쳐가며 깔깔 웃어주는 혜나가 세상에서 제일 예뻐 보였다. 그리고 은혜를 갚겠다는 말은 진심이었다. 강 대표가 제안한 19금 영화 '구멍가게'를 만들 수 있게 될진 모르겠지만 메이드만 된다면 무조건 출연

시켜주고 싶었다. 본인이 싫다고 하면 어쩔 수 없지만.

"고마우면 책임지시라니까요?"

"그래요. 약속할게요. 조만간 캐스팅 고 나오면 연락드릴게요."

"정말요? 감독님 최고! 그리고요?"

"그리고라니?"

"출연시켜 주면 끝이에요?"

"그럼 뭐가 더 필요한데요?"

"그걸 제 입으로 말할 순 없죠."

설마 사랑? 아니면 결혼? 에이… 결혼 상대로는 아니겠지? 우리가 몇 번이나 봤다고….

혜나는 쉴 틈 없이 떨고 있는 핸드폰을 더 이상 두고 볼 수 없었는지 핸드폰을 두 손으로 들고 분주히 손가락을 놀리고 있었다. 내가 옆에 있는데도 편히 누워 핸드폰에 몰입해 있는 걸 보니 결혼 상대로는 아니고 사랑일 것 같지도 않았다.

그렇다면 도대체 뭘까? 추리 중에 문득 동민이 혜나에게 선사한 꽃다발을 카페에 두고 왔다는 사실이 떠올랐다. 불쌍한 동민이… 잔뜩 용기내서 꽃다발을 선물한 여배우가 나랑 침대에서 뒹굴고 있을 줄은 상상조차 못하겠지.

"아유, 이 똥파리들… 안 간다고 하는데도 계속 오라고 난리네요."

"뒤풀이?"

"네. 다들 나 올 때까지 집에 안 가고 기다린다고 하네요."

"그런데 동민이랑은 무슨 사이에요?"

혜나와 동민은 내 데뷔작 '꼴리는 영화'의 종 파티 때 처음 알게 된 사이고 당시 독립영화 연출을 준비 중이던 동민이 혜나에게 여자 주인공으로 출연해 달라고 부탁하며 친해진 걸로 알고 있다. 이후 동민의 주장에 의하면 준비 중이던 독립영화가 엎어지기 전까지 반 년 정도 썸을 타다가 동민이 약속했던 독립영화 주인공도 안 시켜주고 자신 있다던 시나리오 공모전에도 계속 떨어지자 사이가 소원해졌다고 했다.

"아무 사이 아니죠. 그래도 동민 오빠에겐 오늘 일 비밀로 해주세요. 상처 주고 싶진 않으니까."

이제야 내가 혜나의 공연을 보러 오겠다고 했을 때 동민이 반기지 않았던 이유를 알 것 같았다. 동민은 아직 혜나에게 미련이 있는 것이다. 나는 그것도 모르고 눈치 없이 끼어든 셈이고 설상가상 혜나가 나만 바라보고 동민을 투명 인간 취급하자 영혼의 상처를 입고 먼저 집에 가버린 것이다.

문득 혜나와 동민은 어디까지 간 사이인지 궁금해졌다.

"동민이랑은 가볍게 썸만 탄 거죠?"

"썸이요? 누가 그래요? 동민 오빠가?"

아이고야… 썸도 아니었구나. 손도 못 잡아본 듯한 분위기다. 정확히 어디까지 갔는지 더 노골적으로 물어볼까 고민하는 와중에 호랑이도 제 말하면 온다고 동민에게서 전화가 왔다.

“동민이가 전화했는데 받을까요?”

“감독님 마음대로 하세요. 저랑 있다는 말은 하지 마시고요.”

나는 자다가 깬 척 졸린 목소리로 전화를 받았다.

“여보세요?”

“어디야?”

“집.”

“….”

동민은 더 이상 말이 없었다. 아마도 수화기 너머로 들려오는 내 주변의 소리와 분위기를 살피는 듯 했다. 설마 내가 혜나와 함께 있는 걸 눈치챈 건 아니겠지?

“왜 말이 없어? 자고 있는 사람 깨워 놓고.”

분명 내가 혜나와 함께 있는지 궁금해서 전화를 건 것 같은데 자기가 생각해도 쪽팔렸는지 대놓고 물어보진 않았다. 다행히 수화기 너머로 별 소리가 들려오지 않자 내가 집에서 자고 있었다고 생각한 듯했다. 그렇게 믿고 싶었을 수도 있고.

“내일 임 감독님 장례식장 몇 시에 갈 건지 물어보려고. 시간 맞으면 같이 가자.”

“자고 일어나면 전화할게. 오후에 갈 예정. 넌?”

“아침부터 계속 있을 거야. 오면 전화해.”

“오늘도 갔다며 내일 또 가?”

“응.”

의리 있는 놈일세?

"아, 맞다. 감독님은 왜 돌아가셨어?"

"자살이래."

"아… 아니… 왜… 알았다. 내일 얘기하자."

가슴이 먹먹해졌다. 임 감독님이 자살로 생을 마감하시다니….

영화가 망하면 얼마나 고통스러운지 익히 알고 있는 입장에선 어쩐지 남의 일처럼 느껴지지 않았다. 데뷔와 동시에 폭망한 나보다는 잘 나가다가 추락한 임 감독이 더 고통스러웠을 것이다.

혜나는 내가 동민과 통화하고 있는 사이에 먼저 일어나 옷을 챙겨 입고는 내가 전화를 끊자마자 아무래도 뒤풀이 자리에 가봐야 할 것 같다며 나가려고 했다. 감독님 미팅 있다고 나왔는데 계속 연락이 안 되면 이상한 생각을 할 게 분명하고 캐스팅을 목적으로 감독에게 몸 로비를 한다는 등의 안 좋은 소문이 날 수 있다는 거다.

갑자기 귀가 간지러웠다. 아까 나에게 명함을 주고 간 캐스팅 디렉터는 내가 '꼴리는 영화'의 감독이라는 사실을 알고 있었으니 자칫 잘못하다간 내가 혜나와 그렇고 그런 사이라는 소문이 날 수도 있다.

"먼저 나가볼게요. 감독님."

"그래요. 너무 많이 마시지 말고요."

"우리 앞으론 자주 보는 거죠?"

"당연하죠. 멀리 안 나갈테니 조심해서 들어가세요."

그나저나 혜나는 남자 친구가 없나? 없을 리가. 남자 친구까진 모르겠지만 혜나를 쫓아다니는 남자는 한 둘이 아닐 것이다. 저런 마스크와 몸매를 주변 남자들이 놔둘 리가 없다. 연극이 돈이 될 리는 없고 딱히 돈 나올 구석이 없는데도 럭셔리하게 꾸미고 다니는 걸 보면 부잣집 딸이거나 부자 남자 친구가 있는 게 분명하다. 확실한 건 나는 원래 돈이 많은 감독은 아니라는 사실. 차기작이 대박나기 전에는 혜나를 책임질 수 없다.

016

한국에서 여배우로 산다는 것

오늘 밤 이 구역에서만큼은 여자가 모텔비를 보태 준 내가 위너라는 승리감은 오래 가지 않았다.

모텔에서 나오자마자 현자타임과 함께 불안+초조+자괴감이 쓰리 콤보로 밀려왔다. 시나리오를 못 쓰고 연출력이 딸리는 건 어쩔 수 없다 쳐도 내가 고작 이 정도밖에 안 되는 놈이었단 말인가! 원래부터 여배우나 건드리고 다닌 건 아니다. 혈기 왕성한 조감독 시절조차 여배우들과는 칼같이 거리를 유지했었다. 귀에 못이 박히도록 들었던 밥그릇에 x 담그는 거 아니라는 임 감독의 서슬 퍼런 경고 때문이 아니더라도 나중에 대박 감독이 됐을 때 감당해야 할 리스크가 너무 크기 때문이다.

그런데 곰곰이 생각해 보니 현자타임은 어쩔 수 없어도 불안 초조할 필요까진 없을 것 같았다. 혜나를 믿기 때문이라기보다는 냉정히 따져봤을 때 이번 생에 대박 감독이 될 일은 없을 것 같다는 슬픈 예감이 들었기 때문이다. 적어도 밀리언 필름의 '구멍가게'로 내 영화 인생이 업그레이드 될 일은 없을 것이고 그게 아니라도 딱히 잃을 건 없을 것 같다는 결론이

나자 자연스레 불안감도 날아가버렸다.

늦은 시간이어서인지 지하철엔 빈자리가 많았다. 맨 끄트머리에 자리를 잡고 앉아 핸드폰을 꺼내 보니 새 메일이 도착했다는 알림이 떠 있었다. 애널맨 계정으로 온 메일이었다. 열어 봤더니 제목은 '최경진 감독 직업 바꿔라. 아 짜증난다. 이걸 영화라고 찍었냐?'였고 내용은 없었다. 보낸 이는 'naniman'!

난니맨으로부터의 메일이었다. 이로서 'nani****'과 'naniman' 그리고 '난니맨'은 동일인물임이 확실해졌다. '꼴리는 영화'에 달린 'nani****'의 관람평인 '최경진 감독 직업 바꿔라. 아 짜증난다. 이걸 영화라고 찍었냐?'라는 제목의 메일을 최경진 감독의 이메일이 아니라 애널맨의 이메일로 보냈다는 건 최경진의 부캐가 영화 인플루언서 애널맨이라는 사실을 정확히 알고 있다는 뜻이다.

어떻게 알고 있는 거지? 아무에게도 말한 적이 없는 것은 물론이고 행여나 들키지 않으려고 나름 신경도 많이 썼는데! 내가 애널맨이라는 사실이 알려졌다간 영화고 뭐고 다 끝장이다. 설마 내가 19금 웹소설 '감독 인생 2회차'의 작가 왕복동이라는 사실도 알고 있으려나? 갑자기 뒷목이 땡기며 눈 앞이 어질어질 현기증이 났다.

난니맨이 왜 이러는지 원하는 게 뭔지를 모르겠으니 앞으로 무슨 짓을 저지를 지 예측이 되지 않았다. 게임이라면 내가 일방적으로 불리한 게임이었다. 아무런 예고 없이 악플을 남겼듯 아무런 예고 없이 애널맨의 정체가 폭망 감독 최경진이라는 사실을 폭로할 수도 있는 건데 나에겐 그걸 막을 방법이 없다.

역시 SNS는 인생의 낭비였어. 처음으로 후회가 됐다. 사실 애널맨 활동을 처음부터 열심히 했던 건 아니다. 애널맨 아이디로 임 감독의 흥행 실패작 '유언'에 "더 잘 만들었어야죠, 감독님. 이러다 유작되겠어요."라는 관람평을 달고는 한동안 잊고 지냈었다. 하루 빨리 차기작을 만들고픈 마음이 강렬했기 때문이다. 하지만 그로부터 얼마 뒤 감독 계약을 조율 중이던 영화사에서 그냥 없었던 일로 하자는 청천벽력 같은 통보를 받았다.

당연히 감독 계약이 성사되는 줄 알고 그 어느 때보다 열심히 시나리오를 고치고 또 고치고 있었는데 그저 허탈할 뿐이었다. 바로 그 자리에서 영화사에서 뛰쳐나와 하염없이 걷고 또 걸었는데 집에 도착할 때까지 장장 4시간이 걸렸다. 대중교통을 이용하면 1시간 거리지만 그 날은 그냥 그렇게 걷고 싶었다. 오후 4시에 하차 통보를 받고 집에 도착하니 8시가 넘어가고 있었다.

영화를 못 만들면 앞으로 무슨 일을 하며 살아야 할까? 영화과에 가지 말라는 부모님 말씀을 들을 걸 그랬나? 아니야. 이건 내 잘못이 아니라 안목이 없는 제작사 잘못이야. 다 망해버려라! 그나저나 감독 계약이 무산됐다는 걸 알면 고소해 할 새끼들이 한둘이 아닌데… 다음에 만났을 때 작품 준비는 잘

되어가냐고 물어보면 뭐라고 둘러대지? 아, 짜증나네. 이럴 줄 알았으면 쌍욕이라도 퍼붓고 나올 걸… 어차피 다시 볼 일 없는 사이잖아? 만약 다시 보게 된다면 시사회 정도? 내가 이래서 시사회를 안 간다니까! 아니야. 그래도 너무 안 가면 완전 잊혀질 수 있어. 텐트폴 시사회 정도는 가 줘야 해. 아니야. 차기작 계약 전엔 가지 말자. 다음 작품 준비 잘 돼가냐고 물어보면 짜증나잖아.

그렇게 부질없고 쓸데없는 상념이 꼬리에 꼬리를 물고 이어졌는데 아파트 입구에서 걸어 나오던 아기 엄마가 내 눈치를 살피더니 얼른 아이 손을 잡고는 나로부터 멀어져 가는 걸 보고 나서야 깨달았다. 나도 모르게 혼잣말을 주절대고 있던 것이다.

하루 아침에 길바닥에서 혼잣말을 중얼거리는 마음이 아픈 동네 아저씨가 돼버렸다. 아무리 분노와 좌절이 커도 나도 모르게 혼잣말을 중얼거린 적은 없었는데 아무리 자제하려 해도 계속 혼잣말이 튀어 나왔고 이걸 어떡하나 고민 중에 한동안 잊고 지냈던 애널맨이 떠올랐다. 그래 혼잣말을 참을 수 없다면 블로그에 올려버리자!

집에 오자마자 곧장 애널맨이라는 이름으로 만들어두었던 블로그에 로그인 한 뒤, 나를 감독 자리에서 하차시킨 제작사에서 야심차게 개봉한 영화의 악평을 올린 게 진정한 애널맨의 탄생이었다. 임 감독의 유작 '유언'에 대한 혹평은 애들 장난 수준이었다. 그렇게 진정성이 담긴 악평을 주기적으로 올리다 보니 슬슬 세상으로부터 반응이 왔다.

팬이 생긴 것이다. 팬만큼 안티도 많았지만 몇몇 팬들이 잘한다 잘한다 우쭈쭈 해주니까 그 때부턴 더 신이 나서 시나리오 집필은 접고 남이 만든 영화에 대한 혹평에 전념하다 보니 본캐는 폭망 감독이지만 부캐는 영화 인플루언서의 자리에까지 오를 수 있었던 것이다.

애널맨이라는 이름은 누군가 나에게 차기작을 만들 수 있는 기회를 준다면 똥꼬 주름이라도 핥아줄 수 있다는 간절함에서 나왔고 그 때까지만 해도 애널맨 활동을 이렇게 오래 하게 될 줄은 몰랐다. 차기작 개봉과 동시에 애널맨 활동은 접을 생각이었는데 어쩐지 평생 하게 될 지도 모르겠다는 씁쓸한 예감이 들었다.

그나저나 정체가 탄로나지 않게 신중에 신중을 기했는데 난니맨은 어떻게 애널맨의 정체를 알아낸 걸까? 아직 애널맨의 본캐를 폭로하지 않은 걸 보면 자기가 누군지 알아맞혀 보라는 것 같은데… 그래! 니가 원하는 게 그거라면 무슨 수를 써서라도 알아내 주리라 했지만 단서가 'naniman'이라는 아이디 하나뿐이어서 더 이상의 추적은 불가능했다.

다만 난니맨의 성별은 남자로 추정되었다. 멀쩡한 여자가 난니맨이라는 아이디를 만들 리는 없다. 그렇다면 영화과 동기 조지선과 밀리언 필름 석소연 팀장은 용의자 후보에서 제외다.

남은 건 심동민인데… 이 변태 같은 새끼. 아무리 내가 먼저 입봉한 게 배가 아파도 그렇지… 그래도 심동민이 난니맨이라는 확신은 들지 않았다. 그 정도로 음흉한 놈은 아니라는 걸 너무나도 잘 알고 있기 때문이다.

***

집에 도착할 때쯤 되자 또 다른 불안감이 밀려들었다. 싸구려 모텔 방 냄새와 혜나의 여자 냄새가 몸에 배었을 수도 있기 때문이다. 집 앞 편의점에 가서 소주 한 병을 산 후 온 몸에다 흩뿌렸다. 술 냄새가 금방 확 올라왔다. 오케이. 이 정도면 완전범죄 가능이다.

아내 유정에겐 미안하지만 오늘 밤에 있었던 일은 나 혼자만의 잘못은 아니다. 우리는 섹스리스 10년차다. 공교롭게도 10년 전의 데뷔작 폭망과 동시에 섹스리스가 시작됐지만 꼭 폭망 때문에 이렇게 된 건 아니다. 그냥 언젠가부터 유정과는 하고픈 마음이 들지 않았다. 다행인 건 유정의 마음도 나와 같은 듯 섹스를 요구하지 않았다는 사실이다. 마지막 섹스가 정확히 언제였는지 기억조차 나지 않을 정도다.

엄밀히 따지자면 외도가 맞지만 묘하게 죄책감은 들지 않았다. 외도니 불륜이니 하는 단어들의 무시무시하고 불법적으로 느껴지는 어감에 비해선 자고 일어나면 기억에도 남지 않을 정도로 별일 아닌 것처럼 느껴졌다. 나만 조용히 있으면 아무도 모를 일일테니까.

* * *

엘리베이터에서 내렸더니 복도 전체에 아내 유정과 고등학교에 다니는 딸 세미의 고함 소리가 쩌렁쩌렁 울려 퍼졌다. 편두통을 견디며 도어락 비번을 누르고 조용히 들어갔는데 집 안은 전쟁터가 따로 없었다. 세미는 내가 들어오는 걸 보더니 고개를 홱 돌리고는 인사도 없이 발을 쿵쿵 구르며 자기 방으로 들어가 버렸다.

"넌 아빠 왔는데 인사도 안 하니? 그리고 아래층에서 올라오니까 그렇게 쿵쿵거리지 말랬지!"

유정이 표독스럽게 쏴댔지만 방에 들어간 세미로부턴 아무런 대답이 없었다. 세미는 몇 년 전까지만 해도 이 정도는 아니었다. 아빠밖에 모르던 딸이었지만 이젠 무서워서 말도 못 붙이겠다. 툭하면 버럭하고 신경질을 내고 차분하게 대화를 시도하면 귀찮다고 짜증을 냈다.

"아무래도 당신네 집안 유전자가 안 좋은 것 같아. 어머니도 그렇고… 어두워. 너무 다크해."

유정이 나직이 읊조렸다.

"어머니 얘기는 하지 말고. 오늘은 왜 저래?"

"학원을 안 다니겠다잖아."

"중간고사는 잘 봤고?"

"아니."

"그럼 다녀야지."

"공부 안 할 거래."

"공부 안 하면 뭐 할 건데?"

내 질문에 유정이 어이가 없다는 듯 썩소를 지으며 나를 똑바로 쳐다보았다.

"배우."

"웃기지 말고."

"웃기는 거 아니고 당신 딸이 배우 하고 싶다는데 어떻게 생각하세요, 감독님?"

가슴이 철렁 내려앉았다. 아빠가 영화감독이니 행여나 나중에 커서 배우가 되고 싶다고 하면 어떡하나 막연한 우려가 있었는데 현실이 된 것이다. 그나마 감독이 아니어서 다행인가?

"배우라니… 절대 안 되지. 그건 있을 수 없는 일이야."

한국에서 여배우로 살아간다는 것이 얼마나 혹독한 일인지를 그 누구보다 잘 알고 있는데 다른 사람 딸도 아니고 내 딸이 그 길을 걷는 걸 곱게 놔둘 수는 없다. 그리고 여배우로 성공하려면 신들린 연기력의 소유자이거나 적어도 반경 1km 안에선 제일 예쁘다는 소문이 나야 하는데 아빠로서 할 말은 아니지만 사랑하는 내 딸 세미는 이도 저도 아니었다.

　백번 양보해서 연기력은 어떨지 모르겠지만 얼굴은 아빠를 닮은 편이라 예쁘다고 보긴 힘들었다. 만약 세미가 여배우의 길을 걷는 걸 말리지 않는다면 언젠가는 그 누구보다 아빠를 제일 많이 원망하고 증오할 것이다. 이 바닥 뻔히 알면서 왜 그때 자기를 말리지 않았느냐며… 안 봐도 비디오다.

017

배우 하고 싶으면 너네 아빠 영화에나 출연하면 되겠네

영화로 망한 건 나 하나로 족하다. 내 딸까지 끌어들일 순 없다.

"이미 오디션 제안도 받았다는데?"

"오디션?"

"길거리 캐스팅을 당했다나? 학교 앞에서 무슨 피디인지 뭔지가 명함을 주고 갔대. 시나리오도 보내줬다는데 한 번 읽어볼래?"

직업병 탓에 캐스팅이니 시나리오니 하는 얘기에 은근슬쩍 호기심이 생겼지만 내가 아니라 내 딸에게 벌어지고 있는 일이라고 생각하자 금방 차게 식어 버렸다.

"무슨 영환데? 회사… 아니 감독은 알아?"

"독립영화라나? 어디서 지원 받아서 만드는 영화래."

내 딸이 오디션 제안을 받았다니 이게 무슨 영문인가 했지만 역시나였다. 제대로 된 상업 영화 제작진이라면 내 딸에게 오디션 제안을 할 리가 없다.

"독립영화? 됐어. 아무튼 배우는 안돼! 절대! 내 눈에 흙이 들어가도 안 돼!”

“원하면 연기 학원도 소개시켜 줄 수 있다던데? 마스크는 조금만 손보면 될 것 같다고 했고.”

“연기 학원?? 때려 치워. 그거 다 장삿속이야. 세미가 우리한테나 예뻐 보이지 객관적으로 보라고 좀! 걔가 배우가 될 수 있을 것 같아? 내가 안 된다고 하면 안 되는 거야! 잘 될 것 같았으면 하기 싫다고 해도 내가 먼저 시켰지!”

감히 순진한 내 딸에게 약을 팔아? 명함에 적혀 있는 피디라는 놈의 이름을 영진위 사이트에 들어가 검색해 보니 역시나 아무런 정보도 뜨질 않았다. 완전 양아치 사기꾼 같은 놈들에게 제대로 걸렸다 싶어 길길이 날뛰는데 등 뒤에서 살기가 느껴졌다. 아차 싶어 고개를 돌려보니 세미가 자기 방 앞에서 나를 무섭게 노려보고 있었다. 내가 떠드는 얘기를 다 들은 것이다.

“아빠 미워! 폭망 감독 주제에!”

딸에게까지 폭망 감독 소리를 듣게 될 줄은 몰랐다만 사실이니 뭐라 할 수도 없고 그저 난감할 뿐이었다. 다른 사람은 몰라도 내 딸에게만큼은 자랑스러운 아빠가 되고 싶었지만 이번 생엔 실패인듯. 그래도 저런 소리까지 듣고 가만히 있으면 가정교육상 안 좋을 것 같아 뭐라 한 소리 하려 했는데 세미는 냅다 집 밖으로 뛰쳐나가버렸다. 유정이 혀를 쯧쯧 차며 말했다.

"으이그… 그게 딸에게 할 소리니?"

"세미 들으라고 한 소리는 아니잖아! 그리고 다 저 잘 되라고 이러는 건데 아빠 맘도 모르고."

"넌 이제 큰 일 났다. 이번 삐짐은 모르긴 몰라도 평생 갈 걸?"

생각만 해도 아찔했다. 아빠가 집에 오면 달려와서 안기고 뽀뽀해 달라고 조르던 시절이 마치 전생의 기억처럼 느껴졌다. 언젠가부턴 아빠가 집에 오든 말든 방에 틀어박혀 코빼기도 비치지 않았고 안에서 뭘 하는지도 알 수가 없었다. 마음 같아선 방문을 확 열어버리고 싶지만 그랬다간 험한 것이 튀어 나올까 봐 애써 자제 중이었는데… 안 그래도 소원해지는 부녀 관계가 돌아올 수 없는 강을 건너버린 듯 했다.

"더 늦기 전에 따라나가 봐. 놀이터에 있을 거야."

하루종일 영화사 미팅에 공연 관람에 여배우의 고민 상담 등등 때문에 피곤해 죽을 것 같았지만 아빠의 의무를 다하기 위해 놀이터로 갔다. 다행히 세미는 유정의 말대로 놀이터 벤치에 앉아 핸드폰을 들여다보고 있었다. 내가 다가가자 힐끔 올려다보고는 다시 핸드폰으로 시선을 돌렸다.

"아까는 미안했다. 아빠가 다 너 잘 되라고…."

"나도 알아. 나 안 예쁜 거. 다 아빠 닮아서 그런 거잖아."

그래도 대화가 가능해서 의외였다.

"나도 미안. 아까 폭망 감독이라고 한 거…."

“괜찮아. 사실이니까. 아빠는 아무렇지도 않아. 다음 작품은 잘될 거니까.”

“아빠는 꼭 감독을 해야겠어?”

“아빠는 감독을 해야겠는 게 아니고 이미 감독이야. 이 나이에 다른 일을 할 수도 없고.”

폭망했다고 데뷔로도 안 쳐주는 건가? 딸에게까지 감독 대접을 못 받다니 스스로가 너무나 한심했다.

“넌 꼭 배우를 해야겠니?”

“배우가 되면 다양한 인생을 살아볼 수 있잖아. 자유롭고 돈도 많이 벌고 여행도 많이 다니고.”

“그건 잘 나가는 배우나 가능한 얘기야. 신인은 배역 하나 따내는 것만 해도 얼마나 어려운 일인데….”

넌 아빠 닮아서 잘 나가긴커녕 잘돼봤자 주인공의 못난이 친구 역할 정도가 한계라는 얘기는 차마 덧붙일 수 없었다.

“그럼 딱 올해까지만 시간을 줘. 만약 올해 안에 캐스팅에 성공하면 연극 영화과 보내주는 거다? 안 되면 다신 배우하겠단 얘기 안 할게.”

“진짜?”

대화가 가능한 이유가 바로 이 제안 때문이었다. 얘기가 쉽게 끝나겠는데?

“대신 독립영화나 학생 작품은 빼고다. 알지?”

“알았어. 그건 반칙이지.”

“그리고 아빠… 부탁이 있는데….”

“응?”

얘기가 쉽게 끝나 다행이고 부탁이라는 건 들어보나 마나였다. 끽해야 용돈 좀 달라는 얘기일텐데 얼마를 달라고 하든 그거보다 많이 주고 싶어졌다.

“이제 그런 영화 안 찍으면 안 돼? 딴 감독들처럼 액션이나 코미디 영화를 찍을 순 없는 거야?”

“그런 영화?”

“있잖아. 아빠 데뷔작. 꼴리는….”

“아! 그래. 알았어. 그런 영화 다신 안 찍을게. 지금 준비하는 영화는 그런 영화 아니니까 안심해도 돼.”

“약속이다?”

세미가 새끼 손가락을 내밀었고 마음의 상처를 입었지만 전혀 내색하지 않고 손가락을 걸고 약속했다.

“자 약속! 대신 세미도 올해 안에 캐스팅 안 되면 배우는 포기하는 거다?”

“당연하지!”

* * *

잠자리에 들 준비를 마치고 안방에 들어가니 유정은 침대 위에서 벽을 보고 누운 채 핸드폰을 들여다보고 있었다. 허리에서 골반까지 S자로 빠진 뒤태가 제법 근사했다. 잘하면 30대 초반으로 봐 줄 수도 있을 것 같았다. 물론 진짜 30대인 혜나에 비할 바는 아니지만. 아니 내가 지금 무슨 생각을 하는 거지? 잊자, 잊어. 혜나와는 아무 일도 없었던 거다. 나부터가 깨끗하게 잊어야 완전 범죄가 성립되는 거다.

아내도 10년 동안 안 했을까? 고등학교 선생님이니 당연히 안 했을 것이다. 물론 선생님이라고 안 했으리라는 보장은 없지만 내가 아는 유정은 그런 짓을 저지를 리 없다. 학교랑 집밖에 모르고 공과 사가 분명하며 준법 정신도 투철해서 불륜이나 외도 따위는 꿈도 못 꿀 스타일이다.

동료 선생님과 학생 말고 만나는 남자라고는 스승의 날 즈음 해서 찾아오는 졸업생들이 다일텐데 제자들과 모임이 있더라도 저녁 식사에 반주 한 잔 정도를 곁들이는 게 다다. 간혹 제자의 차를 얻어 타고 집에 온 적이 있었는데 멀쩡한 젊은 놈들이 설마 40대 아줌마에게 흑심을 품진 않을 것이다.

"세미가 오늘 친구랑 싸웠대."

유정의 담담한 한 마디에 가슴이 철렁 내려앉았다. 세미가 학교 폭력을 저질렀다면 차기작 개봉 때 감독 딸이 학폭 가해자네 어쩌네 하면서 문제가 될 수도 있기 때문이다.

"학폭이야?"

"그 정도는 아니고… 그냥 얌전하게 말로만 티격태격."

"왜?"

“아니다. 됐다. 못 들은 걸로 해.”

“이 사람이… 왜 말을 하다가 말아? 오늘 잠 자기 싫어? 밤새 들볶여 볼 테야?”

“아빠가 폭망 감독이라고 놀렸대.”

눈앞이 캄캄하고 가슴이 먹먹해졌다. 한국에서 폭망 감독으로 산다는 건 나는 물론이고 가족들에게도 못할 짓이었던 것이다.

“까짓꺼 다음 작품 대박나면 되지. 두고 보라고 해.”

“떡 영화감독이라고도 했대.”

“다음 건 떡 영화 아니야.”

아무렇지도 않은 척했지만 아무렇지가 않지 않았다. 여기서 무너지면 안 된다. 이럴수록 더욱 씩씩하게 나가야 한다.

“배우 하고 싶으면 너네 아빠 영화에나 출연하라고 했대.”

기분이 묘했다. 너네 아빠 영화에나 출연하라고?

이것은 욕인가 칭찬인가. 욕이라고 생각하면 나 자신이 너무 초라했고 칭찬이라고 정신 승리를 하자니 너무 비참했다. 솔직한 심정으론 내 목숨보다 소중한 딸에게 떡 영화 감독의 차기작에나 출연하라고 악담을 퍼부은 녀석을 찾아가 혼쭐을 내주고 싶었다만 차기작 대박 말고는 딸의 기를 살려줄 뾰족한 수가 없었다.

“부러워서 한 소리겠지? 영화감독이 흔한 직업이 아니잖아? 그리고 이번 영화는 떡 영화도 아니야.”

"떡 영화 아님 뭔데? 일은 잘 되고 있는 거야? 너 요즘엔 도대체 뭐 하고 돌아다니냐?"

"곧 수면 위에 올라올 거야. 좀만 기다려."

다음 작품은 대박 날 거라는 얘기는 차마 하지 못했다. 서당개 3년이면 풍월을 읊는다고 유정은 이제 어지간한 업계 전문가 뺨친다. 내가 뭘 하고 돌아다니는 지 몇 마디만 들어봐도 이게 될 일인지 아닌지 간파한다. 더 이상 내가 밖에서 무슨 일을 하고 다니는지 궁금해하지도 않았다. 10년째 이번 작품은 잘될 거라는 말만 앵무새처럼 반복하고 있으니 지친 것이다. 설상가상 이번에 만들 영화는 그런 영화가 아니라고 했지만 강 대표가 제안한 '구멍가게'는 내가 준비했던 그 어떤 영화보다 떡 영화였다.

가족을 생각하면 강 대표의 제안을 거절해야 마땅하지만 그랬다간 모처럼 생기려는 감독 방과 법카가 날아가버린다. 일단은 떡 영화 연출을 수락하는 척하면서 다른 작품을 준비하는 게 지금으로선 최선의 선택이다. 세미도 아빠가 집 구석에서 맨날 누워만 있는 꼴은 보기 싫을 것이다.

유정은 피곤했는지 금방 깊은 잠에 빠져 들었지만 나는 잠이 오질 않았다. 내 영화로 인해 가족들이 고통받고 있다는 걸 알았는데 어떻게 잘 수 있겠는가. 뭐라도 끄적여야 마음이 편할 것 같아 작업실로 가서 컴퓨터를 켰다.

018

이건 내 얘기는 아니고 감독 지망생 친구 얘기인데

뭘 써야 하나.

가족을 위해 남부끄럽지 않은 차기작 집필을 해보려고 꾸역꾸역 컴퓨터 앞에 앉아 모니터에 한글 창을 띄워놨지만 아무런 아이디어도 떠오르지 않았다. 당연하다. 애초에 세상에 하고 싶은 이야기 따윈 없었기 때문이다. 그런 거 있으면 말로 하면 되지 왜 영화를 찍냐. 피곤하게스리. 생각해 보면 영화감독으로서 찍고 싶은 것도 없었다. 난 그냥 감독 놀이를 하고 싶었던 것 같다.

하지만 19금 웹소설 '감독인생 2회차' 관련 아이디어는 줄기차게 뿜어져 나왔고 한글 파일을 열자마자 저절로 다음 화가 써졌다. 주인공 감독이 삼류 여배우의 육탄 공격에 못 이기는 척 허물어지지만 한번 발동이 걸리고 나자 밤새도록 멀티 오르가즘을 선사한다는 이야기다. 5000자를 다 쓰자마자 웹소설 플랫폼에 업로드했고 거의 실시간으로 독자들의 댓글이 달렸다.

마냥 호의적이진 않았다. 주인공 감독과 갑자기 등장한 삼류 여배우가 원나잇을 저지르는 전개가 뜬금없으니 빨리 주인공 감독이 공을 들이고 있던 신입 피디나 정복하라는 것이다. 끽해야 회당 100원 내고 읽는 것들이 이래라 저래라 하는 게 짜증났지만 향후 충성 고객이 될 수도 있으므로 댓글 하나하나 마다 읽어주셔서 감사하다고 정중하게 답글을 달아주었다.

19금 웹소설은 아무 고민 없이도 술술 잘 써지는데 가족을 위한 남부끄럽지 않은 차기작 집필은 왜 마음처럼 안 되는지 의아해하던 차에 기발한 아이디어가 떠올랐다. 애널맨 블로그에 동민 저격 글을 올리는 거다. 제목은 '감독 지망생에게 보내는 편지'.

동민이 난니맨으로 위장해 애널맨을 저격했듯 나도 감독 지망생 동민을 저격하는 거다. 만약 동민이 이 새끼가 난니맨이라면 분명 애널맨 블로그에 올라온 글을 보고 반응이 있을 것이다. 그러려면 동민의 컴플렉스를 제대로 후벼 파줘야 한다는 기획 의도가 잡히자 웹소설을 쓸 때처럼 저절로 키보드에 손이 올라갔고 폭풍 타이핑이 시작됐다.

시나리오는 안 써지는데 19금 웹소설과 부캐 애널맨으로 운영하는 블로그에 올릴 글은 술술 잘 써지는 이유를 알 수가 없었다. 시나리오를 이렇게 썼으면 벌써 차기작을 만들고도 남았을텐데… 동민 저격 글은 30분도 안 돼서 완성했고 업로드하기 전에 제목을 수정했다.

'감독 지망생에게 보내는 편지'에서 '이건 내 얘기는 아니고

17년째 입봉 준비하는 감독 지망생 친구 얘기인데⋯'로.

"거울을 봐. 그리고 니가 짝사랑하는 여배우가 너를 좋아할 만한 이유를 하나라도 대 봐. 만약 니가 감독 지망생이 아니어도 그녀가 너를 상대해 줬을까? 이루어질 수 없는 사랑에 시간 쏟지 말고 그 시간에 시나리오를 한 자라도 더 쓰면 어떨까? 시나리오를 써 봤자 더 이상 너를 불러주는 영화사가 없다고? 그럼 공모전에라도 내야 할 거 아냐? 영진위도 있고 대한민국 스토리 공모 대전도 있잖아.

만약 니가 원래부터 돈이 많은 감독 지망생이라면 예외. 그거라면 니가 짝사랑하는 여배우가 너를 좋아할 만한 이유가 될 수도 있지. 단 최소 강남에 건물 한두 채는 있어야 함. 그 이하는 애매하다. 니가 아무리 죽이는 시나리오를 쓰고 영화를 잘 만들어도 그것만으론 여배우가 너를 좋아하게 만들 순 없어. 자본주의 사회잖니. 돈이 있어야 해. 물론 돈은 좀 없어도 존잘이라면 그건 또 다른 얘기지.

하지만 넌 그렇지 않잖아? 설상가상 나이도 중요해. 40대 감독 지망생이라면 포기를 추천한다. 니가 그 여배우를 짝사랑하고 있다는 걸 어떻게 알았냐고? 여배우가 나한테 말해줬거든. 부담스럽고 무섭다고 했어."

다 써놓고 보니 너무 잔인한 거 아닌가 싶었지만 이건 다 동민이 니가 먼저 나를 도발했기 때문이니 영혼에 상처를 받더라도 나를 원망하진 말아라. 그러게 누가 먼저 도발하래?

애널맨 블로그에 동민 저격글을 올리고 다시 잠자리에 누워 오늘 하루를 복기해 보았다. 세미가 아빠 영화 때문에 친구들에게 놀림 당한 건 너무나도 가슴 아픈 일이지만 혜나와 '비포 선라이즈'를 찍었고 완전범죄로 마무리 지었으니 충분히 운수 좋은 날이었다.

이제 남은 건 내일 장례식장에서 동민이 난니맨인지 여부를 밝혀내는 것이다. 한 때 동민은 애널맨 블로그에 틈만 나면 들어갔다. 애널맨 블로그가 자신이 개설한 블로그인 '혼자 영화 보는 남자'의 경쟁 상대라고 여겼기 때문이다. 툭하면 "야, 그거 봤어? 애널맨이라고 골 때리는 새끼 있는데 말야." 이런 식의 얘길 한 두 번 한 게 아니다. 아마 지금 올린 저격 글도 내일 장례식장에 가기 전에 읽을 것이다.

당장 내일은 아니어도 언젠간 반드시 읽을 것이다. 애널맨 블로그에 뜬금없이 여배우와 감독 지망생의 연애 조언글이 올라온 걸 이상하게 생각할 것이고 바보가 아니라면 난니맨의 정체가 바로 너 동민이라는 사실을 내가 눈치챘다는 사실을 눈치채지 못할 리 없다.

블로그에 올라온 여배우와 감독 지망생의 이야기가 너무나도 자기 이야기이니 이 글을 읽고 나를 만나면 절대로 가만있지 못할 것이다. 내가 아는 동민이라면 어떤 식으로든 피드백이 올 것이다. 동민이 난니맨인지 아닌지를 알아내는 건 시간 문제일 뿐이다.

빠르면 자고 일어나서 곧장 알게 될 수도 있다. 애널맨 블로그에 올라온 자기 저격 글을 읽고는 빡쳐서 장례식장에서 만날 때까지 기다리지 못하고 전화를 할 수도 있는 것이다. 동민의 투명하고 예민한 성격에 이런 식의 저격은 절대로 그냥 넘어가진 못할 것이고 자기가 한 짓이 있으니 대놓고 따지진 않는다 해도 어떻게든 티가 날 것이다.

쪽팔리니까 저격 글을 삭제해 달라고 할 것이고 그럼 나는 내 영화에 단 니 관람평을 먼저 삭제하라고 거절할 수 없는 제안을 할 것이다. 잘못은 지가 먼저 했으니 내 제안을 수락할 수밖에. 아무리 친구가 자기가 이루지 못한 꿈인 감독 데뷔의 꿈을 먼저 이룬 게 질투가 났더라도 직업을 바꾸라는 따위의 말을 관람평에 올리면 안 되는 것이다.

안 그래도 10년째 번번히 엎어지기만 하고 더 이상 불러주는 영화사도 없으니 이러다 곧 역사의 뒤안길로 사라지기 직전인데 투자자나 스타 배우가 '최경진 감독 직업 바꿔라. 아 짜증난다. 이걸 영화라고 찍었냐?'는 관람평을 읽는다면 얼마나 감독이 우스워 보이겠는가?

＊＊＊

자고 일어나보니 애널맨 블로그는 간만에 댓글이 풍년이었다.

제목부터 "이건 내 얘기는 아니고 17년째 입봉 준비하는 감독 지망생 친구 얘기인데…"라고 시작했지만 다들 애널맨 본인의 이야기라고 생각했고 진심인지는 모르겠지만 조롱보다는 위로의 댓글이 대다수였다. 이런 거 보면 사람들이 꼭 못 됐기만 한 건 아닌 것 같다.

'짠하네요.'

'다 읽고 나니 저도 모르게 가슴이 먹먹해졌습니다.'

'눈물이 울컥 ㅠㅠ 애널맨님 힘내세요.'

다시 읽어봐도 블로그 주인 애널맨이 친구에게 보내는 편지를 빙자한 셀프 저격이나 자학 개그 글 같아 보였지, 다른 누군가를 도발하는 글로 보이진 않았다. 하지만 기대했던 난니맨의 댓글은 달리지 않았다. 난니맨으로부터는 메일도 없고 무반응이었다. 동민으로부터의 연락 역시 일절 없었다.

그렇다라는 건… 동민이 아직 저격글을 안 읽었거나 난니맨이 아니란 뜻이다. 동민은 성격상 애널맨 블로그에 올라온 글이 자신과 혜나의 이야기라는 걸 아는 순간 절대 가만히 있지 못한다. 아직 안 읽었을 수도 있으니 이번에는 내가 먼저 애널맨에 올라온 글 읽어봤냐고 물어보려고 임 감독님 장례식장 언제 갈 거냐는 톡을 보냈는데 30분이 지나도록 읽지 않았고 전화기는 꺼져 있었다.

뭔가 수상했다. 설마 저격 글에 영혼의 상처를 입고 잠수를 탄 건 아니겠지? 아니면 나랑 얘기를 했다간 속 마음을 숨기지 못할 것 같아 아예 소통을 거부하는 걸 수도… 뭐가 됐건 일단 장례식장에 가서 얼굴을 보고 이야기를 나눠보면 답이 나올 것이다.

내가 원래 경조사를 일일이 챙기는 스타일은 아닌데 이번 장례식장에는 반드시 가야 할 이유가 있었다. 아무리 임 감독의 장례식이어도 딱히 가고 싶지는 않았으나 그래도 가려는 이유는 감독이 죽었는데 오랜 시간 같이 일했던 조감독이 안 왔더라는 얘기가 도는 게 싫고 의리 없고 싸가지 없는 놈이라는 소리도 듣기 싫었지만 무엇보다 정동섭 대표님이 참석할 것 같아서이다.

정동섭 대표님은 요즘 영화계에서 가장 잘 나가는 제작자여서 얼굴 한번 뵙는 게 하늘의 별따기 수준인데 결혼식은 몰라도 장례식엔 빠지지 않는 걸로 유명하다. 영화를 동시에 10편 이상 준비하느라 바빠서 그 누구에게도 30분 이상 시간을 내주지 않는 걸로 유명한 정 대표님과 사전 약속 없이도 30분 이상 마주 앉아서 이야기할 수 있는 유일한 기회가 장례식인 것이다.

사람 일 모른다. 내가 지금은 듣보잡 신생 제작사에서 빌빌대고 있지만 정 대표님에게 성실히 얼굴 도장을 찍어두면 언젠가 정 대표님 영화사에서 차기작을 준비하게 될 수도 있는 것이다. 임 감독에게 감사한 몇 가지 중의 하나가 내가 연출부로 임 감독 작품에 참여했을 때 제작부였던 정 대표님과 인연이 생겼다는 것이다. 비록 한때 형이라고 불렀으나 이제는 친했다고 말하는 것조차 조심스러운 사이가 됐지만.

꼭 정 대표님이 아니라도 조만간 밀리언 필름에서 나가리 되면 그 동안 써둔 시나리오를 들고 또 다시 이 회사 저 회사 돌아다니며 영업을 해야 하는데 장례식장만큼 한꺼번에 업계 관계자들을 많이 만날 기회도 없다. 그들에게 차기작은 아직 못 만들었지만 죽지는 않았다는 사실을 어필할 수 있는 가성비 높은 자리인 것이다. 다음 작품은 언제 만드냐는 똑같은 질문을 수도 없이 받아야 한다는 건 좀 귀찮긴 하지만 다행히 5년 전부턴 그런 질문도 뜸하다.

10년 전쯤 감독으로 잘 나가게 될 줄 알고 백화점에서 비싼 돈 주고 구입한 양복을 입고 집에서 나가려는데 문득 애널맨 아이디로 임 감독의 유작인 '유언'에 평점 0.5점과 "더 잘 만들었어야죠 감독님. 이러다 유작되겠어요."라는 관람평을 달았던 게 떠올랐다. 동시에 내 관람평 그대로 '유언'이 임 감독의 유작이 되었다는 사실에 죄책감이 엄습했다.

얼른 애널맨 계정에 로그인 해서 '유언'에 달았던 관람평을 삭제했다. 아무리 임 감독에게 서운했기로서니 선은 넘지 말았어야 했는데 이건 내가 생각해도 선을 넘은 관람평이었다. 내가 애널맨이라는 사실은 아무도 모를테니 완전범죄 성립이라고 생각한 순간 난니맨은 알고 있을 지도 모른다는 사실이 떠올라 불안+초조+찝찝해졌다. 한시라도 빨리 난니맨의 정체와 어디까지 알고 있는지 알아내야 했다.

　이따가 유력한 용의자 심동민을 만나보면 답이 나오겠거니 했는데 동민에게 전화가 왔다.

019

영화는 자기 돈으로 만드는 거 아니다

내가 동민을 난니맨으로 의심하고 있다는 걸 눈치채지 못하게 하려고 일부러 평상시처럼 퉁명스럽게 전화를 받았다.

"왜?"

"니가 전화했잖아? 부재중 전화 와 있던데?"

"그랬나? 아, 맞다. 뭔 일 있었어? 전화기도 꺼놓고?"

"배터리가 다 떨어졌어. 어디야?"

"지금 나가려고. 넌?"

"난 장례식장이지. 빨리 와. 그래도 우린 감독님 새끼들인데 먼저 와 있어야지."

"그런데 감독님은 어떻게 돌아가신 거야?"

"그것까진 안 물어봐서… 자살이라는데 어떻게 자살했는지 물어보기도 그렇고…."

"그래, 굳이 물어보진 말자. 말해주면 몰라도."

"당연하지."

다른 사람은 몰라도 임 감독은 그 누구보다 자살로 인생을 끝낼 사람은 아니라고 생각해서인지 어떻게 자살했는지 자꾸 궁금해졌다.

검색해 보니 장례식장은 서울 변두리 지하철 역에서 내려서도 한참을 걸어 들어가야 하는 외진 곳에 있었다. 지하철 역 앞에서 버스를 탈까 했지만 배차 간격을 확인해 보니 15분쯤 기다려야 해서 그냥 걷기로 했다. 도보로는 20분 정도 걸렸지만 그게 마음이 편했다.

한참을 걸어서 병원 정문에 도착한 후, 또 한참을 구불구불 안쪽으로 들어가자 장례식장 입구가 나타났다. 조문객이 거의 보이지 않았고 바로 뒤에 야산이 있어 춥고 을씨년스러웠다. 조의금은 얼마가 좋을까 고민하고 있는데 로비 구석의 벤치에서 쭈그린 채 자고 있는 동민이 보였다.

가까이 가니 술 냄새가 폴폴 풍겨 왔고 배터리가 떨어진 이유가 짐작이 됐다. 밤새 술을 마시다 충전하는 걸 잊은 것이다. 아침에 다시 충전을 한 다음에 나에게 연락을 했겠지. 애널맨 블로그에 올라온 저격글은 당연히 못 읽었을 것이고… 허무했다.

"야, 일어나 봐."

조만간 한국영화계에서 가장 잘 나가는 제작자 정동섭 대표님 때문에라도 조문객들이 올 텐데 그 전에 난니맨 문제를 끝내버리고 싶었다. 동민의 어깨를 붙들고 거칠게 흔들자 게슴츠레 눈을 떴다.

"어… 최 감독 왔어?"

난 동민의 눈 앞에 '꼴리는 영화'의 관람평이 띄워진 스마트폰을 들이밀었다. 애널맨 블로그에 올라온 글을 보여주며 차근차근 간부터 보기엔 시간이 많지 않았다. 동민이 눈을 부비며 스마트폰을 들여다보았고 나는 웃는 기색 하나 없이 돌직구를 던졌다.

"이거 너냐?"

"최경진 감독 직업 바꿔라. 아 짜증난다. 이걸 영화라고 찍었냐? 아우! 그만 좀 해라. 개봉한지 십 년 넘지 않았냐? 이제 그만 보내줘. 니 영화 평점 검색도 그만하고."

귀찮다는 듯 인상을 찌푸리고 대답하는 동민을 보고 있자니 동민은 난니맨이 아니라는 확신이 들었다. 기습이라면 기습인 셈인데 놀라는 기색이 전혀 없었다. 자기가 쓴 글을 읽는 느낌도 전혀 아니었다. 정말로 처음 접한 문장을 읽는 느낌이었다. 지금 이 순간부터 동민은 난니맨 용의자 후보에서 제외다.

"아유, 됐다. 감독 지망생이 감독님의 심정을 어찌 알겠냐."

아픈 곳을 찔렀는지 동민은 말이 없다가 내 얼굴을 빤히 들여다보며 물었다.

"어젠 잘 들어갔냐?"

"응."

"별일 없었지?"

"별일 있었지."

"뭔 일?"

동민이 정색하고 물었다. 눈에 살기가 도는 게 느껴졌다.

"잤다. 어쩔래?"

간밤에 혜나와 있었던 일을 곧이 곧대로 얘기했다간 정말로 살해당할 수 있을 것 같아 강한 긍정으로 더 세게 나가보았다. 그러자 동민의 살기가 조금 누그러들었다. 잤을까 봐 걱정이었는데 정말 잤다고 하니까 뻥이라고 생각한 모양이다.

"야! 혜나씨는 배우야. 넌 감독이고. 말 조심해라. 누가 들으면 진짜인 줄 알겠다."

"너 혹시 혜나씨랑 사귀냐? 웃자고 한 말에 왜 정색하고 그래?"

"아니. 우린 그런 사이 아니야."

"사귀고픈 마음은 있고?"

"아니라니까."

"그럼 알 필요 없잖아. 뭔 일 있었든. 잤으면 어쩔건데?"

동민의 눈가에 다시 살기가 돌았다. 농담은 여기까지만 하는 게 좋을 것 같았다.

"솔직히 말해주라. 정말 잤냐?"

"야! 나 몰라? 나 최경진이야. 내가 여배우나 건드리고 다니는 양아치로 보여?"

"그건 모르겠고… 솔직히 말해 봐. 잤냐? 잤지? 에이 잔 거 같은데?"

"뭐라는 거야? 미친 놈이! 당연히 안 잤지. 조만간 차기작

들어갈 텐데 발목 잡힐 일 있어? 내가 어떻게 여기까지 올라 왔는데 잠깐을 못 참고 그걸 다 포기할 것 같아?"

동민의 얼굴이 벌겋게 달아오르는 걸 보니 지난 밤에 혜나와 있었던 일은 무덤까지 가져가는 게 맞을 것 같았다. 그리고 확실히 난니맨은 아닌 듯 했지만 혹시나 해서 마지막으로 확인 사살을 해보았다.

"아 참. 너 혹시 애널맨 블로그 들어가 봤나? 간만에 웃기는 글 올라왔던데?"

"아니. 그 딴 블로그는 노관심."

"왜? 니 블로그 '혼자 영화보는 남자'의 라이벌 아니야?"

"노관심이라고! 애널맨이 한물 간 지가 언젠데."

무슨 글이 올라왔는지 궁금해하지조차 않는 걸 보니 동민은 애널맨 블로그에 관심이 없었다. 애널맨의 정체도 마찬가지. 더 이상 물어봤다간 역효과가 날 것 같아 말을 돌렸다.

"언제부터 와있던 거야?"

"어제 저녁부터. 넌 언제 왔어? 사모님은 만났고?"

"방금 왔어. 아직 들어가지도 않았고… 몇 호실이지?"

"5호실. 같이 들어가자."

5호실 입구에는 한때 잘 나갔던 영화사 이름과 누군지도 모를 감독들의 이름이 붙어 있는 화환 서너 개가 쓸쓸히 조문 객들을 맞이하고 있었다. 그래도 한 때 충무로 최고의 흥행 감독인데 조문객이 없어도 너무 없었다.

　　방 안쪽에는 임 감독 리즈 시절의 영정 사진이 눈에 들어왔다. 한 때 충무로 최고의 흥행 감독이었으나 연이은 흥행 실패 이후 사재까지 털어 자기 영화를 제작하다 패가망신 후 역사의 뒤안길로 사라진 임문호 감독. 특별할 것도 없는 흔한 충무로 스토리였다. 영화는 자기 돈으로 만드는 거 아니다. 투자가 안 되는 영화는 다 그럴 만한 이유가 있는 법이다.

　　5호실 내부는 한적했고 빈소는 임 감독 딸 은조 혼자 지키고 있었다. 동민은 은조에게 목례 후 조문객들이 있는 방으로 먼저 들어갔고 나는 임 감독의 영정 앞에서 두 번 절을 한 후 은조에게 삼가 위로의 말씀을 건넸다. 은조와는 수 년만의 재회였지만 나를 금방 알아보았다.

　　"영화 잘 봤어요 오빠. '꼴리는 영화'요."

　　"그… 그래. 고마워."

　　"오빠가 그런 영화로 데뷔할 줄은 몰랐어요. 그래도 모텔 씬은 진짜 웃겼는데."

　　"웃겼다니 다행이다. 더럽다는 의견도 많더라고… 그나저나 사모님은?"

　　내가 만든 영화지만 이런 자리에서 입에 올리기엔 부적절한 듯 해서 얼른 은조의 입을 막았다. 사모님은 몸이 안 좋으셔서 안 쪽 방에서 쉬고 계시다고 했고 난 사모님의 휴식을 방해하고 싶지 않아 가볍게 목례를 하고 동민에게 갔다.

　　"야! 얼마 했냐?"

“세 장.”

30만 원은 무리다. 잠깐 고민 후 10만 원으로 결정했다. 솔직히 지금의 나에겐 10만 원도 거금이다. 그리고 예전에 임 감독 시나리오 집필을 도와주고 못 받은 돈이 수백이다. 그 돈이랑 온갖 잡일들 도와주고 못 받은 돈까지 합치면 최소 천만 원은 될 것이다. 은조 대학 입학 선물로 노트북도 사줬다.

10만 원이 담긴 봉투를 조의금 함에 넣은 후 동민이 앉아 있는 테이블로 가자 맞은 편엔 선배 조감독 해원이 소주를 스트레이트로 목구멍에 들이붓고 있었다. 나를 임 감독의 연출부로 소개시켜 준 해원은 감독 데뷔를 영원히 포기해서인지 나를 볼 때마다 감독님 감독님 하면서 깐죽거렸다.

“아이고 최 감독님 오셨어요?”

“오랜만이에요, 형. 잘 지내셨죠?”

원래 이렇게까지 삐뚤어진 형은 아니었는데 수년 전에 모니터를 부탁한 시나리오에 솔직하게 직언을 했다가 돌이킬 수 없는 사이가 되어 버렸다. 그 이후로는 만날 때마다 항상 적개심에 가득 차 있어서 될 수 있으면 피하는 사이였는데 하필 여기서 마주치다니.

“그래도 살아는 있구나? 하도 연락이 없어서 죽은 줄 알았지.”

“죽은 거나 마찬가지에요.”

“장례식장에서 할 소리는 아닌 것 같은데?”

“앗, 죄송요.”

“나한테 죄송할 건 없고… 기사 봤니? 그래도 우리 감독님 마지막 가시는 길 서운하진 않으시겠더라. 명감독이래, 왕년의 명감독. 허허.”

해원이 나에게 들이민 스마트폰을 보니 포털 연예란에 임 감독의 부고 기사가 떠 있었다. 임 감독의 유작이 되어버린 ‘유언’에 대한 작품 소개도 있었는데 사재를 털어 제작했지만 흥행에 실패했다는 정보까지 알뜰하게 담겨 있었다. 굳이 저런 실패담까지 올릴 필요가 있는지는 모르겠지만 그래도 부고 기사가 뜰 정도면 완전히 실패한 인생은 아니라는 생각이 들었다.

내가 죽어도 부고 기사가 뜰까? 글쎄다. 저예산 19금 떡 영화로 데뷔와 동시에 은퇴한 폭망 감독의 죽음은 기사 가치가 없을 것 같다.

“그런데 혹시 어떻게 돌아가셨는지 들었어?”

옆에 있던 동민에게 묻자 동민은 주변을 살피면서 조용히 속삭였다.

“좀 아까 들었어. 거기 알지? 감독님 가끔 가던 펜션 있잖아.”

“응, 있지. 종종 집필하러 가시던.”

“거기서 목을 매셨대.”

“목을? 이상한데? 감독님이 그렇게 가실 분은 아니잖아?”

"그렇긴 한데… 너라면 살고 싶겠냐? 영화는 쪽박에 가족에게 버림받고… 에휴… 그 놈의 영화가 뭔지. 영화는 역시 악마의 예술이었어."

동민과의 대화가 해원에게 들리는 게 신경쓰였는데 해원은 우리의 얘기 따위엔 관심 없다는 듯 혼자서 묵묵히 소주잔만 비워댔다. 시종일관 죽상인 걸 보니 감독 데뷔에 실패했다는 상처에서 여전히 벗어나지 못한 듯 했다. 마주보고 있으려니 나까지 우울해져서 다른 테이블로 옮기려고 주변을 둘러보았지만 도찐개찐이었다.

임 감독 영화에 종종 출연했던 단역 배우 몇 명과 친척들로 보이는 중장년 대여섯이 전부였다. 그래도 한때 잘 나가던 감독님의 마지막이 이 정도라면 나의 마지막은 정말 가관이겠다는 생각에 모골이 송연해졌다.

020

누가 형 아냐고 물어보면 친한 사이라고 해도 돼요?

더 이상 감독 데뷔에 실패한 만년 조감독 해원의 죽상을 보고 있기가 힘들어 화장실에 가는 척 일어나려는데 빈소 입구에 젊은 친구들 서넛이 들어오는 게 보였다. 피부톤이 화사한 게 기존의 조문객들과는 톤 앤 매너가 달라도 너무 달라 빈소를 착각한 줄 알았는데 말하는 걸 들어보니 아주 오래 전 임 감독이 잠깐 교수로 머물렀던 대학교의 영화과 학생들 같았다.

나도 그 당시에 임 감독 만나러 학교에 몇 번 갔다가 마주친 기억이 나서 반가운 마음에 말을 걸어볼까 했지만 저들에게 나는 '꼴리는 영화' 감독 그 이상도 이하도 아닐 거라는 자격지심에 얼른 고개를 돌려버렸다. 내가 그들이라 해도 중년의 폭망 감독과는 말을 섞고 싶지 않을 것이다. 나는 그들에게 그저 실패한 영화인일 뿐이다. 게다가 나이대로 봐선 아직까지 칸느 또는 아카데미 진출의 꿈을 품고 있을 텐데 '꼴리는 영화' 감독 따위가 눈에 들어올 리 없다. 내가 해원 형이랑 말 섞기 꺼려지는 거랑 비슷한 이치인 셈이다.

갑자기 다리에 힘이 빠져 일어나지도 못하고 숨을 고르고 있는데 눈이 확 뜨이는 인물이 등장했다. 현직 잘 나가는 투자사 직원이자 영화과 후배, 박미나 님이시다. 귀한 분이 이 누추한 곳에 어쩐 일이신지 의아했는데 한때 미나가 다니던 투자 배급사에서 임 감독에게 러브콜을 보냈던 게 생각났다. 결국 없었던 일이 됐지만 고작 그 정도 인연으로 장례식장까지 온 걸 보니 의외로 의리 있는 스타일이었나?

미나가 빈소에 조문을 하러 들어간 사이 해원과 동민은 그녀가 조문을 하고 나오면 어느 테이블에 가서 앉을지 살피는 게 느껴졌다. 어쩐지 우리 테이블일 것 같았고 마음 같아선 예의바르게 인사를 건네고 싶었지만 과거 껄끄러웠던 에피소드가 떠올랐다.

학창시절 나는 동기 중에 가장 빨리 감독으로 데뷔할 것처럼 보이는 전도유망한 선배였고 미나는 꿈 많은 영화학과 새내기였다. 하루는 미나가 나를 찾아오더니 시나리오 리뷰를 부탁한 적이 있다. 당시 미나는 얼굴이 예쁜 편이라 못생긴 여자 동기들 사이에서 왕따였고 시나리오 모니터를 마음 편히 부탁할 만큼 친한 남자 동기도 없어서 잘 나가는 선배인 나를 찾아온 것 같았다.

미나가 태어나서 처음 썼다면서 나에게 들이민 시나리오는 아이돌 연습생 오빠와 여고생 사생팬의 사랑 이야기였는데 그야말로 유치뽕짝 싼티 작렬이었고 근본주의 씨네필인 나로서는 절대로 용납할 수 없는 시나리오였다. 신성한 영화학과에서 이런 시나리오가 나왔다는 사실이 마치 머지않아 찾아올 영화 매체의 종말을 암시하는 것처럼 느껴져 개탄스럽기 그지없었다. 안드레이 타르콥스키 선생님이 이 시나리오를 봤다면 무덤에서 벌떡 일어나셨을 것이다.

그 누구보다 까칠한 영화학도였던 나는 미나의 시나리오를 다 읽고는 너는 감독이나 작가 쪽은 아니니 빨리 다른 길을 찾으라고 직언해 주었는데 자기는 감독이나 작가 말고는 생각이 없다고 해서 그러면 피디를 하는 게 어떠냐고 조언해 주었더니 싸가지없게 고맙다는 말도 없이 내가 들고 있던 시나리오를 휙 낚아채 가버렸다.

나중에 듣기로는 내 모니터를 듣고 상처가 컸는지 학과 사무실에서 우연히 마주친 동기 김자승이랑 술을 마시며 내 욕을 엄청 하고는 자승이의 자취방에 가서 홧김에 같이 잤다고 했다. 그날 이후 둘이서 잠깐 사귄 걸로 알고 있는데 자승이 이 새끼는 그래놓고 나에게 고맙다는 인사도 없다. 미나와는 모니터 사건을 계기로 졸업 때까지 아예 교류가 없었고 졸업 후엔 잊고 지냈다. 종종 내가 잘못한 건가 싶었지만 아무리 생각해봐도 미나는 영화 쪽엔 재능이 없어 보였고 그래도 얼굴은 예쁜 편이니 금방 다른 길을 찾았으려니 했는데 아니었다.

미나가 태어나서 처음 썼다는 아이돌 연습생 오빠와 여고생 사생팬의 사랑 이야기는 나의 혹평에도 굴하지 않고 계속 발전시켜 3학년 2학기 때 메이저 영화 제작사에 판매됐고 공동 각본이지만 각본에 이름이 올라갔고 금방 유명 감독이 붙고 스타급 캐스팅까지 성사돼 촬영에 들어갔으며 졸업하기도 전에 개봉해 대박은 아니지만 그럭저럭 괜찮은 흥행 성적을 기록한 덕분에 작가 경력까지 인정받아 졸업과 동시에 메이저 투자사 취업에 성공한 것이다.

그 이후로는 내 조언 때문인지 작가의 길은 접었지만 시나리오를 쓸 줄 알고 볼 줄도 아는 피디로 인정받아 쭉 승승장구 중이었고 감독 지망생으로 빌빌대던 나와는 달리 나 같은 건 보이지도 않을 저 높은 곳에서 유명 감독 피디 배우들과 어울리며 살아온 것이다. 그리고 내가 다년간 영혼을 갈아 넣어 집필한 시나리오가 미나가 다니던 투자사에 들어갔을 때 직접 나에게 전화해서 거절 의사까지 통보해 주셨다.

보통은 자기가 직접 연락하진 않는데 오빠가 쓴 시나리오여서 직접 연락을 드리는 게 예의라고 생각했다는데 예의보다는 복수처럼 느껴졌다. 피차 찝찝한 관계지만 그래도 아쉬운 건 나니까 예의바르게 인사를 드리는 게 맞겠다 싶어 빈소에서 나오는 타이밍을 살피고 있었는데 놀랍게도 미나는 빈소에서 나오자마자 내가 앉아 있는 테이블로 다가왔다.

동민과 해원은 내가 미나를 소개해주길 바라는 눈치였으나 미나는 그들에게는 아무 관심 없는 티를 팍팍내며 나에게만 말을 걸었다.

“오빠, 오랜만이에요.”

“안녕, 미나야. 여긴 어쩐 일이야?”

“예전에 임 감독님이 많이 챙겨주셨거든요.”

“그랬어? 그럴 사람이 아닌데… 하여간 그저 예쁘면….”

“오빠는 어떻게 지내셨어요?”

“나야 그냥 그렇지 뭐. 작은 거 하나 준비 중이야.”

“궁금해요, 오빠 작품. 지난 번에 보내주신 시나리오도 좋았는데….”

“좋았으면 투자를 했어야지! 자꾸 빈말하면 이번 작품도 보내준다?”

“당연히 보내주셔야죠. 꼭 보내주세요. 호호호.”

미나는 해맑게 웃고는 명함이 바뀌었다며 건네줬는데 직책이 무려 한국영화 팀장님이었다. 명함의 무게에 손에 힘이 들어감과 동시에 옆에 있던 동민과 해원의 동요가 느껴졌다.

“아이고, 팀장님 영광입니다. 잘 부탁드리겠습니다.”

“무슨 말씀을요. 제가 잘 부탁드릴게요. 감독님.”

폭망 감독도 감독은 감독이지만 어째 폭망 감독도 감독이냐고 빈정대는 것 같아 썩 유쾌하진 않았으나 밀리언 필름 나가리 이후를 준비해야 하니 삐딱하게 받아들이지 않으려 했다. 그런데 미나는 정말 나에겐 아무런 서운한 감정도 없어 보였다. 곳간에서 인심 난다고 잘 나가니까 여유가 있는 것이다. 게다가 눈코 뜰 새 없이 바쁠 테니 나의 모니터 따위는 머리에 담고 있을 이유도 없다. 아니면 나에게 조금이나마 마음이 있었나?

미나는 나와 짧고 굵은 대화를 마친 후 다른 테이블로 자리를 옮겼고 동민은 썩소를 지으며 나를 바라보았다.

"왜? 뭐?"

"아이고 팀장님 영광입니다… 굽신굽신… 아니다. 됐다."

"니가 그 따위니까 아직까지 데뷔를 못한 거야 이 새끼야."

라는 말이 목구멍까지 넘어왔지만 자리가 자리인지라 꾹 참아 넘겼다. 그리고 농반진반으로 이번 작품도 보내준다는 말을 던진 김에 잽싸게 핸드폰을 꺼내 미나가 건네준 명함에 적혀 있는 이메일 주소로 시나리오를 전송했다. 밀리언 필름에 보낸 각색고가 아무런 답이 없어서 석 달간 끼적인 오리지널 시나리오 '버진 어게인'. 신도시 유부녀와 수영강사의 사랑 이야기. '구멍가게'를 만들지 않는 이상 밀리언 필름은 나가리각이니 '버진 어게인'마저 안 되면 또 다시 몇 년은 새 시나리오를 쓰면서 보내야 하는데 생각만 해도 눈 앞이 캄캄해졌다.

미나가 떠나고 해원도 담배를 피우러 나가자 테이블엔 동민과 나만 남았다. 아무리 봐도 동민은 난니맨이 아닌 것 같고 더 이상 할 말도 없어서 우울한 침묵만이 감돌던 중 내가 여기에 온 이유이자 한 줄기 햇살이자 루저들의 동앗줄 그 자체인 정 대표님이 빈소 입구에 나타나셨다.

다들 정 대표님이 어디에 가서 앉을지 궁금해하는 분위기였는데 황송하게도 우리 테이블에 먼저 들러주셨고 침울했던 분위기가 급 밝아졌다. 까칠하기만 했던 해원 선배도 정 대표님이 왔다는 소식을 들었는지 헐레벌떡 자리로 돌아왔고 죽상을 풀고 생기없던 눈빛을 초롱초롱 빛내며 정 대표님을 우러러보았다. 정 대표님은 그런 해원에게 덕담을 건넸다.

"형님! 다시 영화 하셔야죠!"

"고마워, 정 대표. 사실 얼마 전부터 꽂힌 아이템이 있어서 다시 쓰고 있던 중이야. 무슨 이야기냐면…."

해원은 아이템 피칭을 하고 싶은 눈치였으나 정 대표님은 얼른 내 쪽으로 시선을 돌렸다.

"최 감독! 준비는 잘 되고 있지?"

"시나리오만 열심히 쓰고 있어요."

"내가 뭐 도와줄 건 없고?"

"제가 잘해야죠! 아, 맞다! 누가 형 아냐고 종종 물어보거든요. 그럴 때 형이랑 친하다고 해도 돼요?"

"당연하지! 쪽팔리게만 하지 말고."

"고마워요 형. 그럼 나중에 누가 저 아냐고 물어보면 꼭 안다고 말해주시는 거에요!"

정 대표님은 씩 웃고는 다른 테이블로 떠나갔다. 한국에서 가장 잘 나가는 정 대표님에게 친하다고 말해도 된다는 허락을 받았다는 사실이 마냥 기쁜 와중에 해원은 내 처신이 못마땅하다는 듯 무섭게 째려보며 말했다.

"야! 니가 내 앞에서 정 대표에게 그러면 선배인 내가 뭐가 되냐? 나 없는 자리에서 그러든가!"

해원은 가뜩이나 일도 안 풀리던 와중에 술도 들어갔겠다 험악한 분위기를 조성하려는 눈치였는데 마침 정 대표님이 다시 테이블로 돌아오자 잽싸게 웃는 얼굴로 돌변했다.

"형님! 나중에 아이템 얘기 꼭 해주세요. 궁금하네요."

"정말? 그럼 내가 정리되는 대로 꼭 보내줄게. 이메일은 그대로지?"

"그럼요!"

시종일관 죽상이던 해원은 정 대표님이 가까이 올 때만 얼굴이 풀어졌다. 정 대표님은 뭐가 그리 바쁜지 거의 모든 테이블마다 들러 인사를 한 후 메이저 투자사 직원이자 나의 영화과 후배 박미나와 함께 장례식장에서 나갔다. 장례식장을 떠나는 정 대표님과 박미나의 뒷 모습을 보니 박미나가 이 누추한 장례식장에 몸소 방문한 이유를 알 것 같았다. 바로 정 대표님 때문이었던 것이다. 둘 다 바쁜 사람이니 겸사겸사 여기서 만난 것이다. 그럼 그렇지, 박미나가 고작 그 정도 인연으로 임 감독님의 장례식장을 방문할 리가 없다.

그들이 떠나자 우리에겐 다시 침묵이 찾아왔다. 해원은 시종일관 나와 동민 따위에겐 전혀 관심이 없었다. 슬픈 건 동민과 나도 해원에게 관심이 없다는 사실이다. 해원 말고 장례식장의 그 누구에게도 굳이 먼저 다가가 인사를 하고 싶진 않았다. 크고 작은 악연으로 얽힌 사람들만 눈에 띄었는데 그 중에 함께 작품을 할뻔하다가 엎어진 찐 악연도 몇몇 보였다. 그들과는 잠깐 눈이 마주쳐도 서로 쌩까고 끝까지 아는 척을 하지 않았다.

021

갑질과 가스라이팅

장례식장엔 시간이 갈수록 껄끄러운 인연들만 눈에 띄었다. 슬슬 집에 갈 때가 된 것 같아 분위기를 살피고 있는데 입구 쪽에 석소연 팀장이 들어오는 게 보였다. 임 감독의 스크립터 출신이니 안 올 수 없었을 것이다. 석 팀장이 빈소에서 조문을 하고 나오길 기다렸다가 냉큼 우리 자리로 끌고 와서 앉혔다.

"너 잘 만났다. 내가 아무리 폭망 감독이어도 그렇지 너무 한 거 아니냐?"

"기다리게 한 건 미안! 두 시간쯤 기다렸나?"

"세 시간이거든! 아니다, 네 시간!"

나는 하나도 안 취했지만 취한척하고 강 대표 미팅 때 하염없이 기다리게 만든 것부터 시나리오 피드백에 석 달 넘게 걸린 것과 감히 나에게 19금 떡 영화 '구멍가게' 연출을 제안한 것까지 조목조목 따지고 들었다. 석 팀장은 지금은 감독과 기획팀장의 관계지만 한 때는 임 감독의 조감독과 스크립터로 임 감독의 뒷담화를 까다가 뜬금없이 눈이 맞아 반 년 정도 뜨겁게 지냈던 과거가 있다 보니 동민보다 더 편한 구석이 있었다.

"내일 출근할 거지?"

"내가 거길 왜 나가냐? 밀리언 필름 직원도 아니고."

"나오는 게 좋을 걸? 눈 앞에서 계속 얼쩡거려야 뭐라도 시키지. 안 나오면 감독 방은 다른 감독 줘 버릴 줄 알아."

"줬다 뺏는 것도 아니고 너무 하네, 진짜. 아, 됐어. 더럽고 치사해서 안 받아."

라고 말은 했지만 막상 감독 방을 다른 감독이 차지한다고 생각하자 배가 아팠다. 하지만 기성 감독으로 가오가 있지 냉큼 나가겠다고 할 순 없었다. 나는 계속해서 사람 무시하지 말라고 투덜댔고 석 팀장은 그런 내가 지겨웠는지 도망치듯 옆 테이블로 떠나버렸다. 따라갈까 하다가 꼴 보기 싫은 사람들과 쓸데없이 말 섞기가 싫어서 바람도 쐴 겸 장례식장 밖으로 나왔다.

＊＊＊

임 감독과의 지난 날을 회상하며 천천히 주차장을 한 바퀴 도는데 흡연 구역에서 은조가 혼자 쓸쓸히 담배를 피우고 있었다. 조카 같은 은조가 담배를 피우는 걸 그냥 지나칠 수 없었다.

"담배 피우니?"

“아, 네.”

피우지 말라 그러려고 했는데 너무 꼰대 같을까 봐 참았다.

“학교 생활은 어때?”

“그냥 그래요.”

“아, 맞다. 졸업 작품은? 기대된다 우리 임 감독님 작품!”

은조는 아빠처럼 영화감독이 되겠다며 영화학과에 진학했다.

“감독은 무슨… 장편 시나리오 내려고요. 연출은 노잼이라….”

“시나리오 작가 하려고?”

“아니요. 드라마 작가요.”

“그래. 작가는 드라마가 낫지.”

무슨 말로 위로를 해야 할 지 몰라 머뭇거리고 있는데 은조가 먼저 입을 열었다.

“우리 아빠, 자살 아니에요.”

“자살이 아니면?

“자살 당했어요.”

“누군가 감독님을 죽였다는 거야?”

“네.”

“누구?”

“그건 제가 나중에 말씀드릴게요.”

“그래… 어려서부터 영화를 많이 봤으니까….”

"그런 거 아니고요! 진짜에요. 우리 아빠는 자살 아니라고요."

흡연 구역으로 사람들이 우르르 몰려오자 은조는 담배를 끄고 다시 장례식장으로 홱 들어가버렸다. 나도 담배 연기를 피해 흡연 구역에서 멀리 떨어진 곳으로 가려는데 누군가 어깨를 톡톡 건드렸다.

"최경진 감독님이시죠?"

"네, 그런데요."

뒤를 돌아보니 처음 보는 사람이었다. 그는 자기를 형사라고 소개했다. 나이는 내 또래로 보였고 키는 나보다 조금 작지만 덩치가 크고 아주 단단한 돌멩이 같은 인상이었다. 임문호 감독 죽음과 관련해서 몇 가지만 묻고 싶은 게 있다고 했고 물어보시라고 하자 임 감독에게 원한을 가졌을 만한 사람을 아는지 단도직입적으로 물어보았다. 어라? 형사 영화에 나오는 장면이랑 똑같네?

"감독님은 자살 아닌가요?"

"지금으로선 그렇지만 여러가지 가능성을 고려하고 있어서요."

"아, 네⋯."

임 감독의 영화 인생이 30년이 넘는 관계로 별일이 다 있었겠지만 그렇다고 살해당할 만큼 원한을 산 일은 없는 것 같다고 하자 혹시 생각나면 연락달라며 명함을 건네줬다. 그런데 형사와 헤어지자마자 바로 딱 한 명의 얼굴이 떠올랐다.

구창한 작가.

내가 구 작가라면 임 감독을 죽여버리고 싶을 것이다. 목숨처럼 소중한 작품을 임 감독에게 강탈당했기 때문이다. 구 작가와 임 감독의 악연은 어느 지방자치단체에서 주최한 시나리오 공모전에 임 감독이 심사위원으로 참여하면서 시작되었다.

임 감독은 공모전 최종심에 올라온 구 작가의 '악녀 사냥'을 눈여겨보고는 최종심에서 탈락시킨 후 본인이 따로 연락해서 자기가 차린 제작사의 작가로 계약시켰다. 일이 잘 진행됐다면 구 작가는 공모전 수상에는 실패했어도 작가 데뷔에는 성공했겠지만 결과적으로 공모전 수상에도 실패하고 작가 데뷔도 무산되어 버렸다. 구 작가가 각본 수정 작업 도중에 임 감독의 갑질과 가스라이팅을 견디지 못하고 잠수를 타버리자 임 감독이 각본 크레디트마저 강탈했기 때문이다.

임 감독은 데뷔 이후 줄곧 '각본/감독 임문호' 크레디트를 고집했다. 감독 크레디트야 정말로 감독을 했으니 당연히 임 감독의 이름이 올라가야 하지만 각본은 항상 문제가 됐다. 데뷔작을 빼고는 언제나 신인 작가의 작품을 픽업해 어느 순간부터는 작가를 소외시킨 후 수단과 방법을 가리지 않고 작가가 제 발로 나가게 만들어 버리고 각본 크레디트에 단독으로 이름을 올리는 수법을 썼기 때문이다.

구 작가의 '악녀 사냥'은 결국 임 감독 단독 각본 크레디트로 극장에 걸렸고 흥행에도 성공했다. 그 작품이 내가 조감독으로 참여한 마지막 작품인데 당시엔 나도 정신이 없어서 구 작가 생각을 못하다가 개봉까지 마치고 나자 구 작가 생각이 났고 어떻게 살고 있는지 궁금해서 연락을 했지만 전화 번호가 바뀌어 있었다. 그 뒤로도 구 작가 생각만 하면 항상 불편했으나 무소식이 희소식이라고 부디 잘 살고 있기만을 바랄 뿐이었다.

내가 만약 공모전 수상에 실패했는데 그게 임 감독 때문이고 결국 작가 크레디트마저 뺏겼다면 임 감독을 죽이고도 남겠지만 그래도 설마 구 작가가 임 감독을 죽였을 것 같진 않았다. 임 감독은 그냥 죽은 것도 아니고 자살인데 어떻게 사람을 자살시킬 수 있겠는가. 하지만 만약 그랬다면 어떤 방법을 썼을지 나도 모르게 추리를 하고 있는데 누군가 내 쪽으로 성큼 성큼 다가와 꾸벅하고 인사를 했다.

"조감독님, 안녕하세요?"

이번에도 처음 보는 사람이었다. 확실히 기억에 없는 얼굴이었다. 나를 조감독이라고 부르는 걸 보면 조감독 시절의 인연이고 낯이 익은 것 같기도 한데 당최 누군지 알아볼 수가 없었다. 185cm쯤 되는 큰 키에 멀끔하니 잘 생긴 얼굴과 부티나면서도 깔끔한 차림새를 보아하니 배우 지망생 쪽인듯 했다.

"아, 네. 안녕하세요!"

얼굴이 생각나지 않을 정도면 긴 이야기를 나눌만한 관계는

아닐 테니 대충 인사하고 안으로 들어가려는데 그는 나에게
악수를 청했다. 얼떨결에 손을 잡았는데 헬스를 열심히 하는지
악력이 보통이 아니었다.

"저에요. 조감독님. 아, 이제 감독님이구나!"

"실례지만….”

"구 작가요. 구창한 작가."

얼굴은 애매했는데 목소리는 기억에 있었다. 니가 구 작가
라고?

"구 작가? 구창한 작가?"

"네. 이제야 알아보시네요. 다시 인사드릴게요. 안녕하세요,
조감독님! 아니 감독님! 저 '악녀사냥' 구 작가입니다. 비록 크
레디트엔 안 올라갔지만 조감독님, 아니 감독님은 기억하실테
니까….”

구 작가는 알지만 내 눈 앞에 있는 사람과는 도저히 매치가
되지 않았다. 내가 고개를 갸우뚱거리자 한 마디 더 보탰다.

"예전에 임문호 감독님과 잠깐 작업했었는데… 저 기억 안
나세요?"

얼굴은 몰라도 목소리를 계속 듣다 보니 확실히 기억이 났
다.

"아… 기억 나죠. 구 작가 아니 작가님… 그런데 얼굴이…
우와 몰라보게 잘 생겨지셨네!"

옛날엔 내가 나이가 많고 업계 선배이기도 해서 말을 편하

게 했는데 시간이 많이 지났고 얼굴도 몰라보게 잘 생겨져서 어떻게 대해야 할지 감이 오질 않았다. 다시 보니 얼굴만 잘 생겨진 게 아니었다. 관리를 열심히 하는지 몸도 탄탄하고 근육질이었다.

예전엔 빼빼 마른데다 병약한 인상이어서 싸우면 이길 것 같았는데 지금은 팔뚝과 갑바가 빠방하게 벌크 업되어 있었다. 말을 놨다가 기분 나쁘다고 덤비면 어떡하나 걱정은 됐지만 에라 모르겠다 어차피 수 틀리면 안 보면 그만이니 말을 편하게 놔버렸다.

"그런데 진짜 구 작가 맞아? 길에서 봤으면 몰라봤겠어! 어디 고친 건 아니지?"

"조금 고쳤어요. 헤헤."

농담이었는데 진짜 고쳤다고 하니까 말문이 막혔다. 어디를 어떻게 고쳤는지 알려달라고 할 수도 없고….

"잘했어. 완전 미남이다."

"고마워요, 조감독님. 아니 감독님! 그리고 영화 잘 봤습니다. '꼴리는 영화'요."

"감독은 무슨… 편하게 불러. 원래 형이라고 불렀잖아."

"아닙니다 감독님! 제가 감히 어떻게…."

"같이 늙어가는 사이에 뭐 편할 대로 해. 그런데 여긴 어쩐 일이야? 임 감독님이랑 교류가 있었어?"

임 감독에게 소중한 작품을 빼앗기고 좋은 감정이 아니었을 텐데 아무리 좋게 생각하려 해도 구 작가가 여기에 올 이유가 떠오르지 않았다.

"교류 같은 건 전혀 없었어요. 그냥 언젠가 꼭 다시 뵙고 싶었거든요. 이렇게 보게 될 줄은 몰랐지만."

"이렇게라도 봤으면 됐지 뭐. 덕분에 나도 이렇게 구 작가를 다시 만나게 됐잖아. 연락은 누구한테 받았어?"

"안 받았어요. 감독님 돌아가셨다는 기사 보고 왔어요."

"그랬구나. 그때 일은 내가 대신 사과할게. 감독님도 말은 안 했지만 아마 미안해하고 계실 거야."

"에이 다 지난 일인 걸요. 그리고 저도 잘못이 있어요. 그렇게 연락도 없이 사라져 버리는 게 아닌데…."

다 지난 일 돌이켜보면 뭐하나 싶어 얼른 화제를 돌렸다.

"그나저나 그동안 어떻게 지낸 거야? 그래도 우린 친했는데 연락도 안 되고… 섭섭하더라고."

"감독님에겐 정말 죄송했어요. 다시 사과드릴게요. 그리고 저는 다른 일은 안하고 작품만 썼어요."

"그랬구나. 진짜 다른 일은 하나도 안하고?"

"네. 쭉 작품만 썼어요."

"그런데 내가 왜 몰랐지? 구 작가 정도의 필력이라면 금방 수면 위로 올라왔을 텐데… 우리 안 본지 15년쯤 됐잖아? 아닌가? 20년인가?"

"그쯤 된 거 같아요. 사실은 얼마 전에야 완성했거든요."

"한 편만 썼어?"

"제대로 쓴 건 한 편이요."

"에이… 구 작가가 농담이 늘었네? 어떻게 사람이 10년 넘게 한 편만 써. 얼굴이 변하니까 성격도 변한 거야?"

"진짜에요. 감독님. 딱 한 편만 썼어요."

눈빛을 보니 농담같진 않았다. 구 작가의 지난 인생을 생각하니 눈 앞이 어질어질했다. 임 감독에게 작품을 뺏기고 영화판에 정이 떨어져서 아예 다른 일을 했으면 모를까 그런 일을 겪고도 글만 썼다니… 그것도 딱 한 편만… 얼마나 고통스러웠을지 감히 상상조차 하고 싶지 않았다.

022

감독 지망생 vs. 작가 지망생

10년 전 데뷔와 동시에 폭망한 나보다 10년 넘게 오직 한 편만 쓰고 있는 구 작가가 더 힘들었을지도 모르겠다는 생각에 절로 숙연해졌다.

"대단하네. 어떤 작품인지 궁금한 걸? 10년 넘게 딱 한 편만 썼다니….."

문득 구 작가가 부잣집 자식이었나? 기억을 돌이켜봤으나 하도 오래전 일이라 가물가물했다. 하지만 분명 부잣집 자식 느낌은 아니었던 것 같다.

"에이… 망생이 주제에 뭐 대단한 걸 썼겠어요? 그냥 습작 수준이죠 뭐. 조금 더 다듬어서 내년엔 공모전에 내보려고요."

"그래, 공모전 좋지. 결국엔 공모전이 최고야. 공모전도 이왕이면 나라에서 하는 공모전이 좋고. 그럼 공모전 내고 한가할 때 연락 줘. 언제 커피나 한 잔 해."

"네 감독님! 그리고 이런 부탁 드려도 되는지 모르겠는데 혹시 제 작품 좀 봐 주실 수 있으실까요?"

"당연하지! 누구 작품인데!"

"그럼 연락처 좀…."

구 작가가 핸드폰을 건넸고 잠깐 망설이다 번호를 찍어주었다. 언제든 연락 달라고 말은 했지만 아차 싶었다. 작가 지망생의 작품을 읽어봤다간 남는 것도 없이 언젠가 표절이니 뭐니 피곤한 일만 생길 가능성이 높기 때문이다.

하늘 아래 새로운 것은 없다는 말처럼 아이템이라는 건 어떻게든 겹칠 수 밖에 없다. 작정하고 표절이라고 우기면 속수무책으로 당할 수 밖에 없는 것이다. 특히나 나 같은 기성 감독은 작가 지망생들의 타겟이 되기 쉬운데 그 중에서도 구 작가처럼 10년 넘게 한 작품만 쓴 작가 지망생에게 표절이니 뭐니 해서 잘못 걸렸다가는 두고 두고 구설에 휘말릴 수 있다.

그런 이유로 작가 지망생들의 작품 모니터는 정말 신뢰할 수 있는 사이 말고는 받지 않는 편인데 이번엔 워낙에 오랜만의 만남이라 방심해 버렸다. 구 작가는 그런 내 마음을 아는지 모르는지 내 번호를 받자마자 아이처럼 기뻐하며 꼭 연락 드리겠다는 말을 남기고 주차장 쪽으로 사라져버렸다.

설마… 별 일 있겠어?

***

장례식장에 들어와 동민에게 방금 구 작가를 만났다고 이야기했더니 얼굴이 굳어졌다. 그럴 만한 게 동민은 구 작가를 싫어했기 때문이다.

임 감독이 제작사를 차렸을 때 동민은 임 감독이 준비하는 작품의 시나리오 모니터 요원으로 몇 번 참여한 적이 있고 그 누구보다 열심히 아이디어를 내곤 했는데 그럴 때마다 그걸 아이디어라고 내는 거냐고 구 작가에게 무시와 구박을 당했었다. 구 작가가 은근히 강약약강 스타일이다.

한번은 나와 구 작가 그리고 심동민 셋이서 술자리를 가졌던 적이 있는데 이 날 구 작가는 동민이 시나리오 모니터 하는 걸 들어봤고 동민이 직접 쓴 시나리오도 읽어봤는데 동민에게는 감독이나 작가의 재능은 없는 것 같다고 직언을 했고 동민은 큰 상처를 받았다. 하지만 지나고 나서 생각해 보니 틀린 말은 아니었다. 동민은 이쪽 일에 재능이 없다. 감독 준비를 17년 했어도 안 됐으면 이번 생엔 안되는 거다.

"진짜? 구 작가가 여길 왔다고? 왠 일이래? 무슨 이야기 했어?"

"별 얘기 안 했어. 그냥 나중에 커피나 한 잔 하자?"

"왜 온 거지? 임 감독님과 좋은 기억이 없을텐데… 넌 연락한 적 있어?"

"없지. 나도 놀랐어."

"살아 있는 줄도 몰랐는데 별일 다 있네. 요즘 뭐 하고 사는데?"

"시나리오 쓴대."

"다른 일은 안 하고?"

"응. 10년 넘게 계속 시나리오만 썼대."

"쯧쯧… 에휴… 영화가 뭐라고…."

17년 째 입봉 준비 중인 심동민이 10년 넘게 한 작품만 쓰고 있는 구창한을 가엾이 여긴다는 게 아이러니했다. 기성 감독인 나로서는 둘 다 도찐개찐 우열을 가리기가 힘들었다.

바로 그 때 유정에게서 전화가 왔다. 집에 빨리 가 봤자 좋을 일도 없고 반기는 이도 없어서 장례식장 핑계로 최대한 늦게 들어가려고 했는데 빨리 오라고 했다. 장인 장모님이 오랜만에 왔는데 내 얼굴을 보고 가려 한다는 것이다. 집에 가기 싫은 마음이 굴뚝 같았지만 처가에서 틈틈이 생활비를 지원받는 처지라 얼굴 도장은 찍어야 할 것 같았다. 이게 다 '꼴리는 영화' 때문이다. 그렇게 폭망하지만 않았어도….

동민과 해원 선배에게 먼저 일어난다고 인사를 한 후 꿈도 희망도 없는 테이블에서 일어나 터덜터덜 장례식장 정문으로 걸어 나오는데 뒤쪽에서 부르릉 굉음과 함께 포르쉐 한 대가 굴러 오더니 내 앞에 멈춰 섰다. 포르쉐가 나한테 무슨 볼 일이지? 뭔 일인가 싶어 걸음을 멈추자 조수석 창문이 내려가고 운전석에 앉아 있는 구 작가의 얼굴이 나타났다. 구 작가가 포르쉐 오너?

"감독님! 어디로 가세요?"

"어? 나, 지하철역."

"타세요. 역까지 데려다 드릴게요."

"됐어. 괜찮아."

"괜찮긴요. 여기서 멀어요."

"진짜 괜찮아. 그냥 좀 걷고 싶어서 그래. 생각할 일도 있고."

솔직히 괜찮지 않았고 걷고 싶지도 않았다. 하지만 여기서 지하철역까지는 걸어서 20분. 지하철역에서 집까지는 또다시 대략 1시간 반쯤 걸린다고 생각하자 갑자기 다리에 힘이 풀리고 현기증이 났다.

"이거 구 작가 차야?"

"네. 뽑은지 얼마 안 됐어요."

"최신형이지? 유튜브에서 보고 진짜 궁금했는데….”

"그럼 시승 한번 해보시죠!"

"에이 시승은 무슨… 그래도 한번 타보는 건 괜찮겠지?"

"당연하죠!"

나는 못 이기는 척하고 조수석에 올라탔다. 과거에는 찌질했던 구 작가가 이제는 외제차 중에서도 탑티어인 포르쉐를 타고 다닌다는 사실이 놀라웠는데 내부가 깔끔하고 관리가 잘되어 있어 또 한번 놀랐다. 내 기억에 과거의 구 작가는 깔끔과는 거리가 먼 지저분한 스타일이었다. 내가 차에 오르자마자 기분 좋은 진동과 함께 차가 미끄러져 나갔다.

"진짜 좋다. 구 작가 성공했나봐?"

“에이, 아니에요! 성공은 무슨⋯.”

“무슨 일 하면 이런 차 살 수 있는 거야? 좋은 거 있음 나도 알려줘. 같이 좀 벌자.”

“번 건 아니고요⋯ 생겼어요.”

“돈이 갑자기 생겼다고?”

“네.”

“아니 어떻게 돈이 갑자기 생길 수가 있지? 로또라도 된 거야?”

구 작가의 표정이 급격히 어두워졌다. 괜히 물어봤나? 큰돈이 갑자기 생겼다면⋯ 말을 못하는 걸 보니 무슨 불법적인 일 하는 거 아냐? 설마 조폭? 도박? 토사장? 따지고 보면 친한 것도 아닌데 친한척했다가 혼나는 건 아닌지 걱정이 됐다. 대답이 없는 걸 보면 내가 선을 넘었다고 느낀 것일 수도 있다. 잽싸게 화제를 돌렸다.

“확실히 코너링이 다르네. 전고가 낮아서 그런가?”

“몰아보실래요?”

“에이⋯ 넘 비싸서⋯ 그러다 긁기라도 하면 어쩌려고⋯ 난 감당 못한다.”

구 작가는 차를 갓길에 대더니 차에서 내려 조수석쪽으로 다가와 문을 열었다.

“몰아보세요. 진짜 괜찮아요.”

“아유, 진짜 괜찮긴 한데⋯.”

이렇게까지 몰아보라는데… 나는 못 이기는 척 운전석에 올라 조심스레 액셀을 밟았다.

"헛…."

끝내줬다. 자본주의 만세다. 더 몰고 싶었지만 행여나 기스라도 낫다간 물어줄 돈도 없고 가오도 상할 것 같아 차를 갓길에 대려는데 구 작가는 절대 안 내릴거라며 집까지 몰고 가라고 했다. 그저 고마울 뿐이었다. 나는 또 다시 못 이기는 척하고 액셀을 꾹 밟아주었다.

"부모님은 건강하시고?"

"아니요. 두 분 다 돌아가셨어요."

"아니 어쩌다…."

"그렇게 됐어요."

"미안, 전혀 몰랐네. 연락이라도 주지 그랬어."

"뭘요… 좋은 일도 아닌데… 괜히 민폐 같고… 사실은 그래서 돈이 생겼어요, 보험금이요. 로또라면 로또죠."

"로또라니… 보험금이지. 그랬구나… 미안하다. 내가 괜한 소리를 했네…."

"덕분이라고 하긴 그래서 글만 쓸 수 있었던 거에요. 완성까지 너무 오래 걸리긴 했지만요. 사실 아직도 완성인지는 잘 모르겠어요."

"잘했어. 부모님도 잘했다고 하실 거야. 돈 있으면 하고 싶은 일 하는 게 맞지. 그래도 구 작가 재능 있잖아? 포기하긴 너무 아까워. 사실 난 구 작가가 우리와는 연락이 두절됐지만 언젠간 반드시 극장에서 구 작가의 작품을 보게 될 거라고 믿었거든.”

“저도 마찬가지에요. 감독님은 꼭 감독 데뷔에 성공하실 분이라고 생각했어요. 그리고 영화는 잘 봤습니다. 개봉 첫날 극장 가서 봤고요 정말 최고였어요! 별점도 만점 줬습니다!”

“진짜? 고마워. 만점이나 줬다니… 덕분에 평균이 올라갔네? 하하.”

구 작가의 관람평과 진짜로 만점을 줬는지 궁금해서 보여달라고 할까 잠깐 고민했지만 빈말이면 서로 민망할 것 같아 그렇다 치고 넘어갔다.

“평균이요?”

“응. 10점 줬다면 큰 도움이 되지. 비록 5점대를 유지하고 있었는데 누가 0.5점을 줘서 4점대로 떨어지긴 했지만… 평점 낮다고 가끔 비웃고 무시하는 사람들이 있거든.”

“누가요?”

“있어. 은근히 그러기도 하고.”

“지들이나 잘 할 것이지, 진짜 할 일 없는 놈들이네요. 그런 놈들 신경쓰지 마세요.”

구 작가의 격려와 위로에 나도 모르게 ‘꼴리는 영화’ 개봉 이후 겪었던 고난과 역경, 그리고 서러움 대한 폭풍 하소연이 방언처럼 터져 나왔다. 하지만 너무 다 솔직하게 털어 놓았다간 무시당할까 봐 지금 밀리언 필름에서 준비하고 있는 차기작은 잘 진행되고 있다고 거짓말을 했다.

어느덧 저 멀리 우리 집 아파트가 보였고 정문 앞에 차를 대고 내리자 구 작가도 따라서 내리더니 집에 가자마자 이메일로 시나리오를 보내주겠다고 했다.

"천천히 해. 마음 바뀌면 안 보내줘도 되고."

"아니에요. 감독님 꼭 보내드리겠습니다. 그럼 편안한 밤 되세요!"

구 작가가 떠나고 혼자가 되자 문득 내가 지금까지 대화를 나눈 사람이 정말 구 작가가 맞는 지 의문이 들었다. 얼굴은 조금 고쳐서 몰라봤다 해도 성격도 내가 기억하는 구 작가와는 완전 딴판이었기 때문이다. 설상가상 하도 오래전의 인연이라 원래 얼굴과 목소리도 가물가물했다.

만약 내가 지금까지 대화를 나눈 사람이 구 작가가 아니라면? 누군가 구 작가의 신분을 훔쳐서 구 작가 흉내를 내는 중이라면? 하지만 누군가 굳이 구 작가 흉내를 내고 다닐 이유가 없고 그렇다고 해도 임 감독의 장례식장까지 찾아올 이유가 없잖아? 아니면 내가 모를 뭔가가 있나?

023

배 아픔은 나누면 반이 된다

확실히 기억나는 건 구 작가는 진짜 병약하고 왜소한 체형에 내성적이고 까칠한 유리 멘탈이었다는 사실이다. 임 감독과의 관계가 틀어진 것도 여러 이유가 있었지만 본인의 성격이 크게 한 몫을 했다.

그런데 방금 전의 구 작가는 그때와는 너무 다르다. 나이를 먹어서 성격이 수더분해진 걸까? 하긴 돈 걱정 없이 하고 싶은 일만 하면서 살면 성격이 부드러워질 수도 있겠다. 부모님 보험금을 로또라고 부르는 걸 봐도 확실히 여유가 생긴 것 같고, 보아하니 영화는 취미로 하는 것 같다.

영화를 취미로 하는 인생이라면 힘들 수가 없는 것이다. 10년 넘게 데뷔도 못하고 오직 한 편만 쓰고 있는 구 작가가 힘들었을지도 모르겠다는 건 괜한 걱정이었다. 설상가상 구 작가는 영앤리치 포르쉐 오너고 나는 폭망 떡 영화 감독 아빠를 부끄러워하는 사춘기 중2병 딸이 기다리고 있는 집에 들어가야 하는 신세다.

도저히 발걸음이 떨어지질 않아 편의점에 들러 쓰린 속을 달래려 아이스크림을 사 먹었다. 그리고 17년째 입봉 준비 중인 심동민에게 구 작가 차가 포르쉐고 영화는 취미로 하는 것 같다고 말해줘야겠다고 다짐했다. 배 아픔은 나누면 반이 되니까. 구 작가가 포르쉐 탄다는 얘기를 들은 심동민의 얼굴을 상상만 해도 속이 한결 편해졌다.

그래. 까짓 거 포르쉐도 몰게 해 줬으니 시나리오 보내주면 모니터 정도는 해 주자.

* * *

우리 가족이 지금 살고 있는 집은 결혼할 때 처가에서 마련해 주었고 명의도 아내인 유정 이름으로 되어 있다. 유정이 나랑 결혼하겠다고 했을 때 처가 집 식구 모두가 반대했었다. 유정은 고등학교 선생님인데 나는 아직 데뷔도 못한 조감독 나부랑이고 집도 잘 사는 편이 아니었기 때문이다. 하지만 속도 위반이라는 사실을 알고는 마지 못해 허락해 주었다. 임 감독은 내가 고등학교 선생님과 결혼한다고 하자 평생 영화 일을 할 수 있겠다며 잘했다고 칭찬해 주었다.

초등학교 선생님인 우리 아빠와 전업 주부인 엄마는 아들에게 집을 사줄 형편이 못되었다. 아직까지도 가끔씩 용돈을 보내주는 아빠는 하나뿐인 아들의 영화과 진학은 반대하셨지만 졸업 후엔 항상 좋은 영화 만들라고 응원해 주셨고 데뷔작이 폭망했어도 주변 사람들에겐 우리 아들 영화 감독이라고 자랑을 하고 다니셨다. 데뷔작도 재밌게 봐주셨고 요즘에도 연락을 드리면 차기작은 언제 개봉하냐고 물어보신다. 나중에 커서 떡 영화 만들라고 힘들게 낳아주고 키워주신 건 아니었을 텐데… 엄마 아빠만 생각하면 눈시울이 붉어진다.

부채 의식에 마음이 무거웠지만 처가 식구들 앞에서 죽상을 하고 있을 순 없어 억지로 기운을 내 집에 들어가자 장인 장모님은 반가이 맞아주시더니 근처에 일이 있어서 왔다가 잠깐 들렀다면서 이제 얼굴 봤으니 가겠다고 했다. 처형은 내가 영 못 마땅한 눈치였다. 어린 나이에 결혼했다가 금방 이혼하고 처가에 얹혀 살고 있는 처형과는 처음부터 사이가 좋지 않다. 나는 아무런 감정이 없었는데 처형은 동생이 아깝다며 나를 싫어하는 티를 팍팍 내 도저히 친하게 지낼 수가 없었다.

"최 감독! 작품 준비는 잘 되어 가지?"

"네, 아버님. 이번엔 반드시 뭔가 보여드리겠습니다!"

인자한 얼굴로 나를 격려하는 장인과는 다르게 장모님은 처형처럼 내가 못마땅한 눈치였다.

"하라는 카페는 안 하고…."

장모님은 유정이 세미를 낳은 이후부터 감독 따윈 때려치우고 자기네 빌라 건물 1층에서 카페나 하라고 했다. 선생님인 유정의 내조를 하라는 명분을 내세워 처가집의 머슴이 되라는 속셈이 훤히 보여서 일언지하에 거절했다. 그 카페는 지금 이혼하고 돌아온 처형이 운영 중이라 더 이상 그런 얘기는 하지 않았다. 장모님은 유정에게 잘해주라고 한소리 하고 나가셨다. 내가 엘리베이터까지 따라나가자 이번엔 처형이 얄밉게 쏘아붙였다.

"세미 시집가기 전엔 볼 수 있는 거죠? 그 작품이란 거."

"헤헤. 그럼요."

"이번엔 그런 영화 아니죠? 설마 이번에도 꼴리는…."

"물론이죠! 그럼 조심히 들어가세요! 연락 드리겠습니다!"

처형의 떨떠름한 표정을 마지막으로 엘리베이터 문이 닫혔다. 이제야 숨통이 트였고 억지로 미소를 띄고 있었더니 얼굴에 경련이 일었다. 마음 같아선 처형과는 안 보고 살고 싶지만 처가에서 가끔씩 생활비까지 받고 있는 처지라 어찌할 도리가 없다. 처가 식구들을 배웅하고 집에 들어오자 세미는 아무 말 없이 방으로 쏙 들어가 버렸다. 마음 같아선 마빡에 딱밤이라도 먹이고 싶지만 그랬다가 또 삐져서 몇 년간 아빠랑 말도 안 하고 투명인간 취급할 게 뻔해 꾹 참았다.

세미가 아빠의 데뷔작 '꼴리는 영화' 때문에 친구들에게 왕따와 놀림을 당했다는 사실을 알고나니 아무리 버릇없이 행동해도 엄하게 혼낼 수가 없었다. 그저 아빠가 못나서 미안할 뿐이다. 세미에게 자랑스러운 아빠가 될 수 있는 유일한 방법은 하루 빨리 차기작을 만드는 것 뿐이다. 이왕이면 10대 소녀들에게 인기 있는 꽃미남들이 잔뜩 나오면 좋을 것이다. 아빠 영

화 촬영장에 친구들이랑 놀러와서 싸인 받고 인증 샷도 찍게
해 주면 적어도 왕따는 안 당하겠지.

장례식장에 이어 처가 식구들까지 상대하느라 기가 다 빨려
후딱 씻고 자려는데 오늘따라 유난히 집 안 분위기가 썰렁했
다. 세미는 그렇다쳐도 유정까지 한 마디도 안 하는 걸 보니
어쩐지 둘이서 한 바탕 전쟁을 치른 분위기였다.

"집 안 분위기가 왜 또 이래?"

"아, 몰라."

"빨랑 말해. 일 커지고 나서 말하지 말고."

유정은 마지못해 입을 열었다.

"학원 보내달래."

"정말? 왠일이래? 배우는 접고? 듣던 중 반가운 소리다.
얼른 보내줘. 딸이 공부하겠다는데 그 정도는 해줘야지."

유정이 한숨을 쉬었다.

"연기 학원 보내달라니까 그렇지. 누가 재능있다고 했다나
뭐라나."

"연기 학원? 재능 있다고 한 사람이 누군데?"

"학원 관계자겠지. 도대체 누구를 닮아서 저 모양인지… 당
신 딸이니 당신이 책임져."

유정은 톡 쏘아붙이고는 먼저 안방으로 쏙 들어가버렸다.
이런 사기꾼 양아치 같은 놈들… 순진한 어린애를 상대로 거
짓말을 하다니. 백프로 장삿속인 걸 아는데 돈을 버리면 버렸

지 그 딴 학원에는 등록시켜 주기 싫었다. 내가 감독이라서 아는데 세마는 딱 봐도 배우 쪽은 아니다. 하지만 세미에겐 진실을 말해줘도 믿지 않을 것이다. 아빠가 폭망 감독이기 때문이다.

이래저래 빨리 차기작을 만들어 만회하는 수 밖에 없다. 그래야 세미도 아빠에 대한 존경심이 다시 살아날 것이다. 하지만 밀리언 필름의 '구멍가게'로는 불가능할 것이다. 부디 미나가 '버진 어게인'을 좋게 봐주었으면 좋겠는데… 문득 미나가 내가 보내준 시나리오를 읽었는지 너무 너무 궁금해졌다. 늦은 시간이었지만 왠지 확인하지 않고선 잠을 못 이룰 것 같았다.

'자니? 늦은 밤에 미안… 시나리오 보냈는데 확인했나 궁금해서.'

'지금 읽고 있어요. 재밌네요.'

역시 잘 나가는 투자사 직원은 다르다. 워라밸 따윈 무시하고 24시간 낮과 밤을 가리지 않고 일을 해야 잘 나갈 수 있는 것이다. 마침 미나가 다니는 투자사가 밀리언 필름 근처여서 조만간 시나리오 이야기도 할 겸 간단하게 커피 한 잔 하기로 하고 톡을 마무리 지었다.

사람 일 모른다. 미나 쪽에서 그린라이트를 켜주기만 하면 밀리언 필름 따위에선 보란듯이 뛰쳐나갈 것이다. 물론 혼자 나오진 않을 것이다. 양서연 피디도 데리고 나올 것이다. 서연이라면 내가 나오라고 하면 따라 나오겠지. 밀리언 필름 이후

서연과의 희망찬 미래를 꿈꾸며 잠자리에 들려는데 카톡 알림
이 울렸다.

벌써 다 읽었나? 미나에게서 톡이 온 줄 알고 스마트폰을
확인해 보니 미나가 아니고 영화과 동기 조지선이다. 진짜 오
랜만이고 뜬금없는 타이밍이었다.

'니가 이럴 줄은 몰랐어. 나에게 지은 죄는 다 잊은 거니?
나는 니가 첫 키스였어.'

심장이 철렁 내려 앉았다. 이게 미쳤나? '나에게 지은 죄'라
니! 무서워서 얼른 핸드폰을 꺼버렸다. 잘못 엮였다간 불미스
러운 일이 벌어질 것만 같은 불길한 예감이 들었다. 설마 25년
전 으슥한 캠퍼스 운동장 구석에서 가볍게 뽀뽀한 걸 두고 첫
키스라는 건 아니겠지?

지금은 내가 유명 감독이 아니어서 별 일 없겠지만 만약
차기작이 대박난 다음에 언론에 폭로하겠다고 협박이라도 하면
어떻게 대처해야 되는 걸까? 하지만 차기작이 대박나는 건 너
무나도 먼 미래의 일이고 영원히 일어나지 않을 수도 있는 일
이라 눈 딱 감고 자려고 했는데 다시금 지선이 난니맨일 가능
성이 떠올랐다.

아닌 것 같지만 혹시 모르는 일이다. 만약 지선이 애널맨의
정체를 폭로한다면 나는 업계에서 매장이다. 지인들의 영화를
한두 편 난도질한 게 아니기 때문이다. 그런데 지선이 애널맨
의 정체를 어떻게 알았지? 나는 그 누구에게도 내가 애널맨이

라는 사실을 이야기한 적이 없고 지선과는 아예 교류 자체가 끊긴 지 오래다. 자연스레 지선은 용의자 후보에서 제외됐다. 무엇보다 지선이 난니맨이라면 애널맨이 최경진 감독이라는 사실을 진작에 폭로했을 것이다. 에라, 모르겠다. 지금은 누군지도 모를 난니맨 따위가 중요한 게 아니다. 당장 내일 출근이 걱정이다.

내가 안 나가면 감독 방을 다른 감독이 차지한다니 도저히 그 꼴은 못보겠어서 나가긴 하겠다만 막상 출근할 생각을 하니 잠이 오질 않았다. 감독 방에서 하루 종일 뭐하지? 점심은 누구랑 먹지? 그냥 집에서 브런치를 먹고 가는 게 좋겠다. 어쩐지 멀뚱히 감독방에 혼자 앉아 하루 종일 침묵을 지키고 있다가 해 질 무렵 쓸쓸히 집에 오는 시나리오가 그려졌다.

혹시 환영식 같은 건 안 해주려나? 딱히 바라는 건 아니지만 막상 안 해 주면 서운할 것 같은데….

024

감독 준비 3종 세트 공황장애, 우울증, 알콜 중독

시나리오 회의가 있을 때만 가끔씩 가다가 매일 출근을 하려니 귀찮았지만 그래도 마냥 백수처럼 살다가 점심 전에 일어나 집에서 나가는 기분이 나쁘지는 않았다. 뭔가를 바리바리 싸들고 다니는 스타일은 아니지만 빈손으로 가긴 허전해서 배낭에 집에서 쓰는 7년 된 노트북을 챙겼다. 남이 쓰던 회사 데스크톱을 쓰는 건 영 내키지 않았다.

1시간 정도 지하철과 버스를 갈아타고 사무실에 도착하니 1시쯤이었다. 지하철 안에서 미리 사무실 분위기도 파악할 겸 서연의 인스타를 들여다봤지만 별 다를 게 없었다. 밀리언 필름 건물 1층에서 크게 심호흡을 하고 사무실에 올라가니 석 팀장과 강 대표는 자리를 비운 상태였고 서연과 재웅이 감독 방으로 안내해 주었다.

둘 다 엉거주춤이긴 했지만 그래도 자리에서 일어나 깍듯하게 인사를 해줘서 고마웠다. 만약 아무도 아는 척을 안 해주면 어떡하나 걱정이었기 때문이다.

"뭐 필요한 거 없으세요?"

감독 방에 들어가 자리에 앉자 재웅이 친절하게 물어봐주었다.

"아직은 없는 것 같네. 고마워."

"필요한 거 있으면 언제든지 말씀해 주세요."

재웅이 나가고 천천히 방을 둘러보았다. 방은 작지만 깔끔했다. 책상 하나, 의자 하나, 2인용 소파 하나로 꽉 차 있었고 책상 위의 데스크톱 앞에는 감독 최경진이라고 적혀 있는 명함 한 뭉치가 놓여 있었다. 전에 이 방을 썼던 이현철 감독의 흔적은 말끔히 사라져 있었다. 지금쯤 뭐하고 있으려나? 자고 있겠지. 아니면 좀 전에 일어났거나.

이현철 감독은 밀리언 필름이 마지막 기회였을 것이다. 여기서 잘 했어야 했다. 이대로 또 한 명의 감독이 한국영화 역사의 뒤안길로 사라졌다고 생각하니 남 일 같지 않아 기분이 착잡했다.

나도 언젠간 그렇게 되겠지만 아직은 아니다. '꼴리는 영화'를 마지막으로 영화 인생을 끝낼 수는 없다. 어떻게든 차기작을 만들어야 한다. 물론 '구멍가게'도 아니다. 감독 방을 주고 명함까지 만들어줘서 고맙긴 한데 '구멍가게' 연출 제안은 여전히 불쾌하다. 최소한 제목이라도 바꿔야 한다.

한국영화 역사의 뒤안길로 사라진 이현철 감독이 쓰던 데스크톱이라 찝찝했지만 뭐가 들어있나 궁금해서 전원 버튼을 눌러 보니 바탕화면에 '구멍가게'라는 이름의 한글 파일 하나가

덩그라니 떠 있었다. 클릭해서 파일을 열어보니 무려 17고였다.

대충 읽어보니 강 대표의 말대로 서울 변두리 동네에서 구멍가게를 운영하는 섹시한 여 사장이 미스터리한 분위기의 남자 손님을 만나서 벌어지는 이야기였는데 한 때 유행했던 전형적인 양산형 에로 영화여서 더 읽을 이유가 없었고 왜 엎어졌는지도 알 것 같았다. 캐스팅의 벽을 넘지 못한 것이다. 오늘만 사는 여배우라면 모를까 세상에 어느 여배우가 이딴 허접 쓰레기 같은 작품에 출연하겠는가!

나 역시 마찬가지다. 이 방에서 나 홀로 '구멍가게' 18고를 집필하고 있는 광경을 상상하니 현기증이 났다. 그래도 연출 제안을 받은 작품이니 끝까지 읽어보려 했는데 어차피 안 될 작품이라 생각하니 도저히 읽히지가 않았고 자꾸만 난니맨 생각이 나서 집중이 되질 않았다. 생각하면 할수록 괘씸했다.

동민과 지선은 난니맨이 아니다. 확실친 않지만 굳이 다음 용의자를 꼽자면 영화과 후배이자 '꼴리는 영화'의 조감독이었던 자승이다. 자승이도 동민만큼이나 나에 대해서 잘 알고 있다. 자승이 난니맨인지 아닌지는 어떻게 확인해야 할까? 불러내서 간을 볼까?

감독 방도 생겼고 하니 '구멍가게' 조감독 제안을 핑계로 한번 불러내봐야겠다. 딱히 조감독을 해주길 바라는 건 아니다. 어릴 땐 빠릿빠릿하고 말도 잘 들었는데 나이 먹고 머리

컸다고 이젠 말도 안 듣고 호락호락한 맛이 없어서 불편하다. 자승이 안 한다고 하면 누굴 시켜야 되나 고민하고 있는데 똑 똑… 노크 소리와 함께 석 팀장이 들어왔다. 그리고 말없이 법 카를 내밀었다. 점심도 사 먹고 사람들 만날 때 진행비로 쓰라 는 것이다.

"진짜? 정말 정말 고마워! 왠일이니?"

"감독님인데 당연하지. 그리고 사무실에 적응도 해야 하니 까 다음 작품 애긴 천천히 하자."

"좋지. 그런데 다음 작품이 꼭 '구멍가게'인 건 아니겠지?"

"훗훗. 나중에 얘기하자."

석 팀장이 어색하게 웃으며 감독방에서 나갔다. 이 정도 애 기했음 알아먹었겠지. 감독을 안 하면 안 했지 '구멍가게'는 절 대로 안 한다. 가족에게 부끄러운 작품을 만드는 건 '꼴리는 영화' 한 편으로 충분하다. 절대로 연출할 생각은 없지만 그래 도 회사에서 준비하는 작품이고 법카도 받았으니 다시 한번 도전했지만 역시나 읽히지 않았다.

아 맞다! 여긴 기획팀이 있지! 기획PD들에게 요약 정리해 달라고 부탁하면 안 될까? 아니지. 그래도 명색이 강 대표가 야심차게 진행하는 작품인데 요약해 달라고 하면 강 대표를 무시하는 줄 알 것이다. 무시하는 건 사실이지만 티는 내지 말 자. 싸우자는 건 아니니까.

그렇지! 자승이에게 시키자. 조감독 제안도 할 겸 마침 잘 됐네. 마지막에 봤을 때 더 이상 조감독 생각은 없다고 했지만 어떻게든 설득해서 한 편만 시켜야지. 곧장 자승에게 카톡을 보냈다.

"뭐하니?"

"뭣 좀 쓰고 있어요."

"잠깐 보자. 시나리오도 볼 겸⋯."

자승이는 몇 달 전부터 자기가 10년 만에 시나리오를 썼다며 모니터를 부탁했는데 메일로 보낼 순 없다고 해서 조만간 만나기로 했지만 귀찮아서 안 만나고 있었다. 마침 녀석의 반지하 자취방은 밀리언 필름 근처였고 내가 밀리언 필름이라는 신생 영화사에 감독 방이 생겨 출근했다고 하니 근처로 오겠다고 했다.

어쩐지 자승이 난니맨일지도 모르겠다는 의혹이 솟아났다. 범행 동기는 몇 년 동안 집필한 시나리오를 안 읽어줘서 냅다 빈정이 상했기 때문이다. 모욕감을 느낀 거지. 모름지기 감독 준비를 오래 하다 보면 3종 세트가 찾아온다. 공황장애, 우울증, 알콜 중독. 자승이는 술은 안 마시니 그나마 다행이지만 우울증과 공황장애가 있다. 방 구석에서 자신을 알아주지 않는 세상을 원망하다 보면 충분히 나에게 악감정을 품고 난니맨으로 흑화했을 개연성이 농후하다.

자승이가 난니맨인지는 만나보면 감이 올 것이고 감독 방에 출근하길 잘했다는 생각이 들었다. 이현철 감독이 쓰던 거라

찝찝하긴 하지만 데스크톱도 내 노트북보다 빠릿빠릿하고 탕비실엔 커피 머신이 있어서 언제든 공짜 아메리카노를 마실 수 있다. 아직 일은 시작도 안 했지만 이렇게 집 밖에 나와 있는 것만으로도 건실한 사회인이 된 느낌이다. 가족들에도 면이 섰다. 특히 세미에게는 맨날 방구석에서 늦잠 자는 모습을 보이는 것보다 훨씬 나았다. 똑똑….

"네. 들어오세요."

석 팀장인 줄 알았는데 양서연 피디였다. 한 손에는 표지에 '구멍가게'라고 적힌 시나리오가 한 부 들려 있었다. 혹시나 했는데 역시였다. 나보고 '구멍가게'를 연출하라는 거다.

"팀장님이 감독님에게 한 부 갖다 드리래서요."

"고마워요."

다음 작품은 천천히 얘기하자더니 이렇게 훅 치고 들어오나? 억지 웃음을 지으며 받아들긴 했지만 속이 뒤틀렸다. 항의라도 하듯 냅다 사무실을 박차고 나와 자승이를 만나기로 한 카페로 향했다. 약속 시간 한참 전이었지만 열불이 나서 가만히 앉아 있을 수가 없었다.

영화과 후배이자 '꼴리는 영화' 조감독 자승이는 이미 카페에 도착해서 나를 기다리고 있었다.

"왜 이렇게 빨리 왔어?"

"집에 있어봤자 할 일도 없어서요."

"그렇긴 하지."

자승과는 통화는 두어 달에 한번 꼴로 했지만 얼굴 본 건 거의 반 년만인데 안 본 사이에 살이 더 쪄있었다. ET처럼 팔 다리는 가늘었고 배가 툭 튀어 나와 있었다.

"몇 키로냐?"

"95요."

"100키로 찍으려고?"

"아니요. 이거 쓰느라 운동을 못 했어요. 이젠 빼야죠."

"운동하면서 써야지. 우리 나이엔 잘 빠지지도 않아."

쓰잘데기 없는 소리를 던지면서 자승의 관상을 살폈는데 음흉한 악플러의 낌새는 풍기지 않았다. 우울한 감독 지망생의 기운이 너무 강했다.

"축하드려요, 감독님! 감독 방도 생기고."

"그깟 감독 방 따위가 뭐가 중요해. 영화를 잘 만들어야지. 됐고… 악플 땜에 죽겠다. 누가 자꾸 영화에 악플을 다네."

"개봉한 지 10년이 지났는데요? 부럽습니다. 아직 관객들에게 잊히지 않았다는 뜻이잖아요."

"그런가?"

역시나 자승은 아닌 듯. 악플 얘기에 아무런 반응도 보이지 않았다.

"이딴 악플이 달리는 게 부러워?"

확인 사살을 하려고 "최경진 감독 직업 바꿔라."는 '꼴리는 영화'에 달린 난니맨의 관람평을 보여줬지만 여전히 반응이 없었다. 내가 자승을 아는데 다른 건 몰라도 거짓말은 못 하는 스타일이다. 자승은 난니맨이 아닌 게 분명하다.

"누굴까? 어쩐지 나를 아는 놈 같지 않아?"

"글쎄요."

시큰둥했다. 자기 시나리오 읽어주겠다고 나와서 내 영화 얘기만 하니까 관심이 없는 것이다.

"맞다. 나 얼마 전에 박미나 만났다."

"아, 미나요? 잘 지내요?"

"좀 재수 없던데? 잘 나가는 투자사 직원이라고 빼기는 것 같고."

"뭐 그러든가 말든가요."

"니 시나리오는 미나에게 보여줬어?"

"아니요."

"왜 안 보여줘? 잘 나가는 투자사 직원님인데!"

"아, 됐어요. 걘 멍청해서 안 돼요. 개랑 엮이면 될 일도 안 된다니깐요."

"과연 그럴까? 멍청하면 그 자리까지 못 갔지. 그리고 멍청하면 더 좋지 뭐. 혹시 알아? 옛 정이 있으니 더 잘해줄지?"

"됐다니까요! 걔가 얼마나 못 됐는데요. 뒤끝은 또 얼마나 쩌는지…."

"쿨 해 보이던데?"

"아유, 모르는 소리 마세요. 가뜩이나 시나리오도 안 써져서 심란한데… 이번에 진짜 고생했어요. 안 써져서.”

“그러면 여기와서 조감독 한 편 더 해. 혼자 놀기 심심한데 와서 같이 놀면 좋잖아?”

“그냥 제 시나리오에 전념하겠습니다. 저도 이젠 적은 나이가 아니잖아요. 형은 데뷔라도 했지.”

마음 같아선 니가 무슨 감독이냐 조감독이나 한 편 더 하라고 설득하고 싶었지만 분위기가 싸해질 것 같아서 참았다. 그래! 정 그렇다면 어디 얼마나 대단한 시나리오를 썼는지 확인해 주마. 각오해라.

“시나리오는 가져왔어? 도대체 얼마나 대단한 시나리오여서 이메일로도 못 보낸다는 건지 너무너무 궁금하다.”

자승은 지 시나리오 얘기를 꺼내자 그제야 환한 얼굴로 가방 속에서 주섬주섬 A4 뭉치를 꺼냈다.

“잘 부탁드립니다.”

자승이 테이블 위에 올려둔 시나리오는 마치 벽돌책처럼 두툼하고 묵직했다. 페이지 수를 확인해 보니 무려 200장이 넘었다.

025

곰곰이 생각해 보니 엮여봤자 좋을 게 없을 인연

"뭐가 이렇게 두꺼워? 드라마 대본이야?"

"아니요. 영화요."

"영화가 왤케 길어! 아니 이게 몇 장이야? 200장?! 시나리오가 아니라 대하 장편 소설인 줄? 이걸 여기서 다 읽으라고?"

"네."

"사무실 가져가서 읽으면 안 될까? 오늘 밤을 새워서라도 다 읽고 내일까진 꼭 얘기해 줄게."

"그건 좀 그래요. 아직 미완성이라서요. 저는 내 작품이 미완성으로 돌아다니는 게 싫어요."

"다 읽고 돌려주면 되잖아. 설마 내가 이걸 여기저기 돌리겠어?"

"안 돼요. 미완성인 채로 내 품을 떠나 있는 게 싫거든요."

"미완성인 작품을 읽는 건 괜찮고?"

"곧 완성할 거니까요."

"내일 돌려주겠다니까? 나 회의 땜에 다시 사무실 들어가봐야 해서 여기 오래 못 있어."

"그럼 되는 데까지만 읽으세요. 나머진 다음에 만나서 읽어 주시면 되죠."

감독 준비를 오래 하다 보니 피해 망상에 강박증까지 겹친 듯했다. 얄미워서 딱밤이라도 한 대 때려주고 싶었으나 이러는 심정을 모르는 바가 아니어서 그저 안타까울 뿐이었다. 자승이는 몇 년 전부터 모 시나리오 공모전에 출품한 시나리오가 제목과 작가 이름만 바뀐 채로 돌아다니는 꼴을 당했다고 주장해 왔다.

자승의 주장에 의하면 자신의 시나리오를 도둑질한 걸로 추정되는 모 제작자에게 전화해서 따지니 자기는 모르는 일이라며 사람 매도하지 말라고 버럭 화를 냈다고 했다. 공모전 심사 과정에서 자승이의 시나리오가 유출된 듯 한데 경찰이 수사를 하지 않는 이상 진실을 알 길은 없었다.

자승이는 도대체 그 제작자가 누구인지 무슨 공모전에 낸 건지도 알려주지 않았는데 명예 훼손으로 소송 당할 우려가 있어서라고 했다. 암튼 자승은 그 사건 이후 공모전이나 지원 사업에는 일절 시나리오를 내지 않았고 시나리오도 진짜 믿을 만한 소수의 지인들에게만 보여주었는데 그 중 한 명이 바로 나다.

나를 믿어주는 건 고맙다만 이 두꺼운 시나리오를 앉은 자리에서 다 읽는 건 무리였다. 난니맨도 아닌 것 같은데 괜히 불러냈다는 후회가 들었다. 읽고 싶은 마음이 싹 사라졌지만 예의상 읽는 척은 해야 할 것 같아 꾸역꾸역 페이지를 넘겼다.

"물 좀 떠올게요."

자승이는 카운터로 가서 찬 물을 떠 왔다. 가만 보니 이마에 식은 땀이 송글송글 맺혀 있었고 안색이 좋지 않았다.

"어디 아파?"

"잠깐만요."

자승은 가방에서 주섬주섬 약 봉지를 꺼내더니 찬물과 함께 입 안에 털어넣었다.

"컨디션 안 좋은 것 같은데 빨리 들어가 봐. 나머진 다음에 다시 읽을게."

"아니에요. 약 먹었으니까 나아질 거에요. 계속 읽으세요."

방구석에 틀어박혀 있던 놈을 불러낸 죄가 있으니 꾸역꾸역 읽고는 있는데 지난 번 버전과 뭐가 달라졌는지 알 수가 없었다. 고치긴 한 건가? 이럴 땐 두리뭉실한 인상 비평이 답이다.

"니 시나리오는 성체 줄기 세포 같아."

"네?"

"발전 가능성이 무궁무진하다는 얘기지. 장르도 마찬가지고. 로맨틱 코미디 같기도 하고 액션 스릴러 같기도 하고. 판타지 같기도… 아니다. 판타지는 아니지?"

"애매하다는 뜻인가요?"

"아니. 쓰기 시작한 지 몇 년이 지났어도 여전히 완성을 못

하고 있잖아. 대기만성인 거지. 잠재력이 무궁무진하다는 뜻이
야.”

애매하다는 뜻이다. 자승이가 시나리오는 못 써도 눈치 하
나는 빠른 편이다. 내가 군 복무를 마치고 복학했을 때 새내기
로 처음 만났으니 안 지 20년 가까이 된 사이다. 학창 시절
단편영화 워크샵부터 시작해서 졸업 후에도 이런 저런 알바들
을 많이 했고 1년 가까이 동거동락하며 내 조감독까지 해 줬
으니 이젠 눈빛만 봐도 서로가 무슨 생각을 하는지 알 수 있
었다. 극찬을 기대한 건 아니겠지만 내가 시큰둥한 반응을 보
이자 낙담하는 눈치였다.

“알았어요. 대충 느낌 왔어요. 에휴. 더 써야겠네요.”

“아니야. 쉬엄쉬엄해. 무리하지 말고. 영화라는 게 노력한다
고 되는 일이 아니잖아?”

괜히 애매하다는 인상을 줘서 혹시나 앙심이라도 품는 게
아닌가 걱정이 됐지만 자승인 내 이야기를 귀담아 듣는 눈치
가 아니었다. 내가 어지간해선 남의 시나리오에 대해 호평을
하지 않는다는 사실을 알고 있기 때문이다. 하지만 이대로 자
리를 끝냈다간 후환이 두려웠다. 진짜로 앙심을 품을 수도 있
으니까 늘 그랬듯이 그래도 니가 나보단 낫다 내가 지금 남
걱정 할 때가 아니다 등등 자학 개그를 늘어놓았고 밀리언 필
름은 듣보잡 신생이라 신인 감독을 데뷔시켜 줄 역량이 없다
는 등의 뒷담화를 까줬더니 그제야 솔깃해하며 내 말에 귀를

기울였다.

　방구석에 틀어박혀 있다가 굳이 여기까지 기어 나온 이유를 알 것 같았다. 자승이가 원하는 건 내 모니터가 아니라 밀리언 필름에 자신을 감독 후보로 소개시켜 주는 것이었다. 내가 그렇게 듣보잡 신생이라고 뒷담화를 깐 밀리언 필름이라도 영화사랑 계약하고 감독 방에서 일하는 내가 부러웠던 것이다.

　"형 회사 기획팀 있어요?"

　"있지."

　"기획팀 모니터 같은 걸 부탁드릴 수 있을까요?"

　"직원들을 여기로 불러내서 시나리오를 읽히라고?"

　"아, 아니요. 기획팀 모니터라면 그냥 파일로 보내드릴게요."

　이 새끼까지 날 무시하나? 갑자기 빈정이 확 상해버렸다. 나보곤 표절의 위험이 있으니 자기가 보는 앞에서 읽어야 한다고 해놓곤 기획팀에는 파일로 보내주겠다고? 대충 주례사 비평이나 하고 좋게 좋게 일어나려고 했으나 빈정이 상해버려 남은 커피를 원샷 후 융단 폭격을 가했다. 더 이상 애매하게 까고 싶지 않아졌다. 종종 이렇게 혹평한 시나리오가 잘 풀리는 경우가 있기는 하지만 자승이는 예외일 거라 믿어 의심치 않는다.

　"하, 기획팀 모니터라… 알았어. 솔직히 말할게. 이제 그만 써. 어차피 너 이걸론 데뷔 못해. 회사에 보여줘 봤자 무의미

하다는 얘기지. 그리고 이걸 회사에 보여줬다간 내 크레디트만 깎여. 감독이란 모름지기 시나리오를 보는 안목이 중요한 건데 이걸 읽어보라고 준다는 건 회사 망하라는 이야기거나 내가 시나리오를 보는 안목이 없다는 얘기잖아? 그리고 다음부터 모니터를 원하면 시나리오는 파일로 보내줘. 앉은 자리에서 다 읽으라는 건 아무리 좋게 생각해도 예의가 아닌 것 같아. 나는 너를 아니까 괜찮은데 아는 사람하고만 영화 할 건 아니잖아? 니가 왜 이러는 지는 충분히 이해하지만 이제는 사람을 좀 믿어보는 게 어떨까?"

"알겠어요. 미안해요 형."

자승의 풀이 죽은 표정을 보자 아차 싶었다. 자승이 난니맨은 아닌 것 같지만 괜히 적으로 만들었다간 제2의 난니맨으로 거듭날 수도 있기 때문이다. 내가 임 감독에게 악감정을 품고 임 감독의 유작이 되어버린 '유언'에 악플을 남긴 것처럼 자승이라고 '꼴리는 영화'에 악플을 남기지 않으리란 보장은 없는 것이다. 이대로 헤어지기엔 찝찝해서 다시 밀리언 필름 욕을 늘어 놓았다. 자승이에게 밀리언 필름을 소개해주기 싫은 게 아니라 소개 받을 가치가 없다고 느끼게 만들기 위해서다.

"나 대하는 거 봐. 얼마 전 대표가 불러서 왔을 땐 앞에 손님 있다고 3시간 넘게 기다렸다니까? 그게 감독한테 할 짓이냐? 아무리 봐도 여긴 영화사가 아니야. 강남 건물주 아들이 취미 생활 하는 곳이지."

자승인 계속 풀이 죽어 있었고 기운 내라고 선심 쓰듯 조감독 자리를 제안했다. 일자리를 준다는데 혹평쯤이야 용서해 주겠지. 아니나 다를까 조감독 제안을 하자 약간은 기가 사는 듯 했다.

"죽어도 조감독은 안 할 생각이었지만 형이 이렇게까지 말씀해 주시니 한 번 생각은 해볼게요."

예상 외였다. 감독 준비 중이니 조감독 제안은 거절할 줄 알았는데… 지금 자승이 상태로는 조감독을 해 준다고 해도 걱정이다. 상전 모실 일 있나. 아… 내 코가 석자인데….

"그럼 시나리오 보내주세요."

"어? 어, 알았어. 사무실 들어가서 바로 보내줄게."

"네. 조감독 할 수 있을진 일단 읽고 나서 생각해 볼게요."

자승과 헤어지고 사무실에 돌아오자마자 '구멍가게' 17고를 자승이의 이메일로 보내주었다. 설마 이걸 읽고 하겠다고는 안 하겠지. 자승이가 조감독을 해준다 해도 '구멍가게'를 연출할 생각은 전혀 없었지만 자승이가 있으면 감독 준비 하는 시늉에 도움은 될 것이다. 아무튼 자승이도 난니맨은 아닌 것 같고 도대체 누가 난니맨인지 유력한 용의자를 추리고 있는데 카톡 알림이 울렸다.

'감독님, 어제는 잘 들어가셨어요?'

임 감독의 장례식장에서 재회한 구창한 작가였다. 예상치 못한 연락에 잠깐 반갑긴 했지만 곰곰이 생각해 보니 엮여봤자 좋을 게 없을 인연이라 답장을 보낼까 말까 고민하고 있는데 또 다시 톡이 왔다.

'감독님! 어제는 오랜만에 정말 반가웠습니다. 이메일 주소 알려주시면 말씀드린 시나리오 보내드리겠습니다.'

구 작가가 내 인생에 도움이 될 날이 올까? 아무리 생각해도 그런 날은 안 올 것 같다. 구 작가가 보내준 시나리오가 만약 내가 준비하고 있는 작품과 비슷하기라도 했다간 표절 시비에 휘말릴 리스크만 존재할 뿐이다. 이메일을 알려주는 순간 돌아올 수 없는 강을 건너게 될 것만 같은 불길한 예감이 들었다.

내가 머뭇거리고 있는 사이에 구 작가는 무려 5만 원짜리 스타벅스 기프티콘을 보내주었다. 그리고 '꼴리는 영화'에 10점 만점을 준 관람평도 캡쳐해서 보내주었다. 날짜를 보니 개봉 후 얼마 지나지 않았을 때였다. 갑자기 구 작가에 대한 호감과 신뢰도가 급상승했다. 내 영화를 잘 봤다는 건 거짓말이 아니었던 것이다.

구 작가의 아이디는 영화인 지망생답게 'cineman1895'였다. 5만 원짜리 스타벅스 기프티콘 더하기 '꼴리는 영화'에 10점 만점까지 줬는데 이메일 하나 안 알려주는 건 예의가 아닌 것 같았다. 에이… 설마 별 일 있겠어? 내 이메일 주소를 보내주었고 곧장 답이 왔다.

'시나리오 보냈습니다. 절 부탁드립니다!'

절 부탁드립니다? 잘 부탁드립니다가 아니고?? 작가라면서 이린 오타를 치다니… 잠깐 올라갔던 신뢰도가 다시 하락했는데 찬찬히 읽어보니 어째 오타가 아닌 듯 했다. 절 부탁한다라니… 분하지만 웃겼다. 생각해 보니 구 작가가 재능은 있었다. 어찌됐건 공모전 심사위원인 임 감독에게 최종심에서 픽을 당한 건 사실이기 때문이다.

뭘 썼는지 한 번 읽어는 볼까? 안 본 사이에 얼마나 발전했는지 궁금하기도 하고… 메일 함을 열어보니 구 작가가 보낸 시나리오가 도착해 있었다.

'가족사냥'

026

20대 여직원의 비공개 인스타 계정에 팔로우 신청

가족사냥? 스릴러야? 제목은 그냥 그랬다. 가족을 사냥하는 싸이코패스 얘긴가?

내용은 둘째치고 설마 구 작가도 200장 넘게 쓴 건 아니겠지? 혹시나 해서 열어보니 다행히 80장으로 딱 좋았다. 오랜 기간 세상과 단절된 채 방구석에 틀어박혀 집필에 열중하다 보면 시나리오가 아니라 글자수 20만 자가 넘어가는 대하 장편 하소연이 되는 경우가 있다. 그런 건 소설로 각색한다 해도 20만 자가 넘어가는 듣보잡의 원고는 출판사에서 관심 자체가 없고 출판될 일이 없으니 자연히 영화화도 불가능하다. 이렇게 지망생으로 오래 썩다 보면 세상과 멀어질 수 밖에 없는 것이다.

구 작가의 시나리오 모니터는 개인적으로 부탁받은 일이니 회사 데스크톱 말고 내 노트북으로 다운받아 읽어야 마땅하지만 글자 크기가 10 포인트고 눈이 침침해서 잘 안 읽혔다. 그렇다고 출력하자니 종이가 아까웠다. 하지만 나에겐 회사 프린터가 있잖아? 이러려고 출근한 거 아니겠어? 출력하지 뭐. 그런데 내 노트북은 회사 프린터와 연결되어 있지 않고 어떻게 연결하는 지도 모른다.

출근 첫날부터 프린터를 붙들고 옥신각신하고 싶진 않았다. 아 맞다. 프린터 연결이라니… 양서연 피디에게 말을 걸 수 있는 좋은 핑계다. 서연에게 부탁해야지. 바로 이 순간을 위해 내가 출근하겠다고 한 거였지?

감독 방 문을 슬그머니 열고 밖을 내다보자 서연보다 재웅이 먼저 고개를 들고 내쪽을 바라보았다. 가방을 챙기고 있는 걸 보니 퇴근 준비 중인듯했고 내가 여기서 이런 일을 할 사람이 아니라고 생각하는 분위기가 팍팍 풍겼다. 관상을 보아하니 십중팔구 감독 지망생이다.

아마 퇴근하고 집에 가면 시나리오를 끄적이다 잠이 들 것이고 잊을 만하면 한 번씩 공모전이나 지원사업에 로또 사듯 작품을 응모하고 있을 것이다. 몇 달 뒤 수상자 발표가 나면 혼자서 조용히 열폭하고… 그러다 짧으면 반년 길면 일 년쯤 뒤엔 자아를 찾겠다며 퇴사한 후 해외여행 먼저 한 번 다녀오고 자기 시나리오에 올인하겠다고 동네 도서관이나 스터디 카페에 드나들며 또 다시 공모전에 서너 번 떨어진 후 역사의 뒤안길로 사라질 것이다. 그리고 지금은 나를 볼 때마다 절대로 나처럼은 되지 않겠다고 다짐하고 있겠지. 폭망 같은 건 자기 인생에서는 절대로 벌어지지 않을 일이라 생각하며.

딱 대학 졸업 직후 영화사 기획팀을 전전하던 시절의 내 모습이다. 그때 내가 다니던 영화사에도 나 같은 감독이 있었는데 나 정도로 폭망 감독은 아니었고 나이도 지금 내 나이보다는 어렸던 것 같다. 끽해야 30대 후반? 생각해 보니 그 감독은 결국 차기작을 못 만들고 역사의 뒤안길로 사라졌네. 이름은 생각이 안 나고 어디서 뭘 하며 사는지 딱히 궁금하지도 않다.

* * *

퇴근 준비하는 재웅을 보며 회상에 빠져 있는 동안 재웅은 가방을 다 챙기고 자리에서 일어났다.

"먼저 들어가 보겠습니다!"

재웅은 행여나 누가 붙잡기라도 할까 봐서인지 뒤도 돌아보지 않고 나가버렸고 서연은 모니터를 뚫어져라 바라보고 있었다.

"양 피디님, 뭣 좀 물어볼 게 있는데…."

서연은 내가 자신을 부르자 자리에서 벌떡 일어났다.

"네 감독님!"

"미안한데 프린터 연결 좀 부탁할 수 있을까?"

"아, 제가 연결시켜 드릴게요."

서연이 성큼성큼 걸어오며 고개를 갸우뚱거렸다.

"어제 프린터 연결된 거 확인했는데 이상하네요."

"데스크톱 말고 내 노트북. 아직은 내 노트북이 편해서….”

"네, 잠깐만요.”

감독 방에 들어온 서연은 곧장 내 자리에 앉아 노트북을 만지작거렸다. 의외였다. 기계와는 친하지 않을 것 같은데 이런 것도 잘할 줄이야! 이과형 미인 같은 건가? 긴 생머리에서 풍겨오는 샴푸 냄새도 향긋했다. 역시 출근하길 잘했어. 노트북도 잘 가져왔고. 안 가져왔음 서연과 이렇게 단 둘이서 이야기할 시간도 없었을 거 아냐.

"다 됐어요. 출력하시려는 파일이 뭐에요?”

"아, 그건 내가 할게.”

"출력 완료되면 가져다 드릴게요.”

"안 그래도 되는데… 빨리 퇴근해야 되지 않아?”

"괜찮아요. 저녁 약속 있어서 좀 이따 나갈거에요.”

"그래. 고마워요 양 피디님.”

구 작가의 ‘가족사냥’ 인쇄 버튼을 누른 후 출력이 완료되길 기다리며 탕비실에서 커피를 내리려고 했는데 커피 머신 앞에서 버벅대자 또 다시 서연이 다가와 친절하게 커피 머신 사용법을 알려주었다. 프린터에 커피 머신까지. 다시 한 번 출근하길 잘 했다는 생각이 들었다. 이 시간에 집에 있어봤자 낮잠 아니면 드라마나 줄창 보고 있겠지. 그러고 보니 서연과 단 둘이서 대화를 나눈 건 처음이었다. 사무실엔 마침 아무도 없어 서연과 친해질 좋은 기회였다. 커피를 기다리며 스몰 톡을 시도했다.

"재밌어요?"

"네?"

"회사 생활이요. 어때요?"

서연은 주변을 살피고는 조용히 속삭였다.

"재밌지는 않은데요. 그래도 좋아하는 일이니까요."

"좋아하는 일인데 왜 재미가 없어요?"

말해놓고 보니 너무 꼰대스러운 발언이라 아차 싶었다. 아… 괜한 말을 했어.

"내 영화 만드는 게 재밌죠."

내 영화? 설마 서연이 너도 감독 병이야? 조만간 퇴사하겠구나.

"맞아요. 나도 옛날에 기획팀 다녀봐서 아는데 폭망은 했지만 내 영화 만드는 게 재밌더라고요."

"그렇죠, 감독님! 역시 감독님은 이해해 주실 줄 알았어요."

만약 나의 20년 전 영화사 기획팀 직원 시절에 대해 물어보면 감독과 피디 이전에 기획팀 선배와 후배로서 라포르를 형성할 수 있는 좋은 기회다 싶었는데 의외로 내 기획팀 시절에는 전혀 관심이 없었다.

"회사를 이렇게 오래 다니게 될 줄은 몰랐어요. 빨리 내 영화 만들어야 되는데…."

회사를 그만두고 내 영화를 만들겠다니… 말리고 싶었지만 폭망하고 나서도 10년 넘게 내 영화 만들겠다고 빌빌대고 있는 주제여서 차마 말릴 수가 없었다.

"응원해 드리고 싶지만… 제가 폭망 감독 따위여서…."

"그런 말 하지 마세요. 감독님! 전 감독님 영화 좋아해요. 극장에서만 두 번 봤는 걸요!"

"그걸 극장에서 봤다고요?"

"네… 커피 다 됐네요."

'꼴리는 영화'를 극장에서 두 번 본 20대 여성 관객이 있다고? 있을 수 없는 일이지만 빈말이래도 행복했다. 그땐 양서연 피디는 미성년자 아니었나? 하지만 사실이라면 운명이다. 심장이 쿵쾅거렸다. 서연이 내려준 뜨거운 아메리카노를 받아 들고 감독 방으로 오는 동안 유정과 이혼하고 차기작으로 대박 감독으로 거듭난 후 서연과 재혼해서 아이를 낳고 어린이집에 함께 데려다주는 시나리오가 그려졌다. 우린 왜 이제야 만난 걸까?

세상에 어리고 예쁜 여자는 많다. 하지만 내 영화를 좋아한다고 극장에서 두 번이나 봤다고 거짓말까지 하면서 나에게 잘 보이려는 어리고 예쁜 여자는 없다. 거짓말이라도 고마웠다. 서연은 지금 이 순간부터 그냥 어리고 예쁜 피디가 아닌 운명의 파트너다. 이래서 중년남 칭찬은 함부로 하는 게 아니다. 나니까 이 정도 망상으로 끝나는 거지, 어지간한 중년남에게 걸렸으면 바로 스토킹으로 이어졌을 것이다.

감독 방에 들어오자마자 나도 모르게 서연의 인스타에 들어가 버렸다. 서연과 가까워지려면 많이 알수록 유리하기 때문이다. 서연의 인스타는 비공개로 닫혀 있었다. 사진과 동영상을 보려면 계정을 팔로우해야 했다. 괜히 화가 났다. 내가 스토킹하는 걸 알아챘나? 설마 그럴 리가… 내가 인스타를 보고 있는 걸 들킨 적도 없는데?

아니지. 이렇게 염탐만 하지 말고 스몰 톡을 나누며 라포르까지 형성한 사이니까 확 팔로우 신청을 해버려야겠어. 안 돼. 그건 매너가 아니야. 자기가 일하는 회사 감독님이 비공계 인스타 계정을 팔로우하면 얼마나 부담스럽겠어? 그리고 팔로우 신청을 수락하지 않으면 어쩔 거야? 설상가상 석 팀장에게 이른다면? 어쩌면 좋아할 수도 있어. 내 영화를 좋아한다고 했잖아? 나라면 극장에서 두 번이나 본 영화의 감독님이 팔로우를 신청하면 영광이라고 생각할 것 같은데? 하지만 나는 폭망 감독인 걸? 그래도 내 영화를 좋아한다고 한 건 사실이잖아?

40대 아저씨가 20대 여직원의 비공개 인스타 계정에 팔로우 신청하면 안 되는 건가? 아… 모르겠다. 그나저나 왜 인스타를 비공개로 돌렸지? 팔로우 신청을 할까 말까 고민하고 있는데 잘 나가는 투자사 직원 박미나에게 카톡이 왔다.

'시나리오 잘 봤어요.. 버진 어게인요..'

잘 봤으면 됐지 문장마다 말줄임표를 찍어 놓은 꼬락서니가 어째 석연치 않았다. 그래도 잘 나가는 투자사 팀장님이 내 시나리오를 잘 봤다고 한 건 사실이니 갑자기 생각이 많아졌다. 밀리언 필름 버리고 자기네랑 계약하자고 하면 어떡하지? 밀리언 필름에 위약금을 내야 하나? 아니다. 굳이 그럴 필요 없지. 좀만 버티면 계약 기간 끝나니까 올해까지만 버티면 된다. 나중에 뭐라고 하면 '버진 어게인'은 밀리언 필름과 계약하기 훨씬 전에 써 둔 시나리오라고 하면 되겠지.

'잘 봐줘서 고마워. 커피 한 잔 할까? 나는 빠르면 빠를수록 좋은데.'

'좋아요.'

좋다고 해서 바로 약속을 잡으려는데 되는 날이 없었다. 과연 잘 나가는 투자사 직원이다 보니 비는 날이 없는 것이다. 그래서 지금 당장 벙개처럼 보는 건 어떠냐고 내가 너 있는 곳으로 가겠다고 했더니 안된다고 했다. 그래도 내가 선배인데 건방지다 싶었지만 잘 나가는 투자사 직원인 게 중요하지 학교 선후배 따위가 뭐가 중요하냐. 박미나는 미팅은 어렵겠고 통화로 하자며 편한 시간을 알려달라고 했다. 내가 언제든 괜찮다고 하자 10분 뒤에 전화하겠다고 했다.

전화를 기다리며 박미나 이름으로 검색해 보니 내가 모르는 사이 최근 대박 난 영화에 프로듀서로 참여했다고 나와 있었다. 학창 시절엔 얼굴이 예쁘고 몸매가 좋고 성격도 시원시원하지만 영화적 센스나 재능은 없어 보여서 무시했는데 이젠 완벽하게 역전이다. 메이저 투자 배급사의 잘 나가는 피디와 데뷔하자마자 폭망 후 10년 째 차기작을 준비하는 감독. 전자의 압승이다.

하지만 나에겐 '버진 어게인'이라는 한 방이 있다. 만약 미나가 '버진 어게인'을 감명깊게 봤다면서 나에게 거절할 수 없는 제안을 한다면? 생각만 해도 입가에 미소가 지어졌다. 그러면 밀리언 필름 따위는 바로 아웃이다. 듣보잡 신생 영화사 따위가 감히 나에게 19금 떡 영화 연출을 제안하다니!

러브콜이 오면 바로 뛰쳐 나가자. 까짓꺼 위약금 내라면 내지 뭐. 돈보다 시간이 중요하니까. 나가게 되면 엊그제 미팅 때 3시간 가까이 기다리게 만든 강 대표에게 뭐라고 퍼부어줄까 궁리하고 있는데 10분을 넘어 30분쯤 지난 후 박미나에게서 전화가 왔다.

"목소리 좋아 보인다?"

"오빠도 나쁘진 않네요."

나쁘진 않다니… 칭찬 같진 않았고 어투도 마냥 차분하기만 했다.

027

폭망 감독 주제에 까불지 말라는 무언의 경고

박미나는 나에게 고마워해야 한다. 박미나가 새내기 시절에 집필한 시나리오를 읽고는 넌 감독은 아니니까 딴 길 찾아보라고 조언한 은인이 바로 나이기 때문이다. 비록 그 시나리오는 영화화 되었고 작가 데뷔에도 성공했지만 계속 감독하겠다고 시나리오를 끄적였다간 잘 나가는 투자사 직원이 아니라 지선 같은 방구석 폐인이나 동민 같은 17년차 감독 지망생이 됐을 지도 모른다.

"고맙지?"

"뭐가요?"

"다 내 덕분 아니야?"

"뭐가요?"

"감독은 아니니까 딴 길 찾아보라고 조언해 준 은인이 누구지?"

"아… 그거요?"

"다 내 덕분이잖아? 만약 감독 한다고 계속 시나리오만 썼으면…."

웃자고. 한 소리였는데 박미나는 웃어주지 않았다. 아무런 반응이 없었다. 잘 나가는 투자사 직원님이라 폭망 감독 따위의 농담에는 웃어주지 않는 것이다. 폭망 감독 주제에 까불지 말라는 무언의 경고로 느껴졌다. 바로 화제를 돌려야 했다.

"그래서 어떻게 봤어?"

"오빠도 바쁘실 테니까 본론부터 말씀드릴게요."

박미나는 그로부터 장장 30여 분간 가열차게 내 시나리오를 디스했다. 무슨 이야기인지는 알겠는데 재미가 없고 올드하고 젠더 감수성도 떨어지고 여자들이 싫어할 것 같고 이런 걸 오빠라면 극장까지 가서 돈 주고 보겠냐 등등… 나는 자신 있다! 돈 주고 볼 것 같은데? 라면서 꼬박꼬박 말대꾸를 했고 박미나는 결정타를 날렸다.

"그러면 오빠네 회사에서 하면 되겠네요. 투자도 직접 하시고요."

"그건 좀….'

"왜요? 자신 있으시다면서요?"

"너도 알잖아… 신인은 메이저에서 축복받으면서 데뷔해야 돼. 영화는 자기 돈으로 만드는 거 아니라는 말도 있고…."

"오빠가 왜 신인이에요. 엄연히 극장에 한 편 거신 기성 감독님이신데요."

"아니야, 안 하느니만 못한 데뷔였고 이미 세상에서도 잊혀졌어. 앞으로는 나를 신인 감독 카테고리에 넣어주면 좋겠는데….”

“무슨 말씀이세요. 얼마 전에 태준이랑도 얘기했었는데 태준이도 오빠 영화 재밌었다고 했어요.”

“허태준?”

“네. 태준인 다다음 작품 우리랑 하기로 얘기 중이거든요.”

“그랬구나, 어쩐지 얼마 전에 회사에서 봤을 때 얼굴이 좋아보이더라.”

“차기작은 무슨 신생 영화사랑 하기로 했다는데 확실친 않대요. 신생이라서 안 하려고 했는데 돈을 엄청 쎄게 불렀다나 봐요.”

아무렇지도 않은 척했지만 부러워 죽을 것 같다. 그런데 차기작을 신생에서 하기로 했다고? 돈을 쎄게 불렀다고?

“태준이를 오빠네 회사에서 봤다고요? 밀리언 필름 맞죠? 그러면 혹시 그 신생이란 곳이 오빠네 아니에요?”

“글쎄다.”

석 팀장에게 물어보면 알 수야 있겠지만 굳이 알아보고 싶지도, 알아낸다 한들 알려주고 싶지도 않았다.

“안 알려주셔도 괜찮아요. 태준이가 조만간 그 신생 영화사랑 어떻게 됐는지 알려주기로 했으니까요. 어쨌든 ‘버진 어게인’은 저희랑은 힘들 것 같아요. 죄송해요.”

박미나는 그로부터 몇 분 더 내 시나리오를 잘근잘근 씹어대더니 다음 미팅이 있다며 일방적으로 전화를 끊어버렸다. 나름 비장의 히든 카드였던 '버진 어게인'이 처참하게 까이고 나자 현기증이 났다. 아이돌 오빠와의 사랑 이야기나 쓰던 박미나 따위가 감히 내 시나리오를 혹평해?

참자. 화나면 지는 거다. 어차피 공정하고 객관적인 모니터는 아니었다. 이건 개인적인 감정이 듬뿍 담긴 사적 복수였다. 과거에 욕 좀 먹었다고 이런 식으로 복수를 하나? 억울하지만 이번엔 내가 졌다. 하지만 넌 내가 두고 본다. 다음 작품 대박 나면 반드시 내 앞에 무릎을 꿇리고야 말 것이다! 참으려 애썼지만 분노로 머리가 어질어질해서 숨을 고르고 있는데 자승이에게서 전화가 왔다.

"왜?"

"'구멍가게' 다 읽었어요."

"어땠어?"

"최악이네요. 이거 조감독 할 바엔 굶어 죽더라도 내 시나리오 쓰는 게 낫겠어요."

"조감독도 못할 정도야?"

"네. 시간이 너무 아까워요."

"그냥 일이라고 생각하고 하면 어때?"

"미안해요 형. 노는 게 나아요."

"내가 미안하지. 시간만 낭비시켰네. 시나리오는 잘 쓰고 있고?"

"아직 잘 안 되네요. 저는 여기까진 것 같기도 하고요."

"그건 아니지. 눈 딱 감고 후딱 써. 우리는 시나리오만이
살 길이야. 시나리오를 잘 쓰면 우리가 겪고 있는 이 모든 어
려움들이 다 해결되는 거야."

"돈이 없어서요. 어디서 1억만 뚝 떨어지면 시나리오에 집
중할 수 있겠는데… 형 이런 부탁드려서 죄송한데 혹시 제 시
나리오 현규씨에게 전달 가능할까요?"

자승은 내가 밀리언 필름을 소개시켜주지 않으니까 '꼴리는
영화'에 단역으로 출연했으나 지금은 스타가 되어 연락이 두절
된 현규에게 시나리오 전달을 부탁했다. 조감독 제안도 거절했
으면서 현규를 소개해달라니 어이가 없었다. 그래도 돈 빌려달
라고 하지는 않는 게 기특했다. 빌려줄 돈도 없고 거절하면 서
로 민망하니까.

"너도 알잖아? 캐스팅 제안했다가 두 번이나 까인 거. 연락
도 안 되고. 마지막 통화 때 현규 말로는 회사에서 나하고 놀
지 말라 그랬대."

"쓱. 어쩔 수 없죠. 하여간 고마워요 형. 괜한 부탁해서 미
안하고요."

"아냐. 내가 더 미안해. 그럼 시나리오 잘 써서 서로에게
미안한 일 없도록 하자."

"그럴 날이 올까요?"

훈훈한 멘트로 통화를 마무리하려고 했는데 김이 빠졌다.

"저는 이젠 더 이상 비빌 언덕도 없어요. 정 대표님에게 보

냈는데 연락도 없고….”

“그 형은 충무로에서 제일 바쁜 사람이니까 기대하진 말고. 그리고 니가 비빌 언덕이 왜 없냐. 정 안 되면 여기 와서 일해. 조감독이 시나리오가 무슨 상관이야. 돈도 없다며? 시나리오 쓰면서 조감독 한 편만 더 해.”

“그건 싫어요. 형.”

“그럼 박미나에게 보내보든가. 둘이 한 때 각별한 사이 아니었어?”

“굶어 죽으면 죽었지. 그럴 일은 없을 거에요.”

“알았고, 또 통화하자.”

전화를 끊고 나니 현규에게 시나리오를 전달해 달라는 걸 일언지하에 거절한 게 약간 후회됐다. 안 보내고 말로만 보냈다고 해도 되는 걸. 어차피 매니저 선에서 까일 게 뻔하니 안 될 거 알지만 노력하는 척이라도 했으면 고마워라도 할 테고 생색도 낼 수 있었는데….

그나저나 확실히 자승이는 난니맨 같지 않았다. 자기 작품에 이렇게까지 깊이 빠져 있는 놈이 실없이 난니맨 따위의 부캐 놀이에 한 눈 팔 여유가 있을 리 없다. 그럼 도대체 난니맨은 누구지?

박미나에게 까이고 자승이에게도 까이고 연달아 두 번을 까였더니 한동안 잠잠했던 역류성 식도염이 재발하려는지 신물이 올라왔다. 이대로는 도저히 집에 갈 수 없었다. 이 비참한 감정을 털어내야 한다. 어두컴컴한 감독방에서 박미나에게 혹독하게 까인 '버진 어게인'을 다시 한 번 빠르게 읽어보았다. 박미나의 혹평에는 역시나 동의가 되지 않았다. 지가 뭘 안다고 이래라 저래라냐.

나중에 대박나면 어떻게 복수할지 고민하고 있는데 나도 모르게 '감독인생 2회차' 다음 화를 집필하고 있었다. 이번 화에서 주인공은 전생에 자신을 무시했던 제작사 대표 이수연을 섹스로 혼내준다. 주인공이 앞으로 일어날 일들과 개봉 예정 영화들의 흥행 성적을 귀신같이 알아맞히자 콧대 높고 도도하던 수연은 주인공에게 점점 의지하게 되고 마침내 노예가 되는 전개다.

이번 화도 5000자 다 쓰고 업로드 하자마자 덧글이 달렸다. 늙은 제작사 대표는 관심 없으니 빨리 젊은 신입 피디 성연이나 따먹으라는 거다. 아이디를 보니 지난 번에 여배우 말고 신입 피디나 정복하라고 덧글을 달았던 독자와 동일 인물 같았다.

이 새끼 뭐지? 미친 놈인가? 한심하다. 이 세상에 볼 게 얼마나 많은데 19금 웹소설이나 줄창 읽는 인생이라니. 읽어주는 건 고맙지만 웹소설 주인공이 누굴 따먹든 지가 뭔 상관이란 말인가. 그래도 유료 독자이니 읽어주셔서 고맙다고 정중하게 답글을 달아주었다. 계속 안 읽어주기만 해 봐라.

길고 긴 하루였다. 첫 출근 날부터 너무 많은 일을 겪었다.

웹소설 한 회를 집필하고 나서도 집에 가고 싶지 않아 애널맨 블로그에 다음 주에 개봉할 영화 두 편의 흥행예상 평을 짤막하게 올렸다. 두 편 다 망한다로 예상했다. 내 상황이 상황인지라 남 영화들도 다 망하면 좋겠다는 희망 사항을 반영한 것일 수도 있다.

＊＊＊

일어났더니 해가 중천에 떠 있었다. 확실히 피곤했던 모양이다. 대충 씻고 허둥지둥 출근했더니 다들 사무실에서 나가는 중이었다.

"밥 먹었어?"

석 팀장이 물었다.

"아니."

"그럼 같이 먹으러 가자. 환영회도 할 겸."

맞다. 여긴 회사지. 직원들과 같이 점심을 먹어야 하는구나. 귀찮으면서도 고마웠다. 설마 감독님이라고 내가 내야 되는 건 아니겠지?

"환영회?"

"응 환영회 겸 회식. 우리는 점심 회식을 선호하거든."

석 팀장과 직원들을 따라 영화사 근처 백반집에 우르르 몰려가서 간단하게 반주를 곁들여 밥을 먹고 있으려니 과거 영

243

화사 기획팀 직원 시절이 떠올랐다.

내가 처음부터 감독의 길을 걸었던 건 아니다. 야심하게 만들었던 영화과 졸업작품이 전국의 모든 영화제 진출에 실패하는 바람에 감독의 꿈을 접고 선배가 소개시켜 준 영화사에 들어가 1년 정도 다녔었다. 감독이 꿈이었지만 영화사 직원으로 사는 것도 나쁘지 않았는데 회사가 망해버려 본의 아니게 다시 감독의 길을 걷게 된 것이다. 그때만 해도 내가 영화를 안 하면 안 했지 폭망 감독으로 살게 될 줄은 꿈에도 몰랐다.

직원들이 다음 주에 개봉할 영화들에 대해 흥행 예상을 하는 걸 듣고 있노라니 타임머신을 타고 그때 그 시절로 돌아와 있는 기분이 들었다. 그 당시엔 누구보다 흥행 예상 적중률이 높은 편이어서 반가운 마음에 직원들의 대화에 끼어들고 싶었지만 지금은 영화사 기획팀 직원이 아니라 '꼴리는 영화' 감독이라는 자괴감에 잠자코 있었다.

내가 남의 영화에 대해 무슨 말을 하든 속으로는 니 영화나 잘 만들라고 생각할 게 뻔할 것이기 때문이다. 바로 그 때 석 팀장이 최 감독도 예전에 기획팀 직원이었다고 폭로했는데 다들 별 반응이 없었다.

"애널맨은 두 편 다 망할 거라고 하던데?"

조재웅이 내가 어제 애널맨 블로그에 올린 흥행 예상 평을 언급했다. 애널맨이 네임드이긴 한가보다. 일반인은 몰라도 동종 업계 종사자들에겐 확실히 알려져 있는 듯했다. 조재웅의 말이 끝나자마자 서연이 말했다.

"걔는 맨날 망한다고만 하잖아? 누군지 정체도 모르는 사람 얘길 신경 쓸 필요 있어? 그냥 영화 좋아하는 할 일 없는 오타쿠 같던데."

서연에게 이런 까칠한 면이 있었다니.

028

처음 보는 얼굴인데 이상하게 낯이 익은 여배우 지망생

석 팀장은 서연보다 더 까칠했다.

"그보다는 영화 감독 지망생 아닐까 싶다. 일반 관객이 그러고 있으면 정말 할 일 없는 거고. 한 때 감독이었을 수도 있고."

역시 석 팀장이다. 정확히는 폭망 감독이지만 지망생이나 폭망 감독이나 그게 그거니까.

밥을 다 먹고 테이크 아웃으로 커피 한 잔을 사 들고 사무실로 들어가니 회의실에서 상큼 발랄한 웃음소리가 들려왔다. 강 대표의 호탕한 목소리도 간간히 들려오는 걸 보니 누군가와 미팅 중인듯했다. 인사할 분위기는 아닌 듯해서 감독 방에 들어가서 유튜브를 틀어놓고 한숨 돌리고 있는데 밖에서 직원들이 큰 소리로 강 대표에게 인사하는 소리가 들려왔다.

나도 나가서 인사해야 하나? 폭망 감독도 엄연히 감독인데 대표 왔다고 쪼르르 나가서 인사하는 건 쫌 아닌 것 같았다. 집에 혼자 있을 때와는 달리 회사에 나오니 생각지도 못한 불편함이 있었다. 어떻게 해야 할지 몰라 이러지도 못하고 저러지도 못하고 있는데 다행히 석 팀장이 먼저 내 방으로 오더니 소개시켜 줄 사람이 있다며 회의실로 데려가 주었다.

회의실에는 강 대표와 처음 보는 남녀가 있었다. 행색을 보니 딱 봐도 매니저와 여배우였다. 강대표는 그들을 무슨 엔터 실장과 소속 여배우라고 소개해 주었다. 여배우는 처음 보는 얼굴인데 이상하게 낯이 익었다. 강 대표는 나를 감독님이라고 소개해주었는데 무슨 영화를 만든 감독인지에 대해선 전혀 애기하지 않았다. 그냥 우리 감독님이라고만 했다.

이해는 한다. '꼴리는 영화'는 분명 내가 만든 영화가 맞지만 그걸 만든 감독이라고 하면 서로 민망할 게 뻔하고 아예 애기를 안 하면 자존감이 하락했다. 내가 그 영화 감독이라고 소개하면 반응은 셋 중 하나다. 무슨 영화인지 모르거나 모르는 척하거나 난처해하거나. 애초에 만들질 말았어야 했다. 그런데 왜 나에게 인사를 시켜준 거지? 무슨 영화를 만든 감독인지조차 알리고 싶지 않으면서? 내 마음을 아는지 모르는지 여배우는 강 대표의 말이 끝나자마자 기다렸다는듯 자리에서 일어나 씩씩하게 인사를 했다.

"감독님, 안녕하세요! 유리아에요."

눈웃음을 날려준 것까진 고마웠지만 그 짧은 와중에 내 행색을 위아래로 스캔하는 게 느껴졌다. 그제야 누구인지 기억이 났다. 강 대표가 '구멍가게' 주인공으로 추천하며 인스타까지 보여줬던 그 유리아였다.

유리아는 예쁘긴 했지만 인상이 좋진 않았고 자격지심인지는 모르겠지만 저런 것도 감독이냐는 눈빛이었다. 옆에 앉아 있는 매니저의 살짝 건들거리는 자세를 보아하니 둘은 내가 '꼴리는 영화'의 감독인 걸 아는 눈치였다. 유리아는 싼티는 나도 귀여운 맛이 있었지만 매니저는 태도가 불량해 보면 볼수록 비호감이었다.

아… 이런 애를 데리고 영화를 찍으라니… 여기가 바닥이라는 실감이 났다. 더 이상 말을 섞고 싶지 않아 빨리 나가고 싶었지만 어쩐지 잠깐이라도 앉아 있어야 할 것 같은 분위기라 유리아의 맞은 편 자리에 앉아 주었다. 강 대표는 '구멍가게'에서 유리아가 맡을 배역에 대한 이야기를 늘어놓았다. 유리아의 실물을 보니 구멍가게 여사장의 섹시한 딸 역할로 딱이라며 내 맞장구를 유도했고 나는 대충 맞장구 치는 척만 하면서 하루 빨리 여기서 나가야겠다는 다짐만 거듭했다.

유리아는 연기 경험이 전혀 없는 생짜 신인 지망생이었다. 어쩐지 연기자 포스는 전혀 느껴지지 않았고 어디서 데려왔는지는 안 들어봐도 알 것 같았다. 매니저와 강 대표의 대화를 들어보니 매니저가 자주 가던 모던바나 토킹바 같은 데서 스카우트했다는 뉘앙스였다.

유리아라는 여배우와 '구멍가게'라는 제목의 영화로 컴백했다간 내 영화 인생은 거기서 끝이다. 내가 이러려고 10년을 버틴 게 아니다. 하지만 가명으로 알바 삼아 찍는 거라면? 오랜만에 현장감도 찾을 겸? 뭐 그 정도는 나쁘지 않을 수 있겠지만… 아니다. 이젠 시간이 없다. 10년 전에도 타협을 거듭하다 폭망 감독으로 전락한 게 아닌가… 한 번만 더 그랬다간 다시는 영화를 만들 수 없을 것이다.

강 대표는 유리아와 매니저 셋이서만 할 이야기가 있다는 눈치를 줘서 나 먼저 일어나 감독방으로 돌아와 보니 책상 위엔 두툼한 시나리오 한 부가 놓여 있었다. 구창한 작가의 시나리오 '가족사냥'이었다. 양서연 피디가 출력이 완료된 걸 내 방으로 가져다 준 듯했다. 안 본 사이에 얼마나 발전했는지 궁금해서 펴 들긴 했지만 마음의 여유가 없어서인지 한 글자도 읽히지 않았다. 그래도 대충 훑어보니 날림으로 쓴 느낌은 아니었다.

"먼저 들어가보겠습니다. 감독님!"

문 밖에서 서연의 상큼한 목소리가 들렸다.

"그래요. 내일 봐요."

고마웠다. 유리아랑 '구멍가게'를 찍을지도 모르는 나 같은 것도 감독이라고 꼬박꼬박 감독님 호칭을 붙여주다니… 서연은 보면 볼 수록 유복한 집에서 곱게 잘 자란 티가 났다. '감독 인생 2회차' 아니 나의 영화 인생 시즌2의 파트너로 합격이다.

연출 제안이 온 게 '구멍가게'만 아니었다면 얼마나 행복했을까? '구멍가게' 말고 가족에게도 떳떳하게 얘기할 수 있는 작품을 최선을 다해서 준비하고 서연의 세심한 서포트를 받고 결국엔 흥행에도 성공하고! '구멍가게'를 차기작으로 고민해 보겠다는 조건으로 감독방을 차지하고 앉아 있는 내 신세가 그저 참담할 뿐이었다.

혹시 각색을 잘하면 걸작으로 거듭날 가능성이 있을지도 모르니까 다시 한번 제대로 읽어보려 했지만 '구멍가게'는 여전히 읽히지 않았고 이상하게 서연의 얼굴만 아른거렸다. 하룻밤만 기다리면 다시 볼 수 있지만 빨리 보고픈 마음에 비공개인 걸 알면서도 인스타에 들어가 봤다.

어라? 웬일인지 서연의 인스타는 다시 공개로 바뀌어 있었고 못 보던 사진이 올라와 있었다. 방금 전에 업로드된 회사 근처에 있는 카페 사진이었다. 테이블 위에 아이패드와 키보드가 놓여 있었고 하단에는 '#집필시작, #1일차'라고 적혀 있었다. 퇴근 후 바로 집에 가지 않고 카페에서 시나리오를 쓰다 집에 가려는 각오가 듬뿍 느껴졌다.

나도 모르게 하트를 누르려다 말았다. 큰일 날뻔했다. 인스타 주소를 알려준 것도 아닌데 하트를 눌렀다가는 스토커로 의심받고 계정은 다시 비공개로 닫힐지도 모른다. 설상가상 하트를 누른 계정의 주인이 같은 사무실에서 일하는 중년의 폭망 감독이라는 사실을 알면 얼마나 소름 끼칠 것인가. 절대로 내가 서연의 인스타를 염탐하고 있다는 사실을 들키면 안 된다.

다행히 내 인스타 계정에는 나의 정체가 드러날 만한 사진이 없고 아이디도 감독 최경진과는 전혀 상관없는 알파벳과 숫자의 무의미한 조합이었다. 언제 다시 서연의 인스타 계정이 비공개로 닫힐지 몰라 일일이 사진들을 캡쳐해 두었다. 백여 장에 달하는 사진들을 거의 다 저장 완료할 무렵 뜬금없이 혜나로부터 카톡이 왔다.

'감독님, 출근 잘 하셨어요? 언제 놀러갈까요?'

유리아 미팅 이후 하락한 자존감이 혜나의 카톡 덕분에 조금은 회복됐다. 만나서 대화하고 싶은 기분은 아니었으나 읽씹했다간 후환이 두려워 적당히 대응해 주었더니 일하시다 당 떨어질 때 드시라고 커피와 케이크 기프티콘을 보내주었다. 부담스러웠고 오늘따라 혜나의 플필 사진도 매력적으로 느껴지지 않았다. 자연히 서연의 인스타 사진과 비교가 되었기 때문이다. 서연의 인스타에 전념하기 위해 대화를 끊으려는데 계속해서 톡이 왔다.

'지금은 뭐 하세요?'

'식사는 하셨어요?'

'혼자세요?'

'사무실 어디에요? 주소 찍어주세요.'

혜나에겐 지난 번 대학로 일도 그렇고 고마운 게 많지만 밀리언 필름 사무실에서 만나는 건 아닌 것 같았다. 마음 같아서는 읽씹하고 숨김으로 보내버리고 싶었지만 예의상 주소까지는 알려주고 회의중이라며 대화를 마무리 지었다. 주소는 내가 숨긴다고 알 수 없는 것도 아닐 테니까. 설마 무작정 찾아오진 않겠지.

혜나와의 카톡을 마무리 짓고 다시 서연의 인스타에 집중하려는데 그새 다시 비공개로 바뀌어 있었다. 사진을 캡처해두길 잘했다. 이러지 말고 당당하게 팔로우 신청을 해 버릴까? 하지만 서연이 게시글이 하나도 없는 정체 불명 계정의 팔로우를 수락할 리가 없다. 하지만 애널맨이라면?

아까 점심 식사 때 대화를 생각해 보면 서연은 이미 애널맨의 존재에 대해 알고 있고 애널맨의 정체에 대해 그냥 영화 좋아하는 할 일 없는 오타쿠라고 했지만 어쩌면 팬일 수도 있는 것이다. 나름 파워 블로거이자 인플루언서이므로 어쩌면 팔로우를 수락해 줄 수도 있는 것이다. 바로 이거다 싶어 얼른 애널맨으로 새 인스타 계정을 만들었다.

만약 애널맨의 팔로우 신청을 수락해 준다면 나는 앞으로 서연이 인스타를 비공개로 돌려도 언제든 서연의 인스타 사진들을 감상할 수 있게 된다. 디엠을 주고 받으며 비밀 친구로 발전할 수도 있고. 생각만 해도 짜릿했다.

애널맨으로 인스타 계정을 만들자마자 곧장 서연의 비공개 인스타 계정에 팔로우 신청을 했다. 만약 수락을 해주면 감사 DM이라도 보내야 하나 고민했는데 부질없는 고민이었다. 반응이 없었다. 졸지에 서연의 계정을 힐끔거리는 수많은 발정난 똥파리들과 동급이 됐다는 자괴감이 들었다.

까인건가? 아니야. 아직 확인을 안 했을 거야. 집필에 집중하느라 인스타는 들여다볼 틈도 없는 거겠지. 갑자기 서연이 지금 뭐하고 있는지 너무 너무 궁금해졌고 우연을 가장해 카페에 가서 확인하고 싶어졌다. 불편해하는 눈치가 보이면 테이크 아웃으로 들고 나오면 되지. 잠깐 공개로 돌렸던 인스타를 스토킹해서 찾아왔다는 생각은 안 할 거야.

***

카페는 규모가 큰 편이지만 서연은 금방 찾을 수 있었다. 인스타에 올라온 사진에 있는 바로 그 자리에 앉아 있었기 때문이다. 뭔가 잘 안 풀리는지 사무실에선 보지 못한 심각한 얼굴로 아이패드 화면만 뚫어져라 응시 중이었다. 멀리서 봤지만 뭘 하는진 금방 알 수 있었다. 아이패드에 인스타 화면이 가득했기 때문이다. 애널맨의 팔로우 신청은 거부한 것이다. 하지만 괜찮다. 애널맨이 까인 거지 감독 최경진이 까인 건 아니니까.

그러고 보니 회사 밖에서 단 둘이 보는 건 이번이 처음인데 괜히 아는 척했다가 이 카페에 다신 안 오면 어떡하지? 단 둘이서는 보기 싫다는 얘기인데 데뷔작 폭망만큼이나 큰 상처가 될 것이다. 지금 이대로도 나쁘지 않은데 굳이 더 가까워지려 노력할 필요가 있을까?

　도대체 뭘 더 바라는 건데? 팔로우 신청을 거부했다는 걸 확인했으면 됐잖아? 어린 친구가 영화감독이라는 꿈을 이루겠다고 퇴근하고 집에도 안 가고 저렇게 열심인데 중년의 폭망 감독 따위가 아는 척을 하면서 방해하는 건 어른스럽지 못한 행동이다. 행여나 들킬까 봐 조용히 몸을 돌려 카페에서 나가려는데 뒤에서 서연의 목소리가 들려왔다.
　"감독님?"

029

남 영화 칭찬을 들으면 기분이 나빠진다

중년의 폭망 감독 따위와 우연히 마주치면 싫어할 줄 알았는데 서연은 나를 알아보자마자 황송하게도 자리에서 벌떡 일어나더니 내 쪽으로 다가와 주었다.

"감독님이 여긴 어떻게 오셨어요?"

"양 피디? 아니 양 피디야말로 여기는 어쩐 일이야?"

"저는 일이 좀… 아! 감독님이 출력하신 시나리오는 책상 위에 올려뒀는데 보셨어요?"

"시나리오?"

"'가족사냥'이요. 프린터에 출력되어 있더라고요."

아… 구창한 작가의 시나리오다.

"고마워. 내가 챙겼어야 되는데."

"괜찮아요. 여기서 미팅 있으세요?"

"그냥 커피가 마시고 싶어져서… 그나저나 내가 괜히 방해된 건 아닌지 모르겠네. 난 신경 쓰지 말고."

"아니에요. 사실은 저… 시나리오 쓰러 왔어요."

"기획팀에서 시나리오도 써?"

"기획팀 일은 아니고요, 쓰고 싶은 이야기가 생겨서요."

"맞다. 영화 감독이 꿈이라고 했지?"

"네."

"어쩐지 양 피디는 뭔가 다르다 했어. 모니터가 예리하더라고. 인사이트도 풍부하고. 확실히 기획팀 직원으로만 머물기엔 아까워. 감독 하면 잘 할 것 같아."

누군가의 인정에 목이 말라 있을 서연의 갈증을 채워주니 자연스럽게 수다가 봇물처럼 쏟아져 나왔다. 서연이 이렇게 말이 많은 줄은 몰랐다. 졸업작품으로 만든 단편영화 이야기부터 공모전에 냈다가 떨어진 장편 시나리오까지 하고 싶은 이야기가 끊이질 않았다.

서연의 내면에는 자신을 알아주지 않은 세상에 대한 분노가 숨어 있었다. 그리고 그 분노는 밀리언 필름에 향해 있었다. 어느덧 수다는 밀리언 필름의 석 팀장과 강 대표의 뒷담화로 옮겨갔다. 들어보니 석 팀장이 잘못한, 건 없었다. 강 대표도 마찬가지. 대표가 월급 줬으면 됐지 그 이상은 바라면 안 된다. 순전히 서연 잘못이다. 꿈은 영화 감독인데 현실은 신생 영화사 기획팀 직원이다 보니 자신을 감독으로 대접해주지 않는 세상에 불만이 많을 수 밖에 없는 것이다.

서연의 심정은 그 누구보다 내가 잘 아는 바다. 나는 밀리언 필름은 제작 능력이 검증되지 않은 신생 제작사고 강 대표의 상태를 보아하니 하루 빨리 다른 영화사로 옮기는 것만이

커리어에 좋을 것 같다고 했다. 그러자 서연은 안색이 밝아지며 석 팀장에게 절대 비밀인데 사실은 이미 연차 내고 다른 회사 면접보고 온 적도 있다고 했다. 어느 회사인지는 알려줄 수 없고 모 메이저 투자 배급사라고 했다. 영화감독이 꿈이지만 잠깐이라도 제대로 된 영화사에 다녀보고 싶다는 것이다.

나에게 밀리언 필름의 뒷담화를 시원하게 까는 걸 보면 나를 자신과 같은 편이라고 확신하는 듯 했다. 내가 밀리언 필름에서 찬밥 취급이라 그런 모양이다. 내가 석 팀장에게 고자질할 거란 생각은 조금도 안 하는 것 같았다. 물론 그럴 생각은 없다.

"에휴… 이번 생은 글렀나 봐요. 졸업 작품도 영화제 진출에 실패했고."

"에이, 그건 아니지! 졸업작품은 별로였지만 대박 감독이 된 케이스가 얼마나 많은데! 졸업작품 그깟 거 지나고 나면 아무것도 아냐. 나만 봐도 그래. 졸업작품으로 영화제 진출에는 실패했지만 감독 데뷔에는 성공했잖아?"

말해놓고 보니 나의 케이스는 서연에게 전혀 위로가 되지 않을 것 같았다. 서연의 표정이 빠르게 굳어졌다.

"감독은 시나리오를 잘 쓰면 되는 거야. 서연씨도 그 정도는 알잖아? 요즘 세상이 그래. 졸업작품 한 편 잘 만들었다고 입봉 시켜주는 시대는 우리 때 끝났어. 독립영화면 모를까."

"독립영화 준비라도 할까 봐요. 아, 맞다! 감독님 혹시 윤보영 감독님 아세요? 같은 학교시던데….”

“윤보영? 당연히 알지. 보영이 누나. 학교 같이 다녔어.”

“정말요? 제가 윤 감독님 작품 정말 좋아하거든요.”

윤보영 감독은 영화과 1년 선배이고 졸업 이후에 여성 서사 위주의 독립 단편영화를 꾸준히 만들었는데 얼굴이 보이시하면서도 매력있게 생긴 편이라 유독 여자들에게 인기가 있었다. 물론 내 스타일은 아니고 친하지도 않다. 친하지 않은 정도가 아니라 술 자리에서 젠더 문제로 논쟁을 하고 난 뒤 사이가 소원해져 버렸고 다시는 회복되지 않았다. 하지만 다 지난 얘기고 서연에게는 친한 척했다.

“나랑 친해. 새내기 때 누나 단편영화 스태프도 했었고.”

“우와, 부러워요. 윤 감독님은 학교 다닐 때 어떠셨어요?”

“당차고 야무졌지. 나중에 누나 만나면 얘기해 줄게. 울 회사 피디가 누나 팬이라고.”

“그래주시면 정말 감사하죠! 제 롤 모델인걸요.”

“단편영화 감독이 꿈이었어?”

“그건 아니고요. 단편영화로 시작해서 장편영화로 진출하고 싶었거든요. 윤 감독님처럼.”

그렇구나… 나도 감독이지만 서연에게 나는 롤 모델도 좋아하는 감독도 아니었다. 하기야 폭망 감독 주제에 너무 많은 걸 바라면 안 된다. 이렇게 상대해 주는 것만으로 감사하게 생각하자. 윤 감독은 한국영화계에선 보기 드물게 꾸준히 활동하는 여자 감독이니까 롤 모델인 거겠지. 비록 쉰 지는 좀 됐지만.

"누나가 쉰 지 좀 오래됐는데 용케 기억하고 있네?"

"아니에요. 얼마 전에 영진위 제작 지원 받아서 한 편 찍으셨어요. 건너 건너 아는 애가 그 영화 스크립터였거든요."

"단편영화 만들어봤자지."

"이번에 만드신 건 장편이에요. 얼마 전에 어디 올라온 인터뷰 보니까 영화제 먼저 돌고 개봉 할 거라던데요? 영화도 잘 나왔대요."

"아 그랬구나. 잘하고 있네."

순간 짜증이 확 치밀어 오르며 속이 뒤틀렸다. 남 영화 칭찬을 들으면 기분이 나빠진다. 이 좋은 날 왜 쓸데없이 윤보영 칭찬을 들어야 하는 거지?

"저는 윤 감독님처럼 단편영화부터 시작할 자신은 없고… 그래서 장편 시나리오를 쓰고 있거든요. 그런데 공모전에는 왜 맨날 떨어지는 걸까요?"

"에이, 공모전은 운빨이야. 절대 공모전에 일희일비하지 마. 공모전 된다고 데뷔하는 것도 아니고 공모전에 중독되면 계속 공모전에만 매달리게 돼. 공모전 중독되면 답도 없는 거 알지? 그리고 내가 공모전 심사에도 참여해 본 적이 있어서 아는데 될 성 싶은 작품은 심사위원들이 아이템만 몰래 빼 가. 상 주면 자기 마음대로 못하니까."

심사위원으로 참여한 적은 없지만 임문호 감독이 공모전 심

사위원으로 참여했을 때 도운 적은 있으니 아주 거짓말은 아
니다.

"그러면 어떡해야 될까요? 단편은 엄두가 안나고 장편은 맨
날 떨어지고…."

"가장 확실한 건 키맨을 만나는 거지."

"키맨이요?"

"응. 양 피디 아니 양 감독 작품을 메이드 시켜줄 사람."

"그런 사람을 어떻게 만나요?"

은근슬쩍 내가 얼마나 대단한 사람들을 알고 있는지 인맥
자랑을 시작했다. 서연보다 더 오래 살았으니 인맥이 넓은 건
당연하다. 그런데 서연도 영화과 출신답게 은근히 발이 넓었
다. 대부분 서연의 졸업 작품을 도와준 오빠들이라고 했다.

뭐 예쁘니까 당연하지. 은근히 질투심이 자극되었다. 설마
도발하는 건가? 나도 그 오빠들 중 하나가 되라는 거야? 나한
테 아는 오빠들 자랑을 왜 하는 거지? 뭔가 좀 착각하는 것
같았다. 내가 발정 난 이십 대도 아니고 예쁘장한 여자애가 눈
웃음 좀 친다고 간이고 쓸개고 다 빼줄 정도로 어리숙해 보인
걸까?

"감독님! 혹시 제 시나리오 한번 봐주실 수 있으세요?"

걸렸다! 카페까지 온 보람이 있었다.

"단편?"

"아니에요. 장편요. 지금 쓰고 있는 거요. 거의 완성했거든

요."

"영광인 걸? 얼른 보내줘."

"이메일로 보내드리면 될까요?"

"그래. 천천히 보내줘도 돼. 너무 서두르지 말고."

마음 같아선 술 한 잔 하면서 작품 이야기를 나눠보고 싶었지만 오늘만 날은 아니니 여기까지만 하는 게 적절해 보였다. 길게 보고 서두르지 말자.

"꼭 읽어주실 거죠? 진짜 감독님에게 모니터를 받는 건 처음이에요!"

"그렇구나… 나라도 괜찮다면야….."

"당연히 괜찮죠! 감독님 정도면 차고 넘치세요!"

어깨가 으쓱해지며 서연을 파트너로 한 감독 인생 2회차가 펼쳐졌다. 시나리오 모니터를 계기로 친해진 다음 차기작 들어가면 스크립터로 인연을 이어가고 은근슬쩍 썸을 타다가 관계가 깊어지면 아내와는 어떡하지? 유정이 순순히 이혼해 줄까? 세미는 가만있지 않을 텐데… 막상 이혼까지 했는데 서연이 변심한다면? 아니야 서연이 그럴 리가 없어. 하지만 결혼에 골인한다 해도 서연도 여자인데 뭐 다른 게 있을까?

남자와 여자 둘이서 커피를 마시며 화기애애하게 대화를 나누었으니 다음은 술집으로 자리를 옮기게 될 줄 알았는데 서연은 약속이 있다며 짐을 챙겨 곧장 자리에서 일어났다. 카페에서 나가는 서연의 뒷모습을 바라보고 있자니 마치 닭 쫓던

개가 된 기분이었다. 오늘은 내가 이 구역의 루저구나.

내가 졌다. 서연이 진짜로 약속이 있는지 누구를 만나러 갔는진 모르겠지만 내가 진 것이다. 만약 내가 폭망 감독이 아니라 잘 나가는 감독이었어도 이렇게 일말의 여지도 주지 않고 집으로 가 버렸을까? 그러길 바랄 뿐이다. 폭망 감독과 단 둘이 있고 싶지 않아 먼저 자리에서 일어난 것은 아닐 것이다. 그래도 성과가 없진 않았다. 서연이 시나리오를 보내준다고 했으니 앞으로는 영화사 직원과 감독 말고 시나리오 모니터를 핑계로 관계를 이어갈 수 있는 것이다.

서연의 얼굴이 눈 앞에 아른거리는 채로 집에 가고 싶지는 않았다. 소주 한 잔이 간절했는데 동민과는 아니었고 석 팀장은 부담스러웠다. 괜히 이 시간에 불러 냈다간 그 따위로 일하면 차기작은 영영 못 만들거란 잔소리나 들을 게 뻔했다. 니가 왜 데뷔작부터 폭망하고 지금까지 안 됐는지 아냐는 따위의 들으나마나 한 소리 역시 듣고 싶지 않았다.

하지만 혜나라면 어떨까? 곧장 혜나에게 전화를 걸어보았다. 마침 혜나에겐 동민 관련해서 입을 맞춰둬야 할 필요도 있었다.

"네, 감독님!"

혜나는 내 전화를 받자마자 '감독님'이라고 불러주었고 덕분에 서연이 나랑 술까지는 안 마셔주고 집에 가 버리는 바람에 하락한 자존감이 불끈 상승했다. 혜나는 술집에 있는 듯 주변이 시끌벅적했지만 내가 할 이야기가 있으니 잠깐 회사 근처 카페로 와 줄 수 있냐니까 일말의 고민도 없이 그러겠다고 했다.

＊＊＊

혜나는 카페로 들어올 때부터 이미 술에 취해 있었다. 멀리서부터 술냄새가 풀풀 났고 얼굴은 발그스레 달아올라 있었다. 나는 혜나가 맞은 편에 앉자마자 곧장 본론으로 들어갔다.

"동민이 때문인데… 우리 사이를 의심하는 것 같아. 혜나씨랑 잤냐고 물어보더라고."

"그래서요?"

"안 잤다고 했지. 그러니까 입을 맞춰줬으면 좋겠어."

"맞춰드릴 순 있는데 왜 그래야 되죠?"

"그거야… 나는 감독이고 자기는 여배우니까."

"알았어요. 맞춰드릴게요."

혜나는 내 옆에 와 앉더니 입술 위로 쪽하고 뽀뽀를 해 주었다. 싫지는 않았지만 화들짝 놀라는 척하면서 주변을 살피는 시늉을 했다.

"미쳤어? 누가 보면 어쩌려고! 여긴 회사 근처야!"

"입을 맞춰달라면서요?"

030

감독님은 니가 감독이라고 생각해?

아재 개그였지만 혜나가 하니까 귀여웠다. "아니… 그 입 말고…"라며 어처구니 없는 웃음을 흘리자 이번엔 볼에 뽀뽀를 해 주었다. 다행히 손님이 우리 말고는 없었지만 회사 근처 카페에서 이러면 안될 것 같아 소극적으로 저항했으나 혜나의 얼굴 위로 동민의 얼굴이 아른거려서인지 더 짜릿했다. 나는 의리도 없는 나쁜 놈이다.

그런데 만약 캐스팅 안 시켜주면 어떻게 되는 거지? 에라 모르겠다. 어차피 '구멍가게'는 십중팔구 엎어질 것이다. 엎어 지는 게 내 잘못은 아니잖아? 메이드가 됐는데 캐스팅을 안 시켜주면 나쁜 놈이지만 엎어지면 캐스팅을 안 시켜주는 게 아니라 못 시켜주는 거니까 이해해 줄 것이다. 괜찮다. 어차피 엎어질 거니까. '구멍가게' 따위가 메이드될 리가 없지. 아무렴 그렇고 말고.

"영업 끝날 시간이 돼서요."

카페 알바의 말에 우리는 일어날 준비를 했다. 여기서 끝일 순 없고 어디론가 가서 하던 일을 계속해야 하는데 할 이야기가 있다고 불러놓곤 모텔로 가기는 좀 그랬다. 양아치도 아니고.

"회사 구경할래?"

"좋아요!"

우리는 후끈 달아오른 채 곧장 카페에서 나와 밀리언 필름으로 직행했다. 혜나가 영화사 구경을 원하는 눈치여서 어쩔 도리가 없었지만 출근한지 이틀만에 여배우를 불러들이다니… 양아치가 된 기분이었다. 강 대표와 심동민 그리고 이유는 모르겠지만 석 팀장에게까지 미안했지만 잘 생각해보면 감독이 배우와의 미팅을 회사에서 하는 게 이상한 건 아니다.

혜나는 엄연히 데뷔까지 한 여배우고 본인이 싫다고만 하지 않는다면 밀리언 필름의 차기작 '구멍가게'에 캐스팅이 될 수도 있으니 나는 감독 일을 하고 있는 것이다. 그리고 석 팀장은 몰라도 강 대표는 남자니까 나를 이해해 줄 것이다.

* * *

섹스는 감독 방에서 했다.

혜나의 얼굴 위로 이번에는 동민에 이어 서연의 얼굴까지 아른거렸고 서연과도 언젠가 이럴 날이 오면 어떡하나… 상상만 해도 짜릿했지만 일을 치르고 나자 극심한 자괴감이 밀려왔고 금방이라도 누가 들어올까 봐 불안 초조해졌다. 이게 다

서연 때문이다. 아까 얄밉게 집에 가 버리지만 않았어도 꿩 대신 닭 쫓는 심정으로 혜나를 부르진 않았을 것이다. 다시는 이러지 않겠다고 다짐하며 옷을 주섬주섬 챙겨 입는데 혜나가 입을 열었다. 처음 듣는 저음이었다.

"감독님. 나 궁금한 거 있는데 물어봐도 돼?"

"당연하지. 얼마든지 물어봐."

"우리 무슨 사이야?"

"무슨 사이긴… 감독과 배우 사이?"

처음 듣는 저음에 독기서린 반말까지 기분이 좋진 않았고 드디어 올 게 왔구나 싶었다.

"감독님한테 난 뭐냐니까?"

"배우."

"아하… 배우 겸 섹파? 노리개? 아니면 그냥 먹버?"

"먹버라니! 내가 그럴 사람으로 보여?"

"그러면 왜 그 날 이후 연락 안 했어?"

"오늘 했잖아!"

먹버라고 생각할 줄은 몰랐는데 갑자기 후환이 두려워졌다. 혜나를 쿨한 여자라고 생각한 내 잘못이다.

"며칠이나 지났는 줄 알아?"

"이거 왜 이래? 쿨하지 못하게스리…."

"됐다. 연락한 건 사실이니까. 나 사무실 구경해도 되지?"

내 허락도 구하지 않고 팬티와 브라 차림으로 직원들 책상과 강 대표 방까지 둘러보는 혜나가 무서웠다. 뭔가를 잘못 먹고 뒤탈이 나기 직전인 기분이었다.

"별거 없네… 그럼 가 볼게요. 감독님!"

"그… 그래. 연락할게."

"그러시든가."

혜나는 옷을 챙겨 입고는 누군가와 통화를 하며 밖으로 나갔다. 창밖을 내다보니 건물 앞에 검정색 카니발 한 대가 정차 중이었고 혜나가 차에 오르자 냉큼 어디론가 가버렸다. 방금 통화했던 누군가가 차로 데리러 온 것 같았다. 설마 이 근처에서 나와의 미팅이 끝나길 기다리고 있던 건 아니겠지? 누군지는 몰라도 혜나를 데리러 여기까지 왔다는 건 나와의 관계도 알고 있다는 뜻이다.

어쩐지 혜나와의 관계가 우리 둘만의 비밀이 아닌 것 같아 등줄기가 서늘해졌고 아뿔싸! 사무실에 CCTV가 있으면 어떡하나 걱정이 돼서 이곳 저곳 살펴봤지만 다행히 카메라 비슷한 것도 보이지 않았다. 혹시나 불미스러운 흔적이 남아 있나 꼼꼼히 확인하고 있는데 서연에게서 카톡이 왔다.

'감독님! 서연입니다. 시나리오 보내드렸습니다.'

혜나와 있을 땐 실시간으로 기를 빨려 피곤했는데 서연과는 카톡만 주고 받아도 재충전된 기분이었다. 얼른 확인해 보니 처음 보는 주소로부터 메일이 와 있었다. '서연입니다. 시나리오 보내드려요.' 제목을 보니 서연의 메일이긴 했는데 주소가

밀리언 필름 이메일이 아니라 네이버로 끝나는 개인 이메일이
었다.

　개인 이메일로 시나리오를 보냈다는 건 이제부터 우리의 관
계가 공적이 아니라 사적이라는 뜻이다. 그리고 자세히 보니
메일 아이디도 회사 이메일의 아이디와는 달랐다. 이 아이디를
이용하면 서연의 인터넷 흔적들을 찾아낼 수 있으리란 생각에
정신이 번쩍 들었다.

　역시나 서연에겐 만든 지 오래된 네이버 블로그가 있었다.
역사가 오래됐다 보니 흥미로운 사진들이 많았고 나에겐 도파
민 창고 그 자체였다. 구글링을 해보니 온갖 커뮤니티 카페에
올린 글들까지 검색되었다. 자기 시나리오를 쓰려는 감독 지망
생답게 작가 카페에도 가입되어 있었고 공모전 공고마다 좋아
요가 눌러져 있었다. 그 중에는 내가 몇 달 전에 응모했던 시
나리오 공모전도 있었다.

　서연과 나는 감독과 피디 관계이기도 하지만 시나리오 공모
전 리그에선 경쟁자였다. 만약 내가 떨어진 공모전에 서연이
당선된다면? 아무리 공모전이 운빨이어도 그 꼴은 못 견딜 것
같은데… 아니다. 괜찮다. 내가 이 공모전에 응모했다는 사실
만 모르면 된다. 비밀로 하길 잘했다.

　슬슬 발표 시기가 된 것 같아 공모전 싸이트에 들어가 보
니 수상작 발표 페이지가 팝업 창으로 떠있었고 내 이름은 없
었다. 어쩐지 사전 연락이 없다 했다. 보통 공모전에서는 수상

작 발표 최소 2주일 전에 개별 연락을 준다. 공모전에 응모한 작품이 다른 공모전에 당선됐든가 제작사에 팔렸을 수도 있기 때문이다. 그래서 나는 부재중 전화는 어지간하면 다 받는 편이다.

다시 한번 확인했지만 수상작 발표 페이지에 내 이름은 물론 내가 응모한 작품 제목도 없었다. 현대 사회의 소외와 갑질에 대한 이야기로 나름 자신이 있었는데 심사평에서조차 언급되어 있지 않았다. 아직까지 연락이 없었다는 사실만으로 짐작은 했지만 막상 탈락 확인 사살을 하고 나니 속이 뒤틀렸다.

상금 1억이면 밀린 카드빚 갚고 그동안 사고 싶었던 것들 다 사고 가족들 선물 주고 해외 여행을 다녀오고도 돈이 남았을 것이다. 상금으로 끝이 아니라 제작사와 각본 감독 계약 진행까지 성공한다면 계약금까지 들어온다. 하지만 다 나와는 상관없는 이야기가 되어버렸다.

나는 유독 공모전과는 인연이 없는 편이다. 기성 감독으로서 부끄러운 얘기지만 단 한번도 공모전에 당선된 적이 없다. 폭망 감독이라도 감독은 감독이니 시나리오 공모전 따위에선 언젠가 한번은 당선될 줄 알았는데 아직까진 인연이 없다. 생각하면 할수록 분했다. 폭망은 했지만 객관적으로 생각해도 엄연히 극장 개봉까지 시킨 기성 감독이 집필한 오리지널 시나리오가 그렇게 허접할 리가 없다.

분명 심사위원들이 보는 눈이 없는 것이다. 도대체 어떤 놈들이 심사했는지 예심 심사위원 명단을 확인해 보니 낯익은 이름 몇 개와 박미나의 이름이 있다. 아, 망신도 이런 개망신이 없다. 박미나는 부디 내가 응모했다는 사실을 몰라야 한다. '버진 어게인'을 냈다간 큰일 날뻔했다.

박미나가 심사위원인 줄 알았으면 상금이 10억이어도 응모하지 않았을 것이다. 공모전 말고 바로 정동섭 대표님한테 보낼 걸 그랬다. 임 감독 장례식장에서 만났을 때 친하다고 해도 된다는 허락은 받았다만 쪽팔리게는 하지 말랬으니 이번 시나리오는 안 보내길 잘 했다. 이딴 허접한 공모전에도 떨어질 정도의 시나리오를 보냈다간 욕만 처먹었을 것이다. 진짜 자신있는 작품이 생기면 보내자.

공모전 탈락의 슬픔과 분노는 서연의 블로그가 달래주었다. 서연은 얌전하고 조용한 사무실에서의 이미지와는 달리 블로그에서는 발랄 명랑 오지랖 그 자체였다. 해외 휴양지에서 비키니 수영복을 입고 찍은 사진도 있었고 지인들과의 댓글 소통도 활발했다. 유튜브 채널도 있었다. 본인이 만든 단편영화가 올라와 있었고 영화사 직원 브이로그도 있었다. 영상 속의 서연은 본인이 예쁜 걸 잘 알고 있는 느낌이었다.

문득 이 많은 사진과 영상들을 누가 찍어줬을지 궁금해졌다. 십중팔구 남자 친구가 찍어줬을 법했지만 남자 친구 사진은 한 장도 없었다. 이 정도 외모와 성격이면 없을 리가 없는데 흔적조차 찾아볼 수 없었다. 서연의 온라인 흔적을 샅샅이 뒤진 후 설레는 마음으로 시나리오 파일을 열어보았다.

　제목은 '남친이 상했다'. 대충 읽어보니 정체불명 바이러스로 인해 지구가 멸망한 이후 나쁜 남자들이 지배하는 세상에서 착한 여자들끼리 연대하며 살아가는 이야기였다. 요즘 같이 젠더 갈등이 극심한 시대에 참으로 시의적절한 이야기였지만 서연은 스토리텔러로서의 재능이 없는 건 물론이고 여러모로 부족한 점이 많았다. 다행이었다. 천재적인 재능의 소유자라면 폭망 감독의 조언 따위는 필요로 하지 않을 것이기 때문이다. 이런 듣보잡 신생 영화사에서 만날 일도 없었겠지.

　'남친이 상했다'에 대해선 할 말이 없었다. 영화감독 지망생으로서의 미래가 걱정되지도 않았다. 부잣집 외동딸이라고 하지 않았나? 게다가 얼굴도 예쁜데 굳이 시나리오까지 잘 쓸 필요는 없다. 관상과 작품을 보아하니 영화 하겠다고 몇 년 버티다 다른 일 찾아볼 운명일 듯 했다. 밀리언 필름 따위는 몇 년 다니고 말 테니 굳이 쓴소리 할 필요도 없다. 괜히 너는 감독은 아닌 것 같다고 했다가 제2의 박미나 밖에 더 되겠는가. 내일 회사에서 만나면 듣기 좋은 소리나 몇 마디 해 줘야겠다. 무슨 말을 해 줘야 나에 대한 호감도가 높아질까 고민하고 있는데 카톡이 왔다. 서연인 줄 알았는데 혜나였다.

　'감독님은 니가 감독이라고 생각해?'

　혜나가 흑화했다. 감독과 배우 사이의 선을 넘은 것이다. 한번 감독이라고 영원히 감독은 아니니까 정신차리고 열심히 하라는 뜻인가? 아니면 폭망 감독이라고 막 나가자는 건가? 폭망 감독 주제에 까불지 말라고?

당연히 나는 감독이라고 생각하지만 감독이라고 생각한다고 답을 보내기엔 가오가 떨어지고 감독이 아니라고 생각한다고 답을 하기도 애매했다. 무엇보다 흑화한 여배우와 말싸움을 하다간 이보다 더 험한 꼴이 기다리고 있을 것 같아 읽씹해버렸다. 후환이 두려웠지만 '구멍가게'는 어차피 엎어질 것이고 혜나는 다시 안 보면 그만이다.

031

10년 전에 쓴 시나리오를 매년 제목만 고쳐서 응모 중

폭망 감독 주제에 후환 걱정은 사치다. 어차피 당분간은 잘 나갈 일도 없을 것이다. 차기작도 기약이 없다. 밀리언 필름에선 안 될 것이다. 여기선 서연만 건져도 남는 장사다. '구멍가게'는 대충 회의만 참석하면서 캐스팅 진행 상황만 두고 봐야겠다. 제대로 된 배우가 출연할 일은 없으니 배우 핑계로 거절하기 위해서다.

'유리아'를 주인공으로는 안된다고 할 것이다. 차라리 흑화한 혜나가 낫다. 그리고 내가 누구 좋으라고 온갖 험한 꼴을 감내하며 떡 영화를 또 만드나. 그런 건 안 만드는 게 낫다. 밀리언 필름과의 계약 기간은 얼마 남지도 않았고 끝날 때까지 버티는 건 일도 아니다. 대충 시나리오 고치는 척하면서 시간만 끌어야겠다.

'구멍가게' 따위에 내 소중한 인생을 낭비할 수는 없으니 잡일은 조감독에게 맡기고 난 내 오리지널 시나리오와 서연과의 라포 형성에 전념할 것이다. 빨리 조감독이나 구해달라고 해야겠는데 조감독으로는 여러모로 내 사정을 잘 알아줄 자승이 말고는 대안이 없다. 조감독 딱 한 편만 더 하라고 내일 다시 연락해 봐야지.

시나리오 공모전에서 떨어지고 감독으로 잘 나갈 일도 없다고 생각하니 도대체 이 나이 먹을 때까지 뭘 한 건지 한심하고 너무너무 쪽팔렸다. 쪽팔림은 나누면 반이 된다. 쪽팔림을 나누기엔 뭐니뭐니해도 나보다 못난 동민이 딱이다. 동민은 감독 지망생임과 동시에 공모전 지망생이기도 하다. 졸업과 동시에 거의 모든 공모전에 꼬박꼬박 작품을 응모했지만 당연히 당선 경력은 없다.

이번 시나리오 공모전에서도 동민의 이름은 수상자 명단에 없으니 지금쯤 나처럼 쪽팔림과 분노를 주체하지 못하고 있을 것이다. 동민은 내가 응모했다는 사실을 모른다. 동민을 불러내서 위로하는 척하면서 약을 올려야겠다. 전화하니 바로 받았다.

"왜?"

"목소리에 기운이 없네? 무슨 일 있어?"

"없다."

"설마 공모전 떨어져서 그런 건 아니겠지?"

"발표났어? 떨어진 줄도 몰랐네."

나는 심동민이 이미 떨어졌다는 사실을 알고 있다는 사실을 알고 있다.

"기운 내라. 심사위원들이 보는 눈이 없어서 그런 거야."

"애초에 기대도 안 했어. 야, 너 전화 잘 했다. 물어볼 게 있는데 내일 시간 돼?"

"시간이야 되지. 사무실 놀러오려고?"

"응. 주소 찍어줘."

전화를 끊고 동민에게 주소를 보낸 뒤 책상 위가 허전해서 뭔가 했는데 서연이 출력해서 갖다 준 구창한 작가의 시나리오가 보이질 않았다. 분명히 책상 위에 놓여 있던 것 같은데 어디로 갔지? 누가 이면지인 줄 알고 버렸냐? 아니면 유출?

덜컥 겁이 나서 늦은 시간이었지만 서연에게 톡으로 내 책상 위에 있던 구 작가의 시나리오 누가 가져갔냐고 물어보니 석 팀장이 가져갔다고 했다. 어디론가 유출됐다가 아이템을 도용당하는 최악의 시나리오가 펼쳐지면 어떡하나 걱정했는데 다행이었다. 구 작가를 두 번 죽일 순 없다.

* * *

동민은 점심 시간 한참 전에 사무실 근처에 도착했다고 전화를 했지만 올라오라고는 하지 않았다. 영화사 직원들에게 동민의 존재를 알리고 싶진 않았기 때문이다. 누구냐고 물어보면 17년차 감독 지망생이라고 해야 하는데 끼리끼리 어울린다고 나까지 동민과 동급으로 볼까 봐서이다. 17년차 감독 준비생이자 만년 공모전 중독자가 친구라는 사실을 알면 나에 대한 존경심이 떨어질 것이다. 다른 직원들은 몰라도 서연에게만큼은 감독 지망생과 어울리는 꼴을 들키고 싶지 않았다.

혹시나 사무실로 올라오겠다고 할까 봐 얼른 1층으로 내려가서 저 멀리 동민이 보이자마자 잽싸게 근처 부대찌개 집으로 데려갔다.

"왤케 일찍 왔어?"

"지하철 덜 붐빌 때 움직여야지."

"물어본다는 게 뭐야?"

"밥부터 먹자. 법카 있지?"

법카로 부대찌개를 사 주고 부대찌개 집보다 회사에서 더 멀리 떨어진 곳에 위치한 카페로 자리를 옮겼다. 동민은 가까운 카페로 가지 왤케 멀리 가냐고 투덜댔다. 나는 커피가 맛있기 때문이라고 둘러댔지만 사실은 회사 근처 카페엔 회사 사람들이 들를 수도 있기 때문이다.

예상대로 동민은 공모전 탈락 사실 확인 후 자학 모드였다.

"내 인생 마지막 공모전이었는데…."

"그 얘기 한 지 십 년 넘지 않았냐?"

"그랬지."

"만약 누군가 10년 전의 너에게 앞으로 너는 10년 내내 공모전에 응모하는데 계속 떨어지기만 할 거라고 얘기해 주면 어떡할 거냐?"

"닥쳐. 넌 꼭 내가 떨어졌다고 하면 그 소리 하더라? 너는 어떡할 건데? 20년 전의 너에게 10년 뒤에 데뷔하는데 폭망하고 10년 동안 차기작을 못 만든다고 얘기해 준다면?”

“내가 먼저 물어봤으니까 니가 먼저 대답해야지.”

“그만 하자. 하루 이틀도 아니고… 재미도 없고 기운만 빠지고.”

“흠흠… 이번엔 뭐 넀어? 설마 또 그거 낸 건 아니지?”

동민이는 언제 썼는지도 모를 시나리오를 십여 년째 매년 제목만 고쳐서 응모 중이다. 나쁜 선택은 아니다. 언젠간 동민의 시나리오를 알아보는 심사위원이 나타날 수도 있으니까. 그리고 올해가 마지막이라 했지만 백프로 내년에도 낼 것이다. 동민도 그 사실을 알고 있다.

동민이 공모전에서 탈락한 이야기를 했으니 공평하게 나는 자승에게 조감독 제안했다 까인 이야기를 해 주었다. 시나리오도 못 쓰는 주제에 무슨 감독을 한다고 어이가 없네 어쩌구저쩌구 자승의 뒷담화를 깠는데 맞장구를 쳐 줄 줄 알았던 동민은 예상 외로 자승의 편을 들어주었다.

“그럴 만하지. 자승이도 이제 나이가 있는데 조감독 하고 싶겠냐. 우리 다 감독하려고 영화과 온 거잖아.”

“감독은 아무나 하냐? 기껏 지 생각해서 조감독 일자리라도 주면 고마운 줄 알아야지.”

“니가 이해해라.”

“이해 못하지.”

"너도 조감독 하기 싫다고 임 감독님이랑 의절한 거잖아."

말문이 막혔다. 동민이 이래서 안 되는 거다. 사회 생활을 하다 보면 때로는 적당히 맞장구를 쳐줘야 할 때가 있는 법인데 동민의 사전에는 맞장구라는 단어 자체가 없다. 공감 능력이 떨어지는 것이다. 조선 시대에 태어났다면 목에 칼이 들어와도 옳은 소리만 하다가 옥사할 스타일이었다.

그리고 내가 임 감독과 의절한 건 꼭 조감독이 하기 싫어서는 아니었다. 너무 오래 같이 지내다 보니 점점 공과 사의 경계가 무뎌지며 무슨 조선시대 노비 부리듯 오만가지 잡일을 다 시켰기 때문이다. 용돈이라도 적당히 챙겨줬으면 모르겠는데 그것도 아니었다. 자기 말 잘 들으면 언젠가 감독 데뷔시켜 주겠다는 게 당근의 전부였다. 그럴 능력도 없으면서 지가 뭐라고.

갑자기 잊고 있던 임 감독과의 더러운 기억들이 떠올라 짜증이 확 밀려왔지만 동민과 입씨름을 하려고 부른 건 아니니 슬그머니 뒷담화의 대상을 박미나로 바꿔보았다. 동민도 박미나에 대한 감정이 썩 좋은 편은 아니었다.

"지숙이가 그렇게 잘 나가?"

박미나 얘기를 꺼내자마자 대뜸 지숙이라는 박미나의 개명 전 이름이 튀어나오는 걸 보니 이제야 제대로 된 공공의 적이 등장했구나 싶었다. 박미나의 원래 이름은 지숙이다. 하지만 지숙이라는 이름은 촌스럽다고 생각했는지 2학년 때인가 휴학

후 6개월간 미국으로 어학연수를 다녀오면서부터는 지숙 말고 미나라고 불러 달라고 했다. 착한 아이들은 지숙의 부탁대로 박미나라고 불러주었지만 나와 동민을 포함한 몇몇은 꿋꿋이 지숙이라는 이름을 고집했다.

엄연히 지숙이라는 부모님이 지어준 한국 이름이 있는데 미나라는 국적 불명의 이름으로 불러달라니 기도 차지 않았다. 이름이 장난이야? 사실은 나도 지숙이를 박미나라고 불러준 건 그리 오래되지 않았다. 데뷔작이 폭망하지만 않았어도 계속 지숙이라고 불렀을 것이다.

아마도 지숙이는 그 사실을 알고 내가 부탁한 시나리오에 대해 혹평을 퍼부은 것일 수도 있다. 지숙이는 대학 때도 눈치 하나만큼은 기가 막히게 빨랐다. 지금은 사회 생활을 했으니 더 업그레이드됐을 것이다. 내가 지숙이 얼마나 잘 나가는지에 대해 브리핑을 해 주자 동민은 한숨을 내쉬었다.

"아… 우리가 어쩌다 이렇게 됐냐. 지숙이에 비하면 우리는 발가락의 때만도 못한 존재들이겠지?"

"야, 우리라니! 난 그래도 데뷔는 했잖아. 너는 몰라도 나는 지숙이 발가락의 때는 될 껄?"

"글쎄다. 안 하느니만 못한 데뷔였다고 본다. 폭망 감독보다는 감독 지망생이 낫지. 긁지 않은 복권인 거잖아? 그리고 공모전에 당선만 돼 봐라. 바로 몸값 오르면서 여기저기서 엄청 찾을 걸? 폭망 감독은 그럴 일 자체가 없잖아."

순간 한 소리 해주려다가 꾹 참았다. 이 놈은 이래서 손절 저 놈은 저래서 손절하다 보니 이제는 주변에 친구가 거의 남지 않았다. 아무 용건 없이도 편하게 불러낼 수 있는 친구는 이제 동민뿐이다. 동민의 자존심에 스크래치 내는 건 일도 아니지만 이 타이밍에 발끈했다간 우월감을 느끼며 하대할 수 있는 유일한 친구를 잃을 수도 있다. 동병상련, 유유상종이 불가능해지는 것이다. 하지만 우리의 우정은 시한부다. 동민이 시나리오 공모천에 당선되는 날 또는 내 차기작이 극장에 걸리는 날 끝날 것이다.

그리 멀지 않았다고 본다. 공모전 당선이나 차기작 개봉 같은 사건이 아니라도 점점 할 말이 없어지고 있는 중이다. 잘나가는 친구와는 카톡 하나만 주고 받아도 보람있고 뿌듯한데 동민과는 만나면 만날 수록 무기력해졌다. 일 없이 만나는 것까진 좋은데 맨날 시나리오 공모전이나 지원 사업 소식 아님 서연들 뒷담화만 까다 보니 헤어지고 나면 뒷맛이 개운치가 않았다.

"그래도 나는 니가 부러워. 폭망했지만 데뷔도 했고 감독방도 있고…."

"그러면 잘 써 봐. 잘 쓰면 다 해결돼."

"쓰고 있어."

"제목만 고치는 거 말고."

"진짜 쓰고 있어."

“뭐 쓰는데?”

“공모전에 냈던 거 고치고 있는데 완전 대공사여서 신작이나 다름없어. 이번에도 안 되면 정말 접는다. 내년에 마지막으로 딱 한번만 더 내보려고.”

공모전은 올해가 마지막이라는 얘기를 십여 년째 듣고 있지만 모르는 척 넘어가 주었다.

“이제 그건 접고 새로 써. 아님 보여줘 봐. 진짜 신작이나 다름없는지 견적 내줄게.”

“됐어. 니 얘기 들으면 힘만 빠져.”

“내 얘기는 힘 빠지고 시나리오 스터디 지망생들 얘기 들으면 기운이 나냐?”

“그냥 지망생들은 아니지. 대부분 공모전 당선이나 제작사 계약 경력은 있으니까.”

“그래봤자 지망생이지. 맨날 망생이들끼리 스터디만 하면 뭐 하냐? 지겹지도 않냐? 필드의 현역 영화인 얘기를 들어야 할 거 아냐?”

“됐어, 꺼져.”

나도 한 때는 잠깐이지만 시나리오 스터디를 했었다. 임 감독 연출부 생활을 하기 전이다.

032

죽기 전엔 끝나지 않는 망생이 라이프

시나리오 스터디가 즐거운 나이가 있다.

이십 대 후반에서 늦어도 삼십 대 초반까지. 영화라는 같은 꿈을 꾸는 동료들과 모여 서로의 작품에 대해 이야기해 주고 합평이 끝나면 자리를 옮겨서 술을 마시고 니가 맞네 내가 맞네 토론하고 티격태격하고 그러다 눈이 맞으면 연애도 하고…. 신선 놀음에 도끼 자루 썩는 줄 모른다고 언젠가는 되겠지 넋놓고 있다 보면 3~5년은 금방이다.

시나리오 공모전은 매년 열리니까 내년에는 당선될 것 같지만 냉정하게 잘 생각해 보고 영영 안 될 것 같거나 선배 당선자들의 근황을 조사해 보고 당선돼도 별 게 없겠다 싶으면 하루 빨리 포기해야 한다. 미련을 버리지 못하고 버티다 나이만 먹으면 그때부턴 할 일이 없어서 죽기 전까지 망생이 짓만 해야 하는 울며 겨자 먹는 현실이 펼쳐진다.

동민이 딱 그 꼴이다. 나는 안될 것 같다 싶을 때 바로 연출부로 노선을 변경한 덕분에 공식적으로는 망생이 인생에서 탈출할 수 있었고 이 점은 임 감독에게 고마워하고 있다.

"공모전 떨어지면 망생이 생활 접는다는 얘기는 이제 그만 하자. 죽기 전엔 안 끝날 것 같다."

"동감. 망생이 라이프는 죽기 전엔 끝나지 않지."

동민과 나는 공모전에 당선이 되고 데뷔를 한다 해도 대박이 나지 않는 이상 달라질 건 없다는 사실을 잘 알고 있지만 거기까지는 굳이 언급하지 않았다. 말해봤자 힘만 빠지니까. 만난 지 한 시간도 지나지 않았는데 맨날 하는 뻔하고 답도 없는 대화를 나누다 보니 가슴 한 켠이 갑갑해왔다.

"야. 망생이 생활 그만 포기하고 내 영화 조감독이나 하는 건 어때? 간만에 현장 경험하면서 감도 찾고 방구석에 처박혀서 글만 쓰는 것보단 집필에도 도움이 될 걸?"

"싫어."

"왜 싫어?"

"신춘문예 준비해야 돼."

"소설도 써?"

"아니. 신춘문예도 시나리오 받는 데 있어."

"상금은 얼만데?"

"삼백만 원."

"삼천만 원?"

"아니 삼백만 원."

"시나리오 공모전 상금이 삼백만원이라고?"

"응. 신춘문예잖아. 돈보다 명예지."

“오케이.”

그래. 애초에 동민이 조감독 해 주는 건 바라지도 않았다. 임감독이 나에게 도움을 주었듯 나도 동민에게 도움이 되어주면 어떨까 싶었는데 이런 식이면 데려와봤자 나만 고생이다. 망생이 따위를 상전으로 모시고 일하고 싶진 않다.

“넌 거기서 얼마 받고 일하냐?”

“삼천만 원.”

“감독료가?”

“아니 각색료. 감독 계약은 각색하는 거 봐서 하기로 했어.”

“너무 비굴한 거 아니냐? 최소 1년은 하는데 오천은 받아야지. 그래도 기성 감독인데 그런 조건을 받아들였다고? 그럼 각색고 맘에 안 들면 감독 계약 안 해주는 거야?”

동민은 막 분개하면서 그딴 회사는 당장 때려치우라고 되지도 않는 오지랖을 떨었다. 아니 니가 돈 줄 거야? 제 앞가림이나 잘할 것이지. 망생이 생활을 너무 오래 해서 감을 잃은 것이다. 딱히 해 줄 말이 없어 가만히 있자 혼자서 씩씩거리다가 뜬금없이 혜나 이야기를 꺼냈다.

“나 진짜 궁금한 게 있는데 솔직히 말해주라. 너 혜나 씨랑 잤니?”

“안 잤다고 했잖아. 왜 자꾸 물어봐? 누가 나랑 혜나 씨랑 모텔 들어가는 거 보기라도 했대?”

나는 거짓말을 못하는 성격이지만 혜나랑 잤다고 해서 좋을
게 하나도 없었다. 혜나에 대한 예의도 아니고. 동민이 나와
혜나의 관계를 의심하고 있다는 걸 모르는 바가 아니었기에
당황하지는 않았다. 혹시 혜나에게 자백을 받고 나와의 우정을
시험하기 위해 물어보는 건 아닌가 싶었지만 동민은 그럴 놈
은 아니다.

"잤냐니까?"

"아니라고."

동민과 나는 서로를 너무 잘 안다. 어쩐지 거짓말이라는 눈
치를 챘을 것 같기도 했다. 그런데도 동민은 내 말을 믿고 싶
은 듯했다.

"고맙다."

"뭐가?"

혜나와 안 잤다고 거짓말을 해줘서 고맙다는 건 아니겠지?
설마 알고 있는 건가? 어쩔 수 없다. 한번 거짓말을 했으니 끝
까지 밀고 나가자. 공모전 탈락의 슬픔을 반으로 나누고 우월
감을 느끼려고 불렀지만 그냥 찜찜하기만 했다. 괜히 불렀다.
당분간은 안 봐야겠다.

그나저나 나도 신춘문예나 내 볼까? 상금 삼백이면 경쟁률
도 낮을 것 같은데… 나야말로 돈보다는 명예가 급하잖아? 떡
영화 감독이지만 신춘문예 시나리오 부문 당선자라면 과거 세
탁으로 딱인데? 영양가는 1도 없는 만남이었지만 의외로 뭐

하나 건졌다!

동민과는 더 이상 할 말이 없어 슬슬 자리에서 일어나려는데 모르는 번호로 전화가 왔다. 심쿵했다. 설마 공모전에서 내 시나리오를 괜찮게 본 후 작가와의 미팅을 원하는 제작사의 전화일까? 번호가 02로 시작하는 걸 보니 사무실 전화임이 분명했기에 감독다운 점잖은 목소리로 전화를 받았다.

"여보세요?"

"최경진 감독님 핸드폰이죠?"

최경진 감독님?

최경진 감독님을 찾는 전화라면 언제든 대환영이다. 이 전화 한 통이 꿈에도 그리던 차기작으로 연결될 수도 있기 때문이다. 누군가 장난치는 건 아닌 것 같았다. 처음 듣는 중년 남자의 목소리였기 때문이다. 톤이 중후한 걸 보니 영화사 대표나 최소 이사급일 확률이 높았다.

"네, 그런데요."

멀쩡한 감독 느낌을 주려고 최대한 차분하고 점잖은 톤으로 대답했다. '꼴리는 영화'가 데뷔작이다 보니 그런 제목에서 연상되는 느낌의 영화밖에 못 만드는 감독이라는 이상한 선입견이 있을 수 있기 때문이다. 아직 누군지는 모르겠지만 영화를 제대로 보고 남들이 캐치 못한 가능성을 알아보고 전화를 했을 수도 있는 것이다.

"아… 저로 말씀드리자면 감독님 영화를 괜찮게 본 사람입니다. 다음 작품 얘기를 하고 싶어서 전화드렸습니다."

자기 소개가 이상했다. 내 영화를 괜찮게 본 건 고마운데 보통 이름이나 소속을 얘기하지 않나? 어쩐지 내가 아는 누군가의 장난 전화 같았다. 만약 동민이 내 앞에 없었다면 동민이 목소리를 변조해서 장난치는 줄 알았을 것이다.

"그런데 누구세요?"

"네? 우리는 모르는 사람입니다."

"하아…."

"장난 전화는 아닙니다만…."

장난 전화치고는 목소리가 너무 점잖고 올드해서 소름이 끼쳤다.

"실례지만 누구신지?"

"우리는 모르는 사이라니까요."

차라리 장난 전화가 낫다. 미친 놈은 무슨 짓을 할지 모르기 때문이다. 모르는 번호로 최경진 감독을 찾는 전화가 왔다고 잠깐이나마 심쿵했던 나 자신이 한심했다. 빨리 대박나서 매니저를 두던가 해야지.

"모르는 사이인 건 알겠는데요 누군지는 알아야 통화를 하지 않을까요?"

"감독님 다음 작품에 대해 얘기 나누고 싶어서 전화드렸고요. 언제쯤 시간 괜찮으실까요?"

이놈은 진짜라는 감이 왔다. 이른바 찐 광기? 절대 만나고 싶지 않았다.

"죄송한데 제가 감독 계약이 되어 있어서요."

"아, 그러시군요. 그럼 이만."

"그런데 제 번호는 어떻게 아셨어요?"

내 말이 끝나기도 전에 전화가 끊어져버렸다.

어이가 없어서 화도 나지 않았다. 마음 같아선 전화를 걸어서 확 욕을 싸지르고 싶지만 상대방에 대한 정보가 전혀 없으니 자제해야 했다. 괜히 건드렸다가 모르는 사이에서 악플을 남기는 사이로 돌변할 수 있기 때문이다. 설상가상 지금 악플 테러라도 당했다간 평점이 3점대로 내려갈지도 모른다.

일단은 어디서 건 전화인지 번호를 검색해 보았다. 그럴 가능성은 희박하지만 만약 어디 번듯한 영화사의 전화 번호라면 얘기가 다르다. 바로 다시 전화해서 방금 전에 전화주신 최경진 감독인데 말씀드렸던 감독 계약은 곧 끝날 예정이오니 다음 작품 상의도 드릴 겸 편한 시간에 사무실로 찾아뵙겠다고 말씀드릴 생각이었다.

하지만 역시나 번듯한 영화사의 전화 번호는 아니었다. 우리 집에서는 극과 극인 변두리 동네의 프랜차이즈 치킨 집 전화 번호였다. 한 때 영화를 했으나 사정이 여의치 않아 치킨 집을 운영하고 있는 전직 영화인의 전화로 추정되었다. 만나봤자 별 볼 일 없을 게 뻔하다.

전직 영화인과 폭망 감독. 우리는 만나면 안 되는 사이다.

다시는 모르는 전화번호가 떠도 심쿵하지 않겠다고 각오를
다졌다. 번듯한 영화사에서 나에게 작품을 의뢰할 이유가 없기
때문이다. 내가 번듯한 영화사 직원이라도 10년 전에 개봉과
동시에 폭망한 '꼴리는 영화' 감독 최경진을 찾진 않을 것이다.

그나저나 폭망 후 10년이나 지났는데 왜 이런 전화가 왔
지? 심동민 같은 망생이랑 어울리니까 루저가 꼬이는 건가?
내가 실수한 건 없지만 혹시나 해서 내 영화 평점을 검색해
보니 다행히 악플은 달려있지 않았다. 잠깐 욱했지만 예의 바
르게 끊은 건 잘한 일이다.

"누군데?"

전화를 끊고도 핸드폰에서 시선을 떼지 못하자 동민이 짜증
섞인 목소리로 물었다.

"몰라. 안 알려주네."

"장난 전화야?"

"그런 셈이지. 유명세라고나 할까? 기성 감독은 어느 정도
는 공인이잖아? 최경진 감독님을 찾는 모르는 전화가 종종 오
곤 해. 그나저나 넌 혜나씨랑 어떻게 하고 싶은 거야? 마음 있
으면 남자답게 고백을 하든가!"

"모르겠다."

"쉽지 않을 걸. 혜나 씨는 그래도 여배우야."

"누가 뭐래?"

동민은 한숨을 쉬며 자리에서 일어났고 우리는 조만간 또

보자는 말도 없이 헤어졌다. 헤어지고 나서도 한참을 동민과 동급이 된 듯한 우울함이 가시지 않았다. 하지만 우울함은 아무 것도 아니었다. 슬슬 밀리언 필름 사무실에 헤나를 불러서 즐거운 시간을 보낸 게 마음에 걸렸다. 내가 미쳤지.

만약 사무실에 CCTV라도 달려 있었다면 어쩔 것인가! 폭망 감독이 사무실에 삼류 여배우를 데려와서 이상한 짓 했다는 소문이라도 났다간 '구멍가게'조차 못 만들게 될 것이다.

그나마 여기에서 그치면 다행인데 더 나아가 동민의 귀에까지 그 소문이 들어갔다간 치정 사건의 주인공이 되거나 우정과 완전범죄라는 두 마리 토끼를 잃을 수도 있는 것이다. 이래저래 고민이 많다 보니 집에 와서도 꿈자리가 뒤숭숭해져 잠을 설쳤고 다음 날 해가 중천에 뜰 때쯤 사무실에 나갔는데 분위기가 영 이상했다. 구체적으로 말은 못하겠지만 확실히 평소와는 달랐다.

특히 나를 바라보는 서연의 표정이 범상치 않았다.

033

비록 내가 쓰진 않았지만 내가 썼다 치고 관객과의 대화

처음엔 지난 밤에 혜나와 사무실에서 즐거운 시간을 보낸 걸 들킨 줄 알았는데 다행히 양서연 피디의 눈빛에 혐오의 감정은 담겨있지 않았다. 어쩐지 자기가 모니터를 부탁한 시나리오 리뷰를 기다리는 눈치였다. 그럴만한 게 내가 출근을 늦게 했기 때문이다. 자기 시나리오를 읽느라 밤을 꼴딱 지새워서라고 생각했을 수도 있다.

난감했다. 아직 한 줄도 안 읽었는데⋯ 지금 당장 어떻게 읽으셨냐고 물어보면 뭐라 할 말이 없었다. 대충 잘 봤다고 둘러댈 순 있지만 디테일하게 치고 들어오면 안 읽었다는 사실이 들통날 것이다. 서둘러야 한다. 아직 퇴근까진 서너 시간 남았으니 집중해서 읽으면 퇴근 전까진 완독 가능이다.

설마 다짜고짜 감독 방으로 들어와서 자기 시나리오를 어떻게 봤냐고 물어보진 않겠지라고 생각하며 얼른 컴퓨터를 켜고 서연이 보내준 시나리오 파일을 모니터에 띄우고 있는데 노크 소리와 함께 서연이 방으로 들어왔다.

당황스러웠다. 퇴근 후면 몰라도 업무 시간에 자기 시나리

오 모니터를 받으려고 감독님 방에 쳐들어온다고? 얌전한 모
범생인 줄로만 알았는데 은근히 저돌적인 스타일인가 보다.

"아, 미안. 서연씨. 아직 다 못 읽었…."

"감독님! 정말 최고에요!"

"응?"

시나리오를 받은 지 하루밖에 안 지났으니 아직 못 읽었다
고 해도 삐지지 않을 것 같아서 솔직하게 털어놓으려는데 다
짜고짜 내가 최고라니 무슨 얘기지? 서연은 엄지 손가락을 치
켜들고는 잔뜩 상기된 얼굴로 말을 이었다.

"감독님 이번 시나리오 정말 좋았어요!"

"무슨 시나리오?"

"허락도 없이 먼저 읽어봐서 죄송해요. 첫 페이지 읽고 너
무 재밌어서 저도 모르게 그만…."

"아냐, 괜찮아."

도대체 무슨 시나리오를 읽고 이 난리를 치는 건지 모르겠
어서 어리둥절했다. 설마 내가 석 달 전에 보낸 '공소시효'를
이제야 읽은 건가? 뭐 그렇다 해도 맨날 욕만 먹다 칭찬을 들
으니 기분은 좋았다.

"사실은 너무 재밌어서 팀장님에게도 보여드렸는데 괜찮으
신 거죠?"

석 팀장에게 공유했다고? 그럼 '공소시효' 얘기는 아니다.
혹시 구창한 작가가 모니터를 부탁한 시나리오를 내가 쓴 시

나리오라고 알고 있는 걸까?

"그런데 무슨 시나리오 얘기하는 거지?"

"아 제가 감독님 책상 위에 올려뒀던 시나리오 '가족사냥'이요. 어제 저에게 출력 부탁하셨던⋯ 페이지 넘버가 제대로 됐나 체크하려고 했을 뿐인데 한번 읽기 시작하니까 멈출 수가 없더라고요. 그래서 팀장님에게 너무 재밌다고 얘기했더니 한번 가져와 보라고 해서 갖다 드린 거거든요. 허락도 없이 죄송해요."

"아냐. 괜찮아. 석 팀장 보여주려고 쓴 건 아니지만⋯ 재밌게 봤다니 고맙긴 한데⋯."

서연이 읽은 건 구창한 작가의 시나리오였다. 구 작가가 나에게 모니터를 부탁한 시나리오 제목이 '가족사냥'인 것도 잊어버리고 있었다. 사태를 정리해 보자면 내가 서연에게 출력을 부탁하고 서연이 내 책상 위에 올려뒀던 구 작가의 시나리오를 서연이 내 허락도 없이 읽고는 재밌다고 석 팀장에게 갖다준 것이다.

감독님 책상 위의 물건을 감히 허락도 없이 자기 마음대로 건드리다니⋯ 내가 나이를 먹긴 했나 보다. 분명 화를 내야 하는 상황이 맞지만 얼굴이 발갛게 상기되어 있는 서연의 모습이 너무 귀여워 화가 나지 않았다. 화는커녕 괜찮다고 토닥토닥 꼭 보듬어 안아주고 싶었다.

이제야 잘 나가는 감독들의 심정이 이해가 됐다. 이런 우쭈

쭈 분위기 속에서 살아가다 보니 제 정신을 유지할 수가 없는 것이다. 그러니 얼마 못 가 감이 떨어지고 접대 술에 뇌가 녹아 망가지는 거겠지. 난 잘 나가도 그렇게 되지 말아야지 각오를 다지면서도 그들이 부럽고 질투가 났다. 한 1년 정도는 그렇게 살아도 괜찮을 것 같다.

"감히 제 의견을 말씀드리자면 지금까지 읽은 감독님 시나리오 중에서 '가족사냥'이 제일 좋아요. 아니 제가 밀리언 필름 들어와서 읽은 시나리오 중에서도 최고에요. '공소시효' 다음에 쓰신 거에요? 이런 걸작을 석 달 만에? 정말 대단하세요!"

'가족사냥'은 내가 쓴 게 아니라 내가 아는 작가가 쓴 거라고 해명 아닌 해명을 해야 했지만 존경심을 넘어 찬양에 가까운 서연의 눈빛을 보고 있노라니 차마 입이 떨어지질 않았다. 들통날 때 나더라도 최대한 서연의 존경과 찬양을 만끽하고 싶은 가운데 순식간에 해명할 타이밍이 지나갔고 나도 모르게 관객과의 대화가 시작됐다.

"음… 석 달 만에 쓴 건 아니고… 옛날부터 틈틈이 써 둔 건데…."

"정말 최고였어요. 제가 장담하는데 석 팀장님도 좋아하실 걸요?"

서연은 작가에게 물어야 할 이런 저런 질문들을 던졌고 나는 비록 작가는 아니지만 그냥 내가 썼다 치고 대답해 주었다. 대화를 진행하다 보니 서연이 차분한 이미지와는 달리 야심가라는 사실을 알게 되었다. 기획PD로서 공은 세우고 싶지만 기회가 없어서 답답한 와중에 내 시나리오가 눈에 들어왔으니 놓칠 수 없었을 것이다.

기획팀 일이라는 게 그렇다. 해야 할 일이 구체적으로 정해진 게 없어서 보통은 일을 만들어서 하거나 좋은 시나리오 또는 크리에이터를 발굴해야 하는데 서연 같은 신입의 경우엔 인맥도 경험도 부족하니 누군가 일을 주기 전엔 사무실에 틀어박혀 원작 발굴한답시고 멍만 때리고 앉아 있어야 하는 것이다.

만약 석 팀장이 내 시나리오를 마음에 들어 한다면 서연이 발굴한 셈이 될테니 얼마나 뿌듯하겠는가. '가족사냥'은 비록 내가 쓴 시나리오는 아니지만 덕분에 서연의 나에 대한 호감도가 올라갔으니 나로서도 손해 보는 장사는 아니었다. 그런데 구창한 작가의 시나리오가 그렇게 재밌나? 듣보잡 감독 지망생 따위의 습작을 읽어볼 가치는 느끼지 못하고 있었는데 갑자기 궁금해졌다.

생각해 보면 구 작가는 마냥 듣보잡은 아니다. 십여 년 전에 시나리오 공모전 최종심까지 오른 적이 있는 필력 하나만큼은 임 감독도 인정한 작가님인 셈이다. 그 당시에도 글이 나쁘지 않았는데 시간이 지났으니 훨씬 업그레이드됐을 수도 있는 것이다. 서연의 안목을 못 믿는 건 아니지만 객관적인 평가가 궁금했다.

마침 동민도 그 당시 구 작가의 작품을 알고 있고 동민의 모니터라면 신뢰할 수 있다. 비록 동민은 자기 글은 못 쓰지만 남의 글은 까칠하게 잘 보는 편이기 때문이다. 서연이 나에게 보내준 시나리오 모니터도 빠른 시일 안에 해 주겠다는 말을 마지막으로 관객과의 대화를 마치고 얼른 동민에게 전화를 걸었다.

"뭐하냐."

"그냥 있어."

"뭐 하나 보내줄 테니 읽어 봐."

"뭔데?"

"읽어보면 알아. 그냥 솔직히 얘기해 주면 돼."

"싫어. 내꺼 쓸 시간도 없어."

"닥치고 읽기나 해."

동민에게 구 작가의 시나리오를 카톡으로 보내고 나도 읽어보려는데 정말 더럽게 읽기가 싫었다. 서연은 첫 페이지 읽고 너무 재밌어서 다 읽었다지만 난 첫 페이지조차 읽히지 않았다.

'가족사냥'이라는 제목부터 마음에 안 들었고 다시는 안 찍겠다고 다짐했던 19금 떡 영화 '구멍가게'를 연출해야 할지도 모른다는 압박감 때문에 마음이 불편해서다. 동민에게 시나리오를 보냈으니 뭐라고 하는지 들어보고 재밌다고 하면 읽고 아님 말아야지 생각하고 적당히 시간이나 때우다 집에 가려는데 방금 전 양서연 피디에 이어 이번엔 석 팀장이 노크도 없이 불쑥 방문을 열고 들어왔다.

"최 감독. 잠깐 시간 돼?"

"왜?"

"작품 얘기 좀 하자."

"해."

"회의실로. 5분 뒤에 봐."

"알았어."

왜 부르는 거지? 석 팀장은 보통 할 말 있으면 카톡으로 하거나 툭 던지고 마는 스타일이다. 폭망 감독의 대답 따윈 중요하지 않은 것이다. 그런데 좀 아까는 평소와는 달랐다. 얼굴 표정도 경직되어 있고 진지한 느낌이었다. 설마 '가족사냥' 때문에? 밀리언 필름에서 의뢰한 각색 작업 할 시간에 딴 일을 한 걸 문제 삼아 계약 해지라도 하려는 걸까?

* * *

석 팀장의 말대로 정확히 5분 뒤에 회의실에 갔는데 아무도 없었다. 마음이 무거웠다. 계약 위반 운운하며 위약금을 내라고 하면 '구멍가게' 연출료로 퉁 치자고 던져봐야겠다. 받아주려나? 그냥 한번만 용서해 달라고 무릎 꿇고 빌까? 싱숭생숭한 와중에 석 팀장이 여전히 경직된 얼굴로 회의실에 들어

297

왔다. 그리고 석 팀장의 손에는 '가족사냥' 출력본이 들려 있었다.

"이 시나리오 혹시 다른 회사 보여준 데 있어?"

석 팀장은 테이블 위에 '가족사냥'을 올려놓고는 차분한 목소리로 물었다.

"아직."

양서연 피디처럼 석 팀장 역시 '가족사냥'을 내 시나리오로 알고 있는 눈치였다. 일이 이렇게 됐으니 최소한 실없는 사람은 되지 말아야 했다. 이제와서 내가 쓴 게 아니라고 하면 다시는 서연을 볼 수 없을 것이다.

"언제 쓴 거야?"

순간 아차 싶었다. 말 실수를 한 것이다. 아까 서연에게는 두 달 만에 쓴 건 아니고 틈틈이 썼다고 했는데… 밀리언 필름의 계약 기간과 겹치는 것이다. 하지만 이렇게 무너질 내가 아니다. 옛날부터 틈틈이 썼다고 하면 된다. 실제로도 틈틈이 썼다고 했지 밀리언 필름에서 각색을 의뢰한 '공소시효' 계약 기간 중에 썼다고 한 건 아니다. 뭐라고 따지고 들면 밀리언 필름과의 계약 이전에만 틈틈이 써 둔 거라고 둘러대면 될 일이다.

"그냥 옛날부터 생각날 때마다 틈틈이 써 둔 거야."

석 팀장의 표정이 석연찮았다. 당장이라도 내용증명을 보낼 듯한 분위기였다.

"언제 썼는지는 중요한 게 아니고…."

역시 석 팀장이다. 호락호락하지가 않다.

"정말 다른 회사 보여준 데 없는 거지?"

응? 예상 외의 전개인데?

"그렇다니까! 몇 번을 물어보는 거야? 그냥 아주 오래 전부터 틈틈이 써 둔 거라니까! 심심풀이로!"

계약기간에 딴 거 썼다고 위약금을 내라고 할까 봐 아주 오래 전부터 썼다는 사실을 거듭 강조했다.

"정말로 어디 계약되어 있는 건 아니고?"

"사람을 뭘로 보고… 내가 의리 없게 누구처럼 양다리나 걸칠 놈으로 보여?"

"믿어도 되는 거지? 나한테만 보여준 거지?"

"꼭 그렇진 않지."

"어디? 누구?"

석 팀장이 화들짝 놀라며 물었다.

034

어차피 하늘 아래 새로운 것은 없으니까

나의 대답에 귀를 기울이며 자세까지 고쳐 앉는 걸 보니 자기 말고 누구에게 보여줬는지 어지간히 애간장이 타는 모양이었다. '가족사냥'이 그렇게 대단한 시나리오였나?

"심동민."

잔뜩 경직되어 있던 석 팀장이 나의 대답에 쓴웃음을 지었다. 다른 잘 나가는 영화사나 프로듀서에게 보여준 게 아니라 17년차 감독 지망생 심동민에게 보여줘서 다행이지만 그래도 담당 프로듀서인 자기에게 제일 먼저 보여주지 않아 서운한 모양이었다.

"뭐지? 그 웃음은? 동민이 무시하냐?"

"무시하는 건 아니고… 참 대단한 우정이다 싶어서. 니들 진짜 오래 간다."

옛날에 써 둔 거라고 했으니 계약 위반은 아니다. 아무리 머리를 굴려봐도 내가 잘못한 상황은 아니니 당당해도 될 것 같았다.

"취조하는 것도 아니고 왜 자꾸 꼬치꼬치 묻는 거야? 무슨 죄를 지은 건지 이유라도 좀 알자!"

"감독할 생각으로 써 둔 거겠지?"

"당연하지."

내가 쓴 건 아니지만 감독이 시나리오를 썼으면 자기가 감독하려고 쓰지, 남 주려고 쓰진 않는다. 구창한 작가 겸 감독 지망생도 그랬을 것이다.

"일단 이거 나한테 파일로 보내줘. 그리고 '구멍가게' 말고 이걸 우리 회사랑 하는 건 어때?"

"파일로 보내줄 수는 있지만 '구멍가게'는 어쩌고?"

"대표님과 이야기해 봐야겠지만 이거라면 무조건 될 것 같아서 그래. 너 내가 '덱스터' 좋아하는 거 알지? '가족사냥'이 '덱스터'보다 괜찮아. 최고야!"

"에이… 그건 아니다. '덱스터'보다 좋을 수는 없지."

"좋다니까 그러네. 진심이야."

"대표님은 뭐라시는데?"

"아직 안 보여드렸지. 최 감독님 허락 없이 그럴 순 없지."

맨날 야! 너! 하다가 최 감독님이라고 불러주니 그저 황송할 따름이었다.

"대표님에게 보여드리는 건 최 감독님 컨디션 체크와 컨펌 다음이야."

"그럼, 이제 보여드리겠네?"

"정말 보여드려도 괜찮아? 이거라면 내가 20년 영화 인생을 걸고 메이드시킬 자신이 있거든."

"응 괜찮아."

"밀리언 필름에 기회를 주는 거야?"

"대표님이 좋다고도 안 했는데 무슨 기회를 줘."

"대표님이 싫다고 하면 어쩔 거야?"

"무슨 얘기를 하고 싶은 건지 모르겠네. 하고 싶은 말 있으면 그냥 해. 복잡하게 굴지 말고."

"아니다. 나중에 다시 얘기하자. 피디들 보는 눈도 있으니 일단 대표님에게 보여는 드릴게."

석 팀장이 말문을 닫음과 동시에 노크 소리와 함께 회의실 문이 천천히 열리며 서연이 테이크 아웃 커피 두 잔을 들고 들어왔다. 석 팀장과 독대하고 있는 나를 바라보는 서연의 눈빛이 마치 인터넷에서 짤방으로 종종 접했던 잘 생긴 남자를 바라보는 여성 특유의 바로 그 황홀한 눈빛이었다.

내가 그 정도로 잘 생긴 건 아니라는 걸 너무나도 잘 알고 있다. 아마도 차기작 크랭크 인을 목전에 둔 대박 감독님으로 보여서 그랬을 것이다. '가족사냥'이 내 시나리오가 아니라는 사실이 계속 마음에 걸렸지만 여기까지 온 이상 이제 해명할 타이밍은 지나버렸다. 창한이 고마우면서도 원망스러웠다.

석 팀장과의 미팅이 끝나고 감독 방으로 돌아오자마자 창한이 보내준 파일을 열어 문서를 작성한 날짜를 오늘로 수정하고 마지막 저장한 사람 이름을 최경진으로 수정한 뒤 석 팀장에게 이메일로 전송했다.

* * *

집으로 가는 길에 석 팀장의 카톡이 왔다. 강 대표에게 시나리오를 보내드렸고 귀국하는 비행기에서 다 읽고 오시겠다고 했는데 그럴 일은 없겠지만 만약 강 대표가 싫다고 하면 자기가 밀리언 필름 때려치우고 독립을 해서라도 메이드 시켜주겠다는 것이다.

'나 믿지?'

석 팀장이 갑자기 부담스러워졌다. 애초에 밀리언 필름 그 누구에게도 시나리오를 읽어달라고 한 적이 없는데 일이 너무 커져버렸다. 하지만 내 잘못은 아니다. 이게 다 서연 때문이다. 난 그저 출력을 부탁했을 뿐이지 석 팀장에게 보여주라고 한 적이 없다. 그럴 생각이 있었으면 내가 보여줬지. 거짓말이 들킬까 봐 불안 초조했지만 아무렇지도 않은 척 하며 석 팀장과의 카톡을 훈훈하게 마무리짓고 있는데 동민에게서도 카톡이 왔다.

'누가 쓴 거야?'

'알아서 뭐하게. 어떤데?'

'누가 썼냐니까?'

'나.'

'장난치지 마.'

'내가 썼으니까 너한테 모니터를 부탁했지. 남이 쓴 걸 뭐 하러 보내?'

'축하한다. 드디어 해냈구나.'

'본론만 말해. 어땠는데?'

'분하지만 훌륭해. 니가 쓴 것 같지 않을 정도야. 솔직히 못 믿겠어. 그런데 이거라면 메이드 될 것 같다. 다시 한번 축하할게.'

동민이 내 시나리오에 대해 이 정도로 호평한 건 태어나서 처음이었다. 물론 '가족사냥'이 내 시나리오는 아니지만 읽는 사람마다 호평 일색이니 비록 내 시나리오는 아니지만 목에 힘이 들어가며 폭망 감독에서 전도유명한 신인감독으로 레벨업된 기분이 들었다.

이 정도라면 읽어봐야 할 것 같았다. 동민이 뭐라 뭐라 극찬하는 톡을 연달아 날렸는데 중요한 이야기는 아니므로 읽씹하고 핸드폰으로 창한의 시나리오를 열었다. 하지만 핸드폰으로 읽으려니 글자가 너무 작고 눈이 침침해서 읽히지가 않았다. 집에 가서 출력해서 읽을까 했지만 회사 프린터가 있으니 굳이 돈 아깝게 집에서 출력할 이유가 없다. 내일 회사에서 읽어야지.

그나저나 창한에게는 뭐라고 모니터를 해 줘야 되나. 이젠 모니터가 문제가 아니겠구나. 해명을 해야 되나? 내 시나리오라고 거짓말할 의도는 없었다는 변명? 아니면 나에게 시나리오를 넘기지 않으면 이 바닥에 발도 못 붙이게 하겠다는 협박? 아니면 잘 구슬려서 조용히 시나리오를 넘겨받는 가스라이팅? 어느 하나 쉬울 것 같지 않았고 고기도 먹어본 놈이 잘 먹는다고 내 스타일도 아니었다.

그나마 말이 되는 건 나도 이런 거 쓰고 있었는데 아이템이 겹쳤을 뿐이라는 우연이었다. 원래 하늘 아래 새로운 건 없는 법이다. 하루빨리 창한의 시나리오를 우라까이해서 새로 하나 써 둬야겠다. 나중에 표절이니 뭐니 따지면 옛날에 써 둔 건데 그저 아이템이 겹쳤을 뿐이라고 주장할 수 있게.

To be continued..

Zinn

대학에서 영화를 전공하고 영화 투자·제작사, 연예기획사, 드라마 제작사를 거치며 영화와 드라마 기획·제작 전반에 참여했다. 다수의 각본과 웹소설을 집필했으며, 장편영화와 짧은 드라마 몇 편을 만들었다.

감독실격

ⓒ 최경진 2026

초판발행   2026년 3월 20일

지은이   Zinn
펴낸이   최경진
주간   김유민
교정   조경애
본문디자인   Sun
표지디자인   리빈인더드림

펴낸곳   9월의햇살
출판등록   제2024-000115호
전자우편   ss9wol5@gmail.com
ISBN   979-11-992106-3-9

9월의 햇살

소설을 비추다